CANDACE CAMP

ESCÁNDALO

Editado por HARLEQUIN IBÉRICA, S.A.
Hermosilla, 21
28001 Madrid

ESCÁNDALO, Nº 12 - 1.10.05
Título original: Scandalous
Publicada originalmente por Mira Books, Ontario, Canadá.
Traducido por Natalia Cervera

Este título fue publicado originalmente en español en 1998

Editor responsable: Luis Pugni

I.S.B.N.: 84-671-3281-7
Depósito legal: B-35987-2005
Impresión: LITOGRAFÍA ROSÉS, S.A.
C/. Energía, 11. 08850 Gavá (Barcelona)

Distribuidor para España: MELISA

1

Había un hombre desnudo en la puerta de su casa.

Priscilla estaba sentada en el salón, leyendo un libro, cuando oyó unos fuertes golpes en la puerta de entrada. Se puso en pie de un salto, algo alarmada, puesto que era bastante tarde para recibir visitas. Además, la persona que llamaba parecía impaciente. Encendió una lámpara de aceite y corrió a la puerta. Cuando la abrió encontró a aquel hombre. No llevaba nada de ropa, y tenía la piel cubierta de sudor y arañazos. Respiraba con agitación.

Se quedó mirándolo. Por primera vez en su vida se había quedado sin palabras.

Era un hombre muy alto, que parecía llenar el porche de Evermere Cottage. Priscilla no había visto nunca tanta piel junta, toda ella bronceada, musculosa e intensamente masculina.

El hombre la miró. Parecía aturdido y agotado.

–Ayúdeme –murmuró.

Después cayó al suelo, inconsciente.

Priscilla dejó escapar un grito y se agachó para intentar levantarlo, pero pesaba demasiado y su piel desnuda y húmeda se le escurría entre los dedos.

Se abrió la puerta del estudio de su padre, y Florian

Hamilton asomó la cabeza. Tenía el pelo revuelto, a causa de su manía de pasarse los dedos por él cuando estaba absorto en sus pensamientos.

–¿Qué ha sido ese ruido? –preguntó–. ¿Ha venido alguien?

Su voz interrumpió la parálisis provisional de Priscilla.

–No pasa nada, papá. Yo me encargaré de todo.

Volvió al porche para evaluar el problema. El hombre estaba tendido en el suelo, de lado. La mayor parte de su pecho y sus brazos estaban dentro de la casa, y sus largas piernas y el resto de su torso, en el porche. Resultaba evidente que no podía moverlo ella sola.

Se preguntó quién sería, y qué haría allí, desnudo e inconsciente. Se le ocurrió que podía tratarse de una broma. Parecía algo típico de Philip o de Gid. No obstante, no creía que ninguno de sus hermanos fuera capaz de enviarle un hombre desnudo a casa, ni que hubieran conseguido convencer a alguien para que lo hiciera. Aunque sólo fuera porque estaban a principios de primavera y hacía bastante frío, sobre todo por las noches. Llegó a la conclusión, a su pesar, de que no podía ser una broma.

Observó la cara del hombre. Sus rasgos estaban muy marcados. Tenía la mandíbula ancha y los pómulos sobresalientes, una boca firme y carnosa y una larga nariz recta. No era exactamente guapo; resultaba demasiado duro. Pero emanaba fuerza, incluso en su estado. Con los ojos cerrados tenía un aspecto indefenso que hizo que se le encogiera el corazón. Se inclinó para mirarlo de cerca.

Estaba recién afeitado. Tenía la piel suave y más bronceada de lo habitual en aquella época. Tenía un arañazo en la mandíbula, y otro en la frente. Su pelo era denso, castaño rojizo, como la caoba pulida. Una mecha le caía por la mejilla. De forma inconsciente, alargó la mano para apartársela. Él gimió y se tumbó de espaldas.

Priscilla bajó la vista por su ancho pecho musculoso, ligeramente recubierto de vello oscuro, y por su estómago plano. Empezó a bajar más aún...

–¡Pero bueno!

Priscilla se sobresaltó al oír la voz de su padre. Se volvió frunciendo el ceño.

–Me has asustado.

Florian no le prestó atención. Estaba mirando atónito al hombre que yacía a sus pies.

–¿Quién es este tipo?

–No tengo la menor idea. He abierto la puerta y estaba aquí.

–Pero ¿qué hace en el suelo?

–Se ha desmayado.

Florian levantó las cejas.

–No tiene pinta de ser de los que se desmayan, ¿verdad? ¿Y qué hace vestido así?

–Papá...

–Oh. Lo siento. Supongo que tampoco lo sabes.

Inclinó la cabeza, examinando al hombre detenidamente.

–Parece que no lo ha pasado muy bien, ¿eh? –comentó.

Priscilla volvió a mirar a su visitante.

–Parece que ha estado corriendo desnudo entre zarzas –observó una manchas oscuras que no había visto antes–. Mira, también tiene golpes.

–Es verdad –Florian se subió las gafas y se inclinó para mirarlo más de cerca–. Yo diría que ha estado metido en una pelea o algo así, además de haber corrido entre las zarzas –miró a su hija con curiosidad–. Es misterioso, ¿verdad? ¿Qué crees que habrá pasado? ¿Y qué hace aquí?

–Sí –contestó Priscilla–. Esto parece una novela de misterio.

–¿Verdad que sí? –se detuvo en seco–. No será que Philip... No, seguro que no.

Priscilla sonrió. La fama de su hermano era bien conocida.

–No, yo tampoco lo creo.

De repente oyeron una exclamación. Una mujer alta y delgada estaba en la escalera. Llevaba un camisón de algodón, de manga larga, un chal alrededor de los hombros y el pelo cubierto con un gorrito, que se había desplazado dejando ver varias mechas atadas con trapos, probablemente en un intento de rizárselo. Tenía los ojos como platos.

–¿Está muerto? –susurró.

–No. Sólo está inconsciente.

La mujer contuvo la respiración y se llevó la mano al pecho, en un gesto tan dramático que Priscilla se preguntó cómo se habría comportado de encontrarse ante un cadáver. Florian, que nunca había visto a la señorita Pennybaker ataviada para la noche, se quedó mirándola boquiabierto, aunque a Priscilla no le llamó la atención su atuendo.

Se acercó para examinar más de cerca al hombre que había tendido en el suelo.

–¡Dios mío! –dijo sonrojándose–. ¡Dios mío! Está... Está...

–Sí, ya lo sé –dijo Priscilla en tono cortante–. Lo que tenemos que decidir es qué hacemos con él.

–Pero no deberías... No es una visión adecuada para una chica soltera. Deberías venir conmigo y dejar que tu padre se encargue de él.

–¿Él solo? Pesa demasiado.

No tuvo que recordarle lo que ambas sabían: que su padre no estaba acostumbrado al trabajo físico. Normalmente empleaba su considerable intelecto en la ciencia.

Era un experto en varios campos y los científicos de todo el mundo le pedían sus opiniones. Pero físicamente no era ningún Hércules.

La señorita Pennybaker, que había vivido con ellos desde que Priscilla tenía cuatro años, conocía a Florian Hamilton tan bien como su hija. De hecho, solía ser ella la que se ocupaba de hacerlo salir del estudio por lo menos dos veces al día para que comiera, y la que encontraba siempre su pipa o sus gafas cuando las perdía. Sabía tan bien como Priscilla que su inesperado huésped podría seguir en el suelo cuando se levantaran a la mañana siguiente, y que Florian pasaría toda la noche en vela intentando inventar una máquina que sirviera para transportarlo.

–Sí, por supuesto, pero no es decente que...

Se detuvo, y con una sonrisa de triunfo, se quitó el chal. A continuación se acercó al hombre con los ojos entrecerrados y le cubrió las caderas.

–Ya está –dijo satisfecha–. Sigue sin ser muy decente, pero es mejor que nada.

Priscilla contuvo una sonrisa.

–Gracias. Ahora vamos a organizarnos. Papá, sujétalo por un brazo y yo lo sujetaré por el otro. ¿Puedes empujarlo tú por los pies, Penny?

La otra mujer la miró anonadada ante la idea de tocar cualquier parte del cuerpo del hombre.

–¿Crees que debemos meterlo en casa?

–Ya está casi dentro. Sólo tenemos que meterlo del todo para poder cerrar la puerta.

–Quiero decir... ¿te parece prudente? –lo miró con desconfianza–. A mí me parece un rufián. Puede asesinarnos a todos.

–Eso es cierto –convino Florian–. No sabemos nada de él, salvo que parece que ha estado en una pelea.

–¡Una pelea! –repitió la señorita Pennybaker horrorizada.

–Sí. Está lleno de arañazos y contusiones.

La señorita Pennybaker se atrevió a mirar más de cerca a su visitante, y arrugó la nariz disgustada.

–Además está mojado.

–Debía de estar sudando. Aunque a juzgar por el estado de sus piernas también es probable que haya atravesado un par de arroyos –dijo Priscilla.

Los tres miraron los pies y las pantorrillas del hombre. Estaba lleno de barro, y el vello mojado se le pegaba a la piel. La señorita Pennybaker se apartó rápidamente.

–Tienes razón –dijo Florian–. Siempre dije que no se te escapa ningún detalle. Parece que ha estado metido en el agua hasta las rodillas. Habrá cruzado un arroyo poco profundo, tal vez el Slough –se agachó y le despegó una hoja húmeda del pie–. Parece que también ha pasado por un sitio donde hay hayas. Yo diría que ha venido por los bosques del este.

–Pero seguimos sin saber quién es, ni qué ha estado haciendo –les recordó la señorita Pennybaker, nerviosa–. No parece una buena persona.

Priscilla examinó su rostro.

–Bueno, tal vez no sea muy amable, pero tampoco parece un monstruo. Yo diría que es... –inclinó la cabeza–. No sé, bastante duro. Eso no tiene por qué ser malo.

–¡Pero ha estado en una pelea!

–¿Y si lo han atacado? –señaló Priscilla–. Tendría derecho a defenderse. No creo que un hombre se dedique a atacar desnudo a la gente.

–A no ser que esté loco, no –convino Florian.

La señorita Pennybaker contuvo la respiración.

–¡Oh, no! ¿Cree que es posible que se haya escapado de un manicomio?

–A lo mejor es el primo demente de algún vecino, que lo tenía encerrado en el ático –bromeó Florian.

–¿Cree que es posible? –preguntó el ama de llaves–. Eso fue lo que le ocurrió a una pobre mujer, en un libro que leí. Lord Comfrey tenía un tío loco, que se escapó del torreón y...

–No –contestó Priscilla, sonriendo–. Me parece muy poco probable. Lo más seguro es que le hayan robado la ropa. Pero se ha escapado atravesando el bosque, ha pasado por algún arroyo poco profundo de los que hay en Ridley Bottoms y ha llegado hasta aquí. Probablemente ha visto la luz de nuestra casa y ha venido a pedir ayuda. Si tuviera malas intenciones no habría llamado a la puerta. Habría dado una vuelta en busca de una ventana abierta.

La señorita Pennybaker miró a su alrededor, nerviosa.

–Tal vez deberíamos cerrar las ventanas.

–Ha llamado a la puerta –reconoció Florian–. Hasta lo he oído desde el estudio. Tengo la impresión de que era alguien que buscaba ayuda, más que un ladrón.

–Pues si alguien lo perseguía –intervino Priscilla– será mejor que lo metamos en casa, ¿no os parece? Sería mejor que quedarnos aquí hablando de él.

–Tienes razón –dijo Florian–. Bueno, vamos allá.

Priscilla se inclinó y levantó el brazo izquierdo del hombre. Tenía la piel llena de sudor, y cuando lo levantó tuvo una extraña sensación. Nunca había tocado la piel desnuda de un hombre, excepto cuando sujetaba a sus hermanos por los brazos, y tocar a aquel musculoso desconocido era algo muy distinto.

Su padre levantó su otro brazo, y la señorita Pennybaker, con una expresión de disgusto, lo tomó por los pies. Aun así, entre los tres no consiguieron levantarlo por completo. Volvieron a soltarlo, y cerraron los ojos al oír el ruido que hizo al golpear el suelo.

La señorita Pennybaker lo rodeó y le sujetó la cabeza, mientras Priscilla y su padre tiraban de sus brazos. Al final, cuando consiguieron meterlo en la casa hasta la cintura, Priscilla le levantó las piernas y le dio la vuelta, para que pudieran cerrar la puerta.

Los tres se quedaron inmóviles durante un momento, contemplando al desconocido, que seguía inconsciente.

–¿Qué vamos a hacer ahora con él? –preguntó Florian.

–Podríamos llevarlo a la habitación que hay al lado de la cocina.

Su padre asintió.

–Muy bien, pero estoy seguro de que debe de haber una forma más fácil de llevarlo. Podríamos moverlo con más comodidad si tuviéramos la palanca adecuada. ¿Cuánto creéis que pesará?

Se quedó pensativo, calibrando el problema, y Priscilla se apresuró a intervenir.

–Podemos tumbarlo encima de una manta, empujándolo. Así lo podremos arrastrar, ¿no crees?

–Por supuesto –dijo Florian sonriendo–. Siempre has sido muy práctica, cariño. No sé a quién habrás salido.

–Probablemente a un ancestro lejano –contestó Priscilla guiñando un ojo, mientras abría el armario del vestíbulo para sacar una manta.

La extendió en el suelo, y entre los tres consiguieron hacer rodar al hombre hasta colocarlo encima. Después les resultó bastante fácil arrastrarlo por el suelo de madera encerada, aunque los tres estaban agotados cuando consiguieron llevarlo al pequeño dormitorio. Priscilla se enderezó, y miró el camastro. No sabía cómo podrían subirlo.

–Creo que será mejor que lo dejemos en el suelo por ahora –dijo Florian–. Es posible que recupere la consciencia y se meta en la cama por sí solo.

Priscilla asintió, frunciendo el ceño.

–¿No te ha dado la impresión de que estaba demasiado caliente?

–Sí –convino Florian–. Es posible que tenga fiebre.

–A lo mejor se ha levantado en mitad de un delirio –intervino la señorita Pennybaker–. Eso podría explicar también por qué está desnudo.

–Supongo. Si tuviera mucha fiebre podría haberse arrancado la ropa para refrescarse.

–La fiebre hace esas cosas –aseguró la señorita Pennybaker–. Es posible que haya salido de la cama y se haya puesto a correr en mitad de la noche.

–Bueno, si es así, será mejor que traigamos a un médico. Tal vez debería ir a buscar al doctor Hightower.

–No –protestó Priscilla–. Si hay algo peligroso fuera, será mejor que no volvamos a abrir.

–Sí, tienes razón.

–Penny y yo hemos cuidado a Philip y a Gid siempre que tenían fiebre. Supongo que también podemos cuidar a este hombre. Si empeora llamaremos al médico.

–De acuerdo. Creo que será mejor que compruebe que todas las ventanas están cerradas.

Priscilla asintió con gesto ausente, arrodillándose en el suelo junto al desconocido. Le puso la mano en la frente. Estaba ardiendo. La señorita Pennybaker fue a la cocina a buscar una lámpara de aceite, y Priscilla pudo ver que tenía el rostro enrojecido. Se movía continuamente, volviendo la cabeza. Se dio cuenta de que tenía la nuca pegajosa.

–¡Es sangre! –dijo mirándose la mano–. Sabía que aquí pasaba algo raro. Alguien lo ha golpeado en la nuca, con bastante fuerza. Vete a buscar agua y un paño, Penny. Tenemos que limpiarle la herida.

–Dios mío, Dios mío –dijo el ama de llaves, sacudiendo la cabeza–. Esto no me gusta nada de nada.

–Claro que no. Es evidente que alguien ha maltratado a este hombre. ¡Mira! –levantó uno de sus brazos–. ¿Ves las marcas rojas que tiene alrededor de las nuñecas? Yo diría que lo han tenido atado. Mírale los tobillos. Tiene las mismas marcas.

La señorita Pennybaker se quedó mirando asombrada.

–¡Priscilla! ¿Cómo sabes esas cosas?

–Así tenía Gid las manos aquella vez que estaba jugando a los piratas y se deslizó desde el tejado con una cuerda.

–Es verdad –miró al invitado con incertidumbre–. ¡Ha estado atado! Creía que esas cosas pasaban sólo en las novelas.

Priscilla se encogió de hombros.

–Bueno, parece que también pasan en el mundo real de vez en cuando, ¿no crees? Desde luego, parece que a este hombre le ha pasado.

–Sí, pero quiero decir que no es algo que pueda pasar a alguien que conozcamos. Me pone nerviosa. Estoy segura de que es un rufián.

–Sea lo que sea, tiene fiebre y aquí hace frío. Estoy segura de que podremos con él si intenta atacarnos.

La señorita Pennybaker miró atemorizada los ojos grises de Priscilla, que resplandecían de humor.

–De acuerdo. Adelante. Pensarás que soy una vieja aprensiva, pero recuerda lo que te he dicho.

–¡Vamos, Penny! ¿Dónde has dejado el espíritu romántico?

–Con los caballeros. Este hombre no lo parece.

–Supongo que ya averiguaremos si es un héroe o un villano, pero por ahora será mejor que nos encarguemos de cuidarlo, ¿no te parece? Trae también la tintura de yodo, ¿quieres?

La señorita Pennybaker se fue a la cocina con cierta reticencia, y volvió un momento después con una palangana llena de agua y las cosas necesarias para curar una herida. Priscilla empapó un trapo y empezó a limpiar cuidadosamente la nuca del desconocido. El hombre gimió, pero no se despertó. Priscilla puso unas gotas de yodo en una gasa y frotó la herida con cuidado.

De repente, el hombre abrió los ojos, dejó escapar una maldición y aferró la muñeca de Priscilla con dedos de acero.

Se quedó congelada, mirándolo. Tenía los ojos de color verde, como las hojas iluminadas por el sol, claros y penetrantes. Parecía llegar hasta su alma. Se quedó inmóvil. Una vez más, se había quedado sin palabras.

El hombre entrecerró los ojos.

–¿Quién demonios es usted? –preguntó.

–¡Suéltela!

Priscilla había olvidado la presencia de su antigua institutriz, hasta que oyó su voz. La miró. Estaba tan tensa que le temblaba todo el cuerpo.

El hombre se volvió también hacia la señorita Pennybaker, y se quedó boquiabierto.

–¡Dios mío! ¡Estoy en un manicomio!

Soltó la muñeca de Priscilla y se puso en pie de un salto. La señorita Pennybaker se echó hacia atrás con un grito, y Priscilla se levantó para sujetarlo.

El hombre se puso muy pálido y se tambaleó, antes de volver a caer, inconsciente.

Priscilla fue más rápida que la primera vez y lo sujetó por la cintura. El hombre cayó sobre ella, y durante un instante se sintió inmersa en su calor y su olor. Pero no podía con él, y los dos cayeron al suelo.

–¡Priscilla! ¿Te encuentras bien, cariño? –preguntó la señorita Pennybaker, corriendo hacia ellos.

–Sí. Ayúdame a quitármelo de encima.

El hombre estaba tendido sobre ella, aplastándola contra el suelo, pero la turbaba más la sensación de su cuerpo que la de las baldosas. Había sensaciones que no había vivido hasta entonces, y resultaban desagradables aunque a la vez extrañamente excitantes.

La señorita Pennybaker tiró de su hombro, mientras Priscilla lo empujaba desde abajo, y entre las dos consiguieron volver a colocarlo en la manta. Priscilla se quedó sentada durante un momento, intentando recuperar el aliento.

–¿Estás segura de que te encuentras bien? –preguntó la señorita Pennybaker nerviosa.

–Sí –dijo Priscilla, tomando las vendas–. Sujétale la cabeza, ¿quieres?

El ama de llaves obedeció, algo temerosa, y Priscilla le envolvió la cabeza con la venda. A continuación le lavó las muñecas y los tobillos, intentando no prestar demasiada atención al resto de su cuerpo, y se los cubrió con vendas empapadas de yodo.

–Ya está –dijo levantándose y contemplando su obra satisfecha–. Ya he hecho todo lo que he podido. Necesitaremos otra manta para taparlo.

Tomó la palangana. El agua estaba enrojecida por la sangre. Fue a la cocina, seguida por la señorita Pennybaker.

–Creo que tendremos que mantenerlo vigilado para ver cómo sigue –comentó.

–Sí, y para asegurarnos de que no se levanta y decide asesinarnos a los tres mientras dormimos.

Priscilla sonrió.

–Creo que bastará con que cerremos con pestillo. Pero es posible que necesite cuidados. Creo que me voy a quedar a vigilarlo.

–¿Tú sola? Piensa en lo que podría pasar. Recuerda lo que acaba de hacer.

–No me ha atacado.

–Te ha sujetado el brazo.

–Le estaba haciendo daño, y ha sido algo inconsciente. No estaba muy lúcido.

–No puedes quedarte. Es demasiado peligroso –se incorporó, decidida–. Me quedaré contigo.

–No seas tonta. Si quieres tendré un arma a mano. Un rodillo de amasar, por ejemplo. Así podré darle un golpe en la cabeza si intenta estrangularme.

–No es momento para bromear.

–No bromeo. Te prometo que tendré un rodillo a mano. Creo que es mejor que un cuchillo, porque tengo bastante fuerza, pero nunca he apuñalado a nadie y no sabría cómo hacerlo.

–Por lo menos, deja que me quede a montar guardia contigo –insistió el ama de llaves.

–No puedes. Es necesario que duermas, para poder quedarte a vigilarlo mañana.

La mujer se llevó la mano a la garganta, insegura.

–No te preocupes –le dijo Priscilla–. Si no intenta atacarme de noche, no creo que te ataque a ti de día. Además el señor Smithson y mi padre estarán aquí mañana.

–Entonces tu padre puede quedarse a vigilarlo de día, y yo me quedaré contigo esta noche.

–Mi padre no sabría qué hacer con un enfermo. En unos minutos se pondría a idear algún experimento, y este pobre hombre se moriría sin que nadie se diera cuenta.

La señorita Pennybaker, que había convivido con Florian Hamilton durante años, tuvo que reconocer que Priscilla estaba en lo cierto. Aun así, protestó débilmente durante unos minutos, hasta que por fin se dejó convencer y se fue a la cama. Priscilla miró a su paciente, que dormía profundamente en el suelo, y acompañó a la señorita

Pennybaker al piso superior para buscar un par de mantas. De repente oyó que alguien llamaba a la puerta.

Giró y empezó a correr escaleras abajo, pero su padre llegó a la puerta antes que ella. Cuando abrió aparecieron en el umbral los personajes más sospechosos que Priscilla había visto en su vida. Uno de ellos era alto y de rasgos angulosos, y miraba a su alrededor con los ojos entrecerrados. Su acompañante era más bajo y corpulento. Tenía los brazos muy musculosos, y su nariz tenía el aspecto de haber estado rota en más de una ocasión.

Priscilla escondió rápidamente las mantas detrás de la escalera, donde no pudieran verlas, y se acercó a la puerta. Al acercarse se dio cuenta de que por lo menos uno de ellos olía a alcohol. Esperaba que su confiado padre no decidiera ser sincero con ellos. También se le ocurrió que se sentiría más segura si tuviera un rodillo de amasar en aquel momento.

–¿Sí? –dijo Florian con voz helada–. ¿Se dan cuenta de la hora que es? Me parece demasiado avanzada para andar haciendo visitas, ¿no les parece?

Priscilla estuvo a punto de suspirar aliviada. Evidentemente, su padre había desconfiado inmediatamente de aquellos hombres. Sus palabras tuvieron el efecto deseado. El más bajo pareció encogerse, y el más alto se quitó la gorra.

–Disculpe la molestia, pero se trata de una emergencia.

–¿De verdad? –preguntó Florian con incredulidad.

–Sí, estamos persiguiendo a un loco peligroso, y hemos pensado que podría haber venido aquí.

–¿Un loco, aquí? Me parece muy poco probable.

–Es que lo estábamos llevando a casa de su familia, y de repente se puso violento y se escapó.

–¿Así que han perdido la pista a la persona a la que se supone que estaban custodiando? –preguntó Florian con disgusto.

–No fue culpa nuestra –protestó el hombre más bajo–. Podría haberle pasado a usted.

–Tal vez, pero a mí no me ha pasado. Tal vez porque no he vaciado una botella de ginebra.

Sus palabras sirvieron para acallar al hombre, que apartó la vista. Florian los contempló con curiosidad, como si estuviera examinando una rara especie de insecto, hasta que el silencio se hizo tenso.

–Bueno –dijo al fin–, me temo que no puedo hacer nada por ustedes. Tendrán que seguir buscando.

–¿No ha visto a nadie?

–Es lo que acabo de decir, ¿no? ¿O es que dudan de mi palabra? –añadió con sorna–. Casi me siento inclinado a pensar que son ustedes los que se han escapado de un manicomio, o tal vez, que han bebido demasiado. Ahora les ruego que se retiren. Están asustando a mi hija.

Priscilla se colocó detrás de su padre, intentando comportarse con timidez. El más alto de los hombres hizo una mueca. No parecía decidido a marcharse, pero no tuvo elección, puesto que Florian estaba cerrando la puerta. Después la aseguró con la barra metálica y se volvió, sonriendo a su hija.

–¿Te ha gustado mi actuación? –susurró.

–Excelente –contestó Priscilla, sonriendo–. Durante un momento me has recordado al viejo duque.

–La verdad es que intentaba imitar al primo de mi padre, pero me conformaré con que me compares con Ranleigh.

–Me alegra que hayas decidido protegerlo.

–No creo que esos dos tipos lo busquen para nada bueno. Aún no sé si nuestro invitado es un rufián, como dice Penny, pero no hace falta mucha imaginación para darse cuenta de que esos dos hombres sí que lo son –se detuvo, pensativo–. Me pregunto qué habrá pasado.

–Tal vez lo averigüemos cuando se despierte nuestro visitante. Hace unos minutos ha recuperado el conocimiento, pero ha intentado levantarse y se ha vuelto a desmayar.

–Sí, parece que es aficionado a desmayarse.

–Creo que he encontrado el motivo. Tiene una herida en la nuca. Tenía el pelo lleno de sangre.

–¿Así que le han dado un golpe en la cabeza?

–También he descubierto otra cosa. Ha estado atado de pies y manos. Tiene quemaduras de cuerda en las muñecas y en los tobillos.

Florian levantó las cejas.

–Así que lo tendrían prisionero. Esto se va poniendo interesante por momentos. ¿Quiénes crees que serían esos hombres? ¿Y quién será él? ¿Se tratará de una riña entre malhechores, o será un inocente al que persiguen con fines aviesos? Hasta es posible que sea cierto que está loco.

–No me han parecido muy sinceros, y dudo que los contrataran en ningún manicomio.

–Si está loco y es fuerte, pueden haberse visto obligados a contratar a matones profesionales. ¿Ha dicho algo mientras estaba despierto?

–Sólo me ha preguntado que quién era. Después, al ver a la señora Pennybaker con esas cosas en la cabeza, ha dicho que estaba en un manicomio. Entonces se ha puesto de pie y se ha vuelto a desmayar.

Florian rió y se pasó la mano por el pelo.

–No podemos echarlo en mitad de la noche y en ese estado, aunque no me gusta la idea de tener un desconocido en casa. Aunque supongo que no constituye una amenaza seria, si se desmaya siempre que se pone de pie.

–Probablemente no –convino Priscilla–. De todas formas, tengo intención de quedarme a vigilarlo toda la noche.

–¿Para qué?

–No sólo tiene una herida en la cabeza. También tiene mucha fiebre. Será mejor mantenerlo vigilado, por lo menos durante unas horas. Si empeora tendremos que llamar al médico.

–Me quedo contigo –murmuró Florian, frunciendo el ceño–. Puede ser peligroso.

–Como tú mismo has dicho, está demasiado débil para levantarse, así que difícilmente podrá hacerme daño. Además he prometido a Penny que estaré armada.

–¿Se puede saber qué vas a utilizar como arma?

–Había pensado en un rodillo de amasar.

–Tal vez sea mejor que uses esto –dijo sacándose una antigua pistola del bolsillo.

–¿La pistola del abuelo? ¿Qué haces con eso?

–He pensado que era mejor abrir la puerta armado, por si acaso.

–¿Así que has sacado la vieja pistola y la has cargado?

–Oh, no, está descargada. No tengo munición, y no estoy seguro de que funcione, pero parece bastante amenazadora.

–Sí, a no ser que se descubra la trampa.

–Siempre puedes darle la vuelta y darle un culatazo. Tal y como está el pobre, creo que será bastante.

Priscilla tomó la pistola y se la guardó en el bolsillo de la falda.

–De acuerdo.

–De todas formas, debería quedarme contigo.

–No digas tonterías. Puedo valerme por mí misma, y tengo la pistola. Además no vas a estar muy lejos. Siempre puedo gritar.

–Eso es cierto.

Priscilla se despidió de su padre con un beso y lo miró divertida mientras volvía corriendo a su estudio, probablemente pensando ya en el experimento que se trajera entre manos. Se volvió y entró en la cocina.

Un brazo la sujetó de repente, inmovilizándola. A la vez, una mano le cubrió la boca.

2

Priscilla se debatió, intentando liberarse, pero el brazo que la sujetaba era demasiado fuerte. Pensó en la pistola que le había dado su padre, que no le servía de nada en el fondo del bolsillo. Había subestimado a su paciente, y se maldijo por haber sido tan confiada.

–¿Quién demonios eres? –susurró el hombre a su oído–. ¿Qué hago aquí? ¿Dónde está mi ropa?

Priscilla emitió un sonido de irritación. No sabía cómo esperaba aquel hombre que hablara si le estaba tapando la boca.

–Quitaré la mano –prosiguió– si me prometes no gritar. Un chillido y te estrangulo, ¿entendido?

Priscilla asintió. El hombre aflojó lentamente la mano con que le tapaba la boca, y se la puso en la garganta. Priscilla se estremeció. Podía sentir los músculos de su cuerpo contra la espalda, y no dejaba de pensar que estaba desnudo.

–Contesta –dijo el hombre en su oído.

Priscilla se aclaró la garganta.

–Me llamo Priscilla Hamilton, y estamos en Evermere Cottage. En cuanto a lo que hace usted aquí, esperaba que me lo explicase cuando recuperase el conocimiento.

–¿Hamilton? –repitió–. No te conozco.

–No. Ni yo a usted. Lo único que sé es que se ha desmayado en nuestra puerta hace aproximadamente media hora.

–¿Por qué?

Priscilla tuvo la impresión de que el hombre hablaba consigo mismo, más que con ella.

Le quitó la mano de la garganta y se la llevó a la cara. Se tambaleó un poco y se apoyó en la pared, aflojando la mano con que le sujetaba las muñecas.

Priscilla supo que era el mejor momento. Le dio un fuerte pisotón y se adelantó con todas sus fuerzas. El hombre dejó escapar un sonido de dolor y sorpresa y la soltó. Volvió a intentar sujetarla de inmediato, pero era demasiado tarde. Priscilla sacó la antigua pistola y lo apuntó.

El hombre se quedó boquiabierto.

–Eres una de ellos, ¿verdad?

–¿Una de quiénes? Póngase contra la pared. Ahora soy yo quien hace las preguntas.

El hombre se apoyó en la pared, más para sujetarse que por obedecer la orden. Estaba muy pálido y tenía la frente cubierta de sudor. A juzgar por la expresión de su cara, Priscilla sospechaba que le daba vueltas la cabeza. Entrecerró los ojos. Se sentía bastante molesta en compañía de un hombre desnudo, aunque él no parecía dar demasiada importancia a su falta de ropa.

No quería mirarlo, pero le resultaba difícil mirar en otra dirección. No pudo evitar fijarse en la anchura de sus hombros y en los músculos de su pecho. Nunca había visto a un hombre desnudo, pero no creía que ninguno de sus conocidos se pareciera a él. Los cuerpos huesudos de sus hermanos eran completamente distintos del del desconocido, e incluso Alec, que hacía mucho deporte, estaba bastante delgado.

Pero aquel hombre, que le sacaba casi treinta centímetros, no estaba delgado en absoluto. Su cuerpo parecía esculpido en granito, y no le sobraba ni un gramo. Nunca había pensado que el cuerpo de un hombre pudiera resultar tan intrigante. Bajó la mirada, y apartó los ojos, sonrojándose. Se alegró de que el hombre tuviera los ojos cerrados.

–Creo que será mejor que se siente mientras hablamos. De lo contrario volverá a desmayarse.

El hombre abrió los ojos y la miró.

–He perdido el conocimiento, ¿verdad?

–Sí. Ya van dos veces.

El hombre movió la cabeza con incredulidad.

–¿Qué me pasa? –se llevó la mano a la cara–. Estoy sudando a chorros, y me da vueltas todo.

Miró a Priscilla como si ella fuera la culpable.

–Sospecho que eso se debe al golpe que tiene en la cabeza, y al hecho de que tiene fiebre. Ahora le recomiendo que vuelva al dormitorio y se tumbe en la cama –señaló las mantas, que habían caído al suelo–. Puede taparse con eso.

El hombre se volvió, se inclinó con cuidado y tomó una de las mantas. Se envolvió en ella y caminó lentamente por la cocina, hacia la habitación. Cuando se dejó caer en el camastro tuvo que contener un gemido. Priscilla no pudo evitar sentir lástima.

–Lo siento –le dijo–. Le daría un poco de láudano, pero no es conveniente cuando se tiene una herida en la cabeza.

–No entiendo. ¿Por qué me ha traído la manta? ¿Por qué me ha vendado la cabeza?

–¿Por qué no iba a hacerlo? Está herido, y... bueno, necesitaba una manta. Cualquier persona habría hecho lo mismo.

–¿No está trabajando para ellos?

–No sé a quiénes se refiere, pero no trabajo para nadie.

–No sé cómo se llaman. Los dos tipos que me ataron. El borracho y el otro.

–¿Un hombre alto y delgado, con una cicatriz?

–Sí, exactamente. ¿Qué relación tiene usted con él?

–Absolutamente ninguna. Hace un momento ha estado aquí, con otro hombre que parecía haber bebido bastante, y han preguntado por usted.

El desconocido la miró confuso.

–¿No me ha entregado?

–No. Mi padre les ha dicho que no había visto a nadie. No le han parecido de confianza.

–Así que no trabaja para ellos –se tranquilizó–. Menos mal. Entonces, ¿por qué me apunta con la pistola?

–¿Me permite que le recuerde que usted es el que me ha atacado cuando he entrado en la cocina? La verdad es que me parece que he tenido una buena idea al venir con la pistola, teniendo en cuenta que no sé nada de usted.

–Tiene razón –se pasó la mano por la frente–. Disculpe. Me he comportado de forma... muy poco educada –tuvo un escalofrío, y se envolvió más en la manta–. Me siento muy raro.

–Tiene fiebre. ¿Cuánto tiempo ha pasado atado? ¿Ha estado... vestido así todo el tiempo?

El hombre bajó la vista.

–Sí, creo que sí. No recuerdo cuándo... No sé, me desperté y estaba así, pero atado de pies y manos. Estaban allí de guardia, y se turnaban. Primero el uno y luego el otro. Pero era muy difícil mantener la noción del tiempo. Creo que han sido varios días. Me ha parecido una eternidad –volvió a estremecerse–. ¿Hace frío aquí? Tengo mucho frío.

–Iré a buscar la otra manta.

Priscilla fue a la cocina. No tenía demasiado miedo, porque el desconocido parecía demasiado débil para hacerle nada malo, pero tuvo cuidado de no volverle la espalda. Volvió y le tiró la manta, con cuidado de no acercarse suficiente.

De todas formas, el hombre no parecía interesado en atacarla. Se envolvió en la segunda manta y se sentó, temblando.

–¿Le importa? Creo que tengo que tumbarme.

Se recostó de lado en la cama y cerró los ojos.

–Espere –dijo Priscilla, inclinándose para mirarlo–. Aún no me ha dicho qué le ha pasado. ¿Por qué lo perseguían esos hombres?

–No lo sé –le castañeteaban los dientes, y se acurrucó–. Hace mucho frío.

Priscilla dudó. Después se guardó la pistola en el bolsillo y corrió a la cocina. Volvió unos segundos después con más mantas. Antes de entrar en la cocina, abrió la puerta y miró a su alrededor desde fuera.

El hombre seguía en la cama, pero se había tumbado de espaldas y estaba destapado, con los brazos abiertos. Se acercó con prudencia. Estaba bañado en sudor, pero pensó que debería taparlo de todas formas. Se acercó, sintiendo cierta culpabilidad.

Se dijo que era estúpida por sentirse culpable, pero no podía evitarlo. Probablemente porque le costaba resistirse a la tentación de bajar la vista y contemplar lo que había intentado no mirar desde que abrió la puerta.

Se dijo que en realidad sentía curiosidad. Nunca lo había visto directamente. Según le decían, una verdadera dama no sentiría curiosidad por algo así, pero había decidido bastante tiempo atrás que no tenía el alma de una verdadera dama. Las tareas propias de las damas le parecían bastante aburridas, y lo que más le gustaba hacer, con lo que se ganaba la vida, tampoco se podía considerar una ocupación adecuada para una señorita.

Su amor secreto era la escritura. No le gustaba escribir diarios, ni crónicas de viajes, ni los poemas malos que cabría esperar en una jovencita, sino novelas de aventuras. No había nada que le gustara más que imaginar un ambiente desconocido y poner en él a un héroe que se tuviera que enfrentar a innumerables peligros. Los libros la habían transportado a lugares que sabía que no conocería nunca, y le habían presentado a notables personajes que sabía que debían de existir en alguna parte.

Toda su vida había sido bastante apacible, pero en sus sueños vivía las aventuras más emocionantes. No le bastaba con leerlas; otras se formaban en su mente. De modo que había empezado a escribir, creando una especie de hombres perfectos que sólo existían en su imaginación. Hombres que no se quedaban en sus propiedades, haciéndose viejos y cazando zorros. Los hombres de su mente, los que salían de su pluma, eran casi todos valientes y arrojados. Algunos eran canallas y otros eran bellísimas personas, pero todos buscaban algo. Un tesoro, la verdad, un pariente perdido... Eran hombres que lo arriesgaban todo.

El hombre que estaba tumbado delante de ella podría haber pasado por uno de ellos. Tenía el aspecto físico necesario: era alto, bien parecido, fuerte y misterioso, y estaba en peligro. Le parecía exactamente lo que haría un héroe en uno de sus libros: llamar a una puerta para esconderse de sus perseguidores. Naturalmente, estaría vestido, pero nunca se podían prever todos los detalles en la vida real. Aquel hombre era lo más parecido que había llegado a conocer a los que habitaban en sus libros. No tenía nada de raro que sintiera curiosidad.

Por supuesto, las heroínas de sus libros no habrían concebido jamás la idea de mirar a un hombre desnudo. Eran las mujeres decentes que esperaba la sociedad, aunque se metían en líos en los que no se metería una verdadera dama. No obstante, Priscilla sabía que ella no era como sus heroínas. Y sentía verdadera curiosidad por la anatomía masculina.

Pensó en lo que podía ocurrir si el hombre se despertaba y la sorprendía contemplándolo, pero ni aun así fue capaz de apartar la mirada. Se sonrojó profundamente.

De modo que así estaban hechos los hombres. Le parecía muy extraño, muy distinto. Sin embargo, había algo fascinante en ello. Al mirarlo tenía una rara sensación, y sentía la indecente necesidad de tocarlo. Por supuesto, no lo iba a hacer.

El hombre se agitó en el camastro, y Priscilla saltó. Se apresuró a taparlo con una manta, recordándose que estaba enfermo y necesitaba ayuda. Le puso la mano en la frente. Estaba ardiendo.

Fue a la cocina a buscar otra palangana de agua y un trapo y volvió junto a su paciente. Humedeció el paño y se lo puso en la frente. Después volvió a buscar una botella de jarabe que le había dado su amiga Anne la última vez que Philip había tenido fiebre. Recordaba que había funcionado muy bien. La encontró en el fondo de un armario. Echó una cucharada en un vaso de agua.

Volvió junto a su paciente. Estaba agitándose, inquieto, y ya se había bajado la manta hasta la cintura. Murmuró algo ininteligible, mientras Priscilla se arrodillaba en el suelo, a su lado.

–¿Se puede sentar? –le preguntó–. Le he traído un jarabe.

Al ver que no se despertaba, le dio unos golpecitos en el hombro con precaución. Tenía la piel ardiendo.

–Despierte, por favor.

El hombre abrió los ojos y volvió la cabeza. Parecía tener la mirada nublada.

–¿Qué? –se pasó la lengua por los labios cortados–. Tengo mucho calor. ¿Dónde estoy?

–En Evermere Cottage –contestó Priscilla con calma–. Ya se lo he dicho. ¿No se acuerda?

El hombre negó con la cabeza, lentamente, y se volvió a humedecer los labios.

–Tengo sed.

–Ahora le traigo agua, pero antes tiene que tomarse esto. Lo ayudará a reponerse. ¿Se puede sentar?

El hombre asintió, pero sólo consiguió incorporarse un poco, apoyándose en los codos. Priscilla le sujetó la cabeza con una mano mientras le llevaba el vaso a los labios. El hombre empezó a beber con avidez pero se apartó, haciendo una mueca.

–¿Qué demonios es esto? ¿Intenta asesinarme?

–No, es un jarabe para bajar la fiebre. Tiene que tomárselo. Ya sé que tiene un sabor horrible, pero es necesario que beba un poco más.

–Nada de eso.

Priscilla lo miró con determinación. No en vano llevaba varios años enfrentándose a sus hermanos.

–Sí –le dijo con firmeza–. Es necesario. Abra la boca.

–Quiero agua –contestó él con la misma obstinación.

Su gesto se parecía tanto al de un niño enfadado que Priscilla no pudo contener la risa.

–Le traeré agua en cuanto se tome la medicina.

El hombre la miró durante largo rato. Ella le devolvió la mirada con tranquilidad. Al final se dio por vencido.

–De acuerdo.

Apuró el vaso de un trago y después se dejó caer en la cama, torciendo la boca de forma expresiva.

–Sabe a veneno. ¿Quién la ha contratado?

–Nadie me ha contratado. Intento ayudarlo porque me da la gana, pero debo decir que me está obligando a replantearme mi decisión.

El hombre sonrió débilmente, y Priscilla se fue a buscar un vaso de agua. Cuando volvió vio que el desconocido había vuelto a cerrar los ojos. Dejó el vaso encima de la cómoda y volvió junto a la cama. Sudaba con profusión, y había vuelto a quitarse la manta. Priscilla se la colocó bien y después se sentó en un taburete, a su lado. Mojó el paño en la palangana y le refrescó la cara.

El agua fría pareció apaciguarlo un poco, aunque siguió moviendo la cabeza y murmurando palabras ininteligibles. Varias veces se bajó la manta con impaciencia. La fiebre seguía subiéndole.

Priscilla recordó que cuando sus hermanos tenían mucha fiebre les daba friegas en el pecho, pero le resultaba un poco violento hacerlo con un desconocido. No obstante, al cabo de un rato decidió que no tenía elección. Hundió el paño en el agua, lo escurrió y empezó a frotarle con él el pecho, bajando hacia el estómago. Cuando se calentó volvió a hundirlo en el agua fresca y empezó otra vez.

El paño era fino, y podía sentir en la palma la forma de sus músculos y la dureza de sus costillas y su clavícula. Sintió un extraño estremecimiento en el abdomen. Una vena le latía en el cuello, y sintió la tentación de tocarla. Por fin lo hizo, con un dedo. Tenía la piel muy suave, a pesar de la fortaleza de su cuerpo. Su pulso latía contra el dedo de Priscilla, firme y rápido, haciendo que a ella se le acelerase también.

Apartó la mano, sorprendida por las extrañas sensaciones que experimentaba. Nunca había sentido un hormigueo como el que sentía cuando le pasaba el paño por el pecho; nunca había sentido aquellos vuelcos en el abdomen. Era a la vez raro, excitante y agradable.

Volvió a humedecer el paño en el agua fría y le frotó el pecho de nuevo. Su paciente gimió y se volvió hacia ella, apartándose la manta una vez más. Priscilla sacudió la cabeza, y empezaba a subírsela otra vez cuando su mirada cayó sobre el mismo miembro que antes se había atrevido a mirar de reojo. Se detuvo, sobresaltada.

Había cambiado.

Ahora era más largo y grueso, y parecía estar levantándose. Parpadeó y apartó la mano. Empezó a lavarle el pecho de nuevo, sin poder dejar de pensar en lo que acababa de ver. Cuando bajó hacia el estómago vio un movimiento. Se detuvo, sorprendida, y volvió a pasarle el paño por el abdomen. De nuevo, la masculinidad de su paciente se movió y pareció crecer.

Miró su cara. Seguía dormido, con los ojos cerrados, pero parecía más relajado.

Volvió a humedecerse los labios. Priscilla lo miró. Entonces, sin saber muy bien por qué, hundió un dedo en el vaso de agua y se lo llevó a los labios. Sintió su aliento en la mano, y de nuevo, una bandada de mariposas pareció aletear en su estómago.

Priscilla hundió de nuevo el dedo en el agua, y se lo pasó al hombre por los labios. Él adelantó la lengua, y de repente, abrió los ojos. La miró sin reconocerla, como antes, y sonrió.

–Me gusta –subió la mano y le acarició la mejilla–. ¿Cuánto?

–¿Cómo dice? –preguntó Priscilla desconcertada.

–Por la noche –dijo él en voz baja–. Por ti –bajó la mano por su pecho hasta tocarle los senos–. Mmmm. Madam Chang siempre sabe escogerlas.

Priscilla se sonrojó al darse cuenta de lo que pensaba el hombre. La había tomado por una mujer de la noche, alguien cuyos favores podía comprar.

–¡Un momento!

Le apartó la mano y empezó a levantarse, pero él la retuvo sujetándola por la muñeca.

–Espera. No te vayas –le puso una mano detrás de la nuca, atrayéndola hacia sí–. ¿No lo entiendes? Tú eres la que quiero.

–Está usted equivocado. Está... está delirando.

Le puso una mano en el pecho para detenerlo, pero él pareció interpretar su gesto como una caricia, porque sonrió, murmuró algo y se la acercó más hasta dejarla a unos centímetros de su cara.

De repente la besó. Priscilla no había besado así en su vida. En realidad, sólo había besado tres veces, y siempre habían sido simples roces de labios. Nunca había experimentado aquel calor, aquella necesidad que irradiaba de su acompañante. Apretaba los labios contra los suyos con avidez, e introdujo la lengua en su boca. Priscilla se enderezó con un sonido de sorpresa, pero él no se apartó. La rodeaba con los dos brazos, y Priscilla sentía que la cabeza le daba vueltas. Había dejado de intentar apartarse, y hundía los dedos en la carne del hombre con pasión.

El hombre gimió e interrumpió el beso, pasándole los labios por la mejilla.

–Suéltate el pelo –jadeó–. Quiero sentirlo a mi alrededor.

Le quitó las horquillas, y las mechas de Priscilla cayeron, envolviéndolos. El hombre hundió los dedos en su cabello y tomó el lóbulo de su oreja entre los labios. Priscilla contuvo la respiración.

–Un momento –empezó a protestar débilmente.

Pero los labios del hombre volvieron a cubrir los suyos, acallando sus palabras y sus pensamientos. Se perdió en la suavidad de su boca, hundiéndose en el deseo.

La mano del hombre volvió a subir hasta su seno, apretándolo suavemente a través de la ropa. Priscilla sintió un estremecimiento, pero aquello la hizo volver a la realidad. Aquel desconocido estaba tocándola como ningún hombre debería tocarla, y por si fuera poco, ella estaba reaccionando como una cualquiera.

Avergonzada, se apartó bruscamente. Su movimiento fue tan repentino e inesperado que el hombre no fue capaz de sujetarla. Se quedó tumbado, mirándola confuso y extendiendo los brazos para intentar tocarla.

–No te vayas, cariño –dijo en tono plañidero–. ¿Qué te pasa? –se pasó la mano por la cara, enjugándose en sudor–. Tengo el dinero. No sé dónde, pero lo tengo. ¿Dónde está Madam Chang? Pregúntale a ella.

Murmuró algunas palabras ininteligibles antes de quedar en silencio. Priscilla se quedó de pie, a una distancia prudente. Se llevó una mano temblorosa al pelo. Lo tenía suelto, y con sólo tocarlo recordó las manos del hombre sobre él. El recuerdo le bastaba para revivir la sensación de estar derritiéndose. Y el beso... Nunca habría imaginado que un beso pudiera ser así; nada que hubiera experimentado u oído la había preparado para algo semejante. El hecho de que fuera un desconocido el que la había besado de forma tan íntima hacía que todo fuera más irreal aún. Estaba segura de que un beso así sólo podrían compartirlo dos personas que se amaran.

No tenía bastantes horquillas para volver a sujetarse el pelo, de modo que se hizo una trenza, la enrolló y formó un moño con las pocas horquillas que encontró. Tenía que reconocer que ella tenía más culpa que él. Aunque había sido el hombre el que había iniciado el beso, estaba inmerso en un sueño delirante y la había confundido con otra persona. Pero ella sabía perfectamente que se trataba de un desconocido, y aun así le había devuelto el beso con fervor. No tenía ni idea de lo que la había impulsado a comportarse así.

Para empeorar las cosas, sabía que debería sentirse profundamente avergonzada, pero no podía evitar pensar que había sido maravilloso. Podía sentir su sabor en los labios y aspirar su aroma. Se preguntó si sería así como se debían de sentir las heroínas de sus novelas al besar a sus héroes. Lo que había imaginado era algo mucho más inofensivo.

Fue a la cocina y se mojó la cara. Una gota resbaló por su cuello, y Priscilla recordó su mano allí, deslizándose como la seda. Cerró los ojos, pero no le sirvió para sobreponerse. Los abrió con determinación y se secó la cara.

Se recordó que tenía que ser práctica. El hombre que estaba en la otra habitación se encontraba enfermo y la necesitaba. Tenía que ayudarlo, en vez de hacer locuras. Era un desconocido, y lo ocurrido era sólo producto de su delirio. Ni siquiera sabía quién era ella; la había tomado por otra persona, probablemente perteneciente a su pasado. Ni siquiera había pensado que fuera una mujer decente. La había tomado por una mujer de las calles.

Volvió a la habitación. El hombre estaba acurrucado, envuelto en una manta y temblando violentamente. Su fiebre había vuelto a ser sustituida por el frío.

Entró corriendo en la habitación y cubrió al paciente con dos mantas más, subiéndoselas hasta los hombros. Él no dijo nada; siguió temblando con tanta fuerza que le castañeteaban los dientes. Tenía los ojos cerrados, y de vez en cuando dejaba escapar un gemido. Priscilla se acercó, frustrada por no poder ayudarlo más.

Pero no tardó en volver a apartarse las mantas y empezar a sudar, murmurando cosas incoherentes, mientras se agitaba. Priscilla consiguió mantenerlo tumbado y cubierto casi todo el tiempo, pero la tarea resultaba agotadora. En su delirio seguía intentando levantarse, por mucho que ella lo aplastara firmemente contra la cama empujándolo por los hombros. Pero por lo menos ya no la consideraba una ocupante de un burdel.

Le sirvió otro vaso de jarabe, pero el hombre se resistía a bebérselo, y al final tiró de un manotazo el vaso, que se estrelló contra el suelo de piedra. Mientras Priscilla estaba recogiendo los cristales el hombre se levantó e insistió en marcharse. Priscilla se sintió aliviada cuando volvió a helarse de frío y se acurrucó sobre la cama.

Así transcurrió el resto de la noche. Su paciente pasaba de la fiebre al frío, y Priscilla lo miraba preocupada, intentando obligarlo a beber jarabe y mantenerlo cubierto, mientras pasaban las largas horas. Al fin, cuando la aurora empezaba a despuntar en el horizonte, Priscilla se despertó sobresaltada y se dio cuenta de que se había quedado dormida en la silla. Se volvió inmediatamente hacia su paciente.

Estaba inmóvil, con los brazos extendidos por encima de la cabeza y tapado con la manta. Durante un terrorífico instante pensó que estaba muerto, pero entonces observó que su pecho subía y bajaba de forma rítmica, y se dio cuenta de que dormía plácidamente. Se puso en pie de un salto y le puso la mano en la frente. Estaba más caliente de lo normal, pero mucho menos que antes. La fiebre había remitido.

Dejó escapar un suspiro de alivio y se dejó caer en el suelo. De repente tenía la impresión de que sus rodillas eran de goma. Apoyó la cabeza en el camastro. Se puso a temblar, y se dio cuenta, sorprendida, de que las lágrimas brotaban de sus ojos.

De repente sintió una mano que le acariciaba el pelo. Levantó la cabeza y se encontró con que el hombre la estaba mirando.

–¿Se encuentra bien? –preguntó sin dejar de acariciarle el pelo.

Durante las peleas nocturnas se le había soltado la trenza, y había renunciado a intentar sujetarse el pelo. Sabía que era inadecuado presentarse así delante de un hombre, pero él no parecía incómodo por ello. La acariciaba con naturalidad, como si pasara los dedos por una escultura.

–Sí –contestó Priscilla, intentando sonreír–. Lo siento, es el alivio. Ha pasado toda la noche delirando, y cuando he visto que le había bajado la fiebre...

–Ya veo –el hombre sonrió débilmente–. Es usted bellísima.

Priscilla se dio cuenta de que se estaba sonrojando.

–Gracias.

El hombre la miró con el ceño fruncido.

–¿Nos conocemos? –preguntó.

–No.

Las palabras del hombre parecieron recordarle las normas sociales. Se levantó y se echó el pelo hacia atrás.

–¿No recuerda que anoche vino a nuestra puerta?

El hombre frunció el ceño y sacudió la cabeza.

–Todo está muy confuso.

Se incorporó lentamente, y la manta resbaló, revelando su pecho desnudo. Miró hacia abajo y una expresión de vergüenza cruzó su rostro.

–¿Dónde está mi ropa?

–No lo sé –contestó Priscilla, sonrojándose más aún–. Así fue como se presentó en la puerta.

–¿Desnudo? –preguntó atónito–. ¿Bromea?

–No. Desconozco el motivo. Ni siquiera sé quién es usted.

–¿Quién soy? –repitió el hombre vagamente.

Priscilla asintió.

–Sí, ése sería un buen comienzo. ¿Cómo se llama?

El hombre la miró desconcertado.

–No... no estoy seguro –una expresión de pánico cruzó sus ojos–. No lo sé. No sé quién soy.

3

Priscilla se quedó mirándolo atónita.

–¿No sabe quién es?

El hombre negó con la cabeza.

–No sé cómo me llamo –miró a su alrededor y se llevó la mano a la frente–. Oh, me duele muchísimo la cabeza. Me siento muy raro. Estoy mareado.

–Tiene una herida en la nuca. Anoche estaba sangrando. Yo diría que alguien lo golpeó. Además tenía mucha fiebre, y aún no se le ha pasado del todo.

El hombre se dejó caer en la cama, gimiendo.

–¿Cree que la fiebre puede hacer que un hombre pierda la razón?

–No creo que haya perdido la razón. Sólo la memoria.

Priscilla intentaba animarlo, pero no estaba demasiado convencida. No entendía que alguien pudiera olvidar quién era y qué le había pasado.

–Es posible que recuerde todo cuando se recupere –añadió–. Le recomiendo que vuelva a dormirse. Descanse un poco, y probablemente, cuando se despierte estará menos desconcertado. Ya sabe que las personas enfermas no piensan con claridad.

–Sí, pero es distinto –murmuró cerrando los ojos.

Unos minutos después había vuelto a dormirse.

Priscilla se quedó sentada mirándolo, con la esperanza de estar en lo cierto. Lo que había dicho parecía razonable. Recordaba que en una ocasión, cuando era pequeña, había sufrido una fuerte fiebre que la había llevado a imaginar cosas muy raras. Hasta había tenido visiones. Se había sentido muy desorientada y confusa, de modo que no le extrañaba que alguien pudiera olvidar quién era. Cuando el hombre se recuperase lo recordaría todo.

Fue a la cocina para prepararse un desayuno. Pensó en preparar algo para su paciente, pero decidió que sería mejor dejarlo dormir. Unos minutos después bajó la señorita Pennybaker, frunciendo el ceño preocupada. Tenía el pelo recogido en un moño, como siempre, y estaba impecable. No obstante, a juzgar por su comportamiento saltaba a la vista que estaba muy nerviosa.

–¿Te encuentras bien? Oh, querida, he pasado toda la noche en vela pensando en ti. Me preocupaba que pudiera ocurrirte algo. ¿Qué ha pasado?

Se detuvo frente a Priscilla, conteniendo la respiración y frotándose las manos, nerviosa.

–Bueno, ha pasado casi toda la noche delirando. Tenía mucha fiebre, pero creo que ya está mejor. Ahora duerme plácidamente.

Se llevó el dedo a los labios para indicar a su antigua institutriz que guardara silencio y la condujo a la habitación, para señalarle al paciente que dormía como un niño. Al mirarlo a la luz del día Priscilla se volvió a dar cuenta de que era muy atractivo. Tal vez no tuviera la perfección de un Adonis, pero sus marcados pómulos y su mandíbula cuadrada irradiaban fuerza y misterio, a pesar de la barba incipiente.

La señorita Pennybaker se estremeció.

–¿Cómo has sido capaz de quedarte con él toda la noche? ¿No tenías miedo?

Priscilla la miró asombrada, preguntándose cómo era posible que una mujer reaccionara con miedo ante tanta belleza.

–Ha sido bastante... excitante. Quiero decir que un par de veces estuve un poco asustada, pero era como una batalla, yo contra la fiebre. Y he ganado yo.

–Dices cosas muy raras. En fin, puedes irte a la cama. Yo me quedaré a cuidarlo.

La señorita Pennybaker tomó una silla con determinación y la dejó en el umbral del pequeño dormitorio. Priscilla pensó divertida que parecía más una carcelera que una enfermera, pero no hizo ningún comentario. Sin duda, la mujer creía que se estaba enfrentando a un terrible peligro para protegerla.

Priscilla sonrió para sí y subió. Al entrar en su habitación se dio cuenta de que estaba agotada. Se quitó la ropa y se dejó caer en la cama con la camisa y los pololos, sin tomarse la molestia de ponerse el camisón, algo que sin duda escandalizaría a la señorita Pennybaker. Se quedó dormida en unos segundos.

Cuando despertó era mediodía. El sol llenaba la habitación. Parpadeó, desorientada durante un instante. Al recordar lo ocurrido la noche anterior, se levantó de un salto y empezó a vestirse. Estaba deseando volver junto a su paciente y averiguar qué había ocurrido mientras dormía.

Encontró a la señorita Pennybaker y al desconocido tal y como los había dejado, aunque había llegado la señora Smithson, que iba todos los días con su hija a cocinar y limpiar. Se encontraba delante del fogón, y un delicioso aroma impregnaba el aire.

Priscilla respiró profundamente.

–¡Qué bien huele!

La cocinera, una mujer baja de pelo blanco, se volvió hacia ella.

–Ah, señorita Priscilla, por fin llega. Me preguntaba qué habrá pasado, pero la señorita Pennybaker no quiere decirme nada. Como si me fuera a dedicar a contarlo por todo el pueblo. Le aseguro que no me gusta cotillear, y deberían saberlo –añadió dolida.

–Claro que lo sé, señora Smithson. Sé perfectamente que jamás se le ocurriría extender un rumor. Pero el caso es que ni la señorita Pennybaker ni yo sabemos mucho más que usted.

Le explicó rápidamente que se había presentado en la puerta la noche anterior, y que después habían aparecido dos rufianes preguntando por él. Las dos se acercaron a la puerta y contemplaron al hombre, que dormía profundamente.

–Pues es guapo, ¿verdad? –susurró la cocinera.

La señorita Pennybaker le lanzó una mirada de disgusto, y Priscilla se apresuró a intervenir.

–Me pregunto de dónde será, y qué estará haciendo aquí.

–Tal vez se lo cuente cuando se despierte.

Priscilla se encogió de hombros. Aún no había hablado a nadie de la aparente falta de memoria del hombre. Tenía la esperanza de que lo recordara todo cuando se volviera a despertar.

–¿Se ha despertado, Penny? –preguntó.

–Dos veces, pero no ha dicho nada. Una vez me ha pedido agua y se la he llevado.

–¿No ha dicho nada más?

–Ha preguntado por ti. Quería saber dónde estaba la otra señorita. Le he dicho que estabas descansando, puesto que te habías pasado toda la noche en vela cuidándolo.

Priscilla sonrió. La señorita Pennybaker siempre la defendía. Las tres mujeres volvieron a mirar al paciente.

De repente abrió los ojos, como si hubiera sentido las miradas. Miró a cada una de ellas durante un momento, con los ojos entrecerrados.

–¿Quiénes son ustedes? –preguntó al fin.

Priscilla entró en la habitación y caminó hacia la cama.

–Me llamo Priscilla Hamilton. ¿No recuerda que se lo dije anoche? Estamos en Evermere Cottage, nuestra casa.

El hombre asintió y se incorporó lentamente, sin prestar atención a la manta que resbalaba, revelando su pecho desnudo.

–Sí, lo recuerdo –miró a las otras dos mujeres–. ¿Y ustedes, quiénes son?

–La señorita Pennybaker y la señora Smithson. La señorita Pennybaker me ha ayudado a cuidar de usted, y la señora Smithson es nuestra cocinera.

–A juzgar por el olor, es buena.

La señora Smithson sonrió encantada.

–¿Quiere tomar una sopa? Es lo que necesita para reponer fuerzas.

El hombre asintió y le dedicó una sonrisa cordial.

–Con mucho gusto. Me siento muy vacío.

La señora Smithson corrió a servir un plato de sopa. Priscilla se acercó y le llevó la mano a la frente. Tenía bastante menos fiebre que la noche anterior.

–Parece que se encuentra mucho mejor.

El hombre asintió.

–Sí, pero aún me siento muy débil.

Se apoyó en la pared y se quedó contemplando a Priscilla, que miró de reojo hacia la puerta, donde estaba la señorita Pennybaker sentada en su silla, con las manos cruzadas sobre el regazo, mirándolos.

El hombre se agitó, incómodo, y volvió a mirar a Priscilla.

–¿Por qué está sentada ahí? –preguntó–. Antes le he pedido agua, y me la ha acercado de lejos. ¿Tengo algo contagioso?

Priscilla fue incapaz de contener la sonrisa.

–No estoy segura, pero no creo que ése sea el motivo. Creo que la señorita Pennybaker no se atreve a acercarse porque sospecha que usted es un rufián.

–¿Un rufián? –preguntó sorprendido–. ¡Tonterías!

–¿Está completamente seguro? –preguntó Priscilla, levantando una ceja.

–Bueno, supongo que tiene razón. No sé lo que soy. Es una sensación muy rara. Aun así, tengo la impresión de que no soy ningún rufián.

–¿Debo interpretar que aún no ha recuperado la memoria?

El hombre negó con la cabeza, pensativo.

–No, aún no.

–¿De qué hablan? –preguntó la señorita Pennybaker, levantándose–. ¿Qué es lo que no recuerda?

El hombre se volvió hacia ella.

–Nada, señorita Pennybaker. Me temo que no sé de dónde soy, ni quién soy, ni siquiera cómo me llamo.

El ama de llaves se quedó boquiabierta.

–¿No conoce su propio nombre? –miró a Priscilla–. ¿Es eso posible?

Priscilla se encogió de hombros.

–No tengo ni idea, pero supongo que sí. Recuerdo que el suegro de la tía Celeste olvidó por completo quién era, y tampoco reconocía a los demás miembros de la familia.

–Sí, pero tenía ochenta y cuatro años –observó la señorita Pennybaker–. Este hombre es más joven.

–En eso tiene razón –dijo el paciente sonriendo.

Priscilla observó el rubor que cubrió las mejillas del ama de llaves y decidió que se encontraba ante un hombre que sabía complacer a las mujeres.

En aquel momento llegó la señora Smithson con un plato de sopa para el paciente. Le puso la bandeja en el regazo, y el hombre se puso a comer con avidez. La señora Smithson lo miró con benevolencia mientras comía, e incluso la señorita Pennybaker pareció suavizarse. Cuando terminó de comer y la señora Smithson se llevó la bandeja a la cocina, Priscilla sugirió a la señorita Pennybaker que se uniera a la cocinera, señalando que había pasado la hora de comer. El ama de llaves no parecía muy dispuesta a marcharse, y Priscilla se sintió culpable al ver el dolor en sus ojos. Pero estaba dispuesta a hablar a solas con su visitante, sin las preguntas, exclamaciones y opiniones de la señorita Pennybaker.

Cuando se marcharon las dos mujeres, Priscilla se sentó en la silla que había junto a la cama. El hombre volvió a tumbarse, y se quedaron mirándose durante unos momentos.

–¿No recuerda absolutamente nada? –comenzó Priscilla.

–Tengo algún recuerdo confuso de los últimos días –suspiró y se pasó la mano por la cara–. Lo primero que recuerdo es haberme despertado en una cabaña. No había ventanas, y estaba desnudo. No sé por qué –frunció el ceño–. Creo que también estaba atado, y me encontraba muy mal.

–¿Dónde está esa cabaña?

–No tengo ni idea. Sólo vi el interior. Me escapé de noche, y no me quedé a mirarla, pero era un simple cobertizo, de madera sin pintar, en mitad de un bosque.

–¿Cómo salió?

–Conseguí cortarme las cuerdas. Tardé mucho, pero al final logré deshacerla con un canto de la madera. Me magullé las manos, pero por fin fui libre. Después me desaté los tobillos y esperé a que llegara el guardián.

–¿El guardián?

–Sí. De vez en cuando entraba un hombre para comprobar que seguía atado. Había dos hombres distintos, en realidad. Creo que se turnaban. Entró el más bajo de los dos y le di un golpe en la cabeza.

–¿De verdad?

Priscilla estaba impresionada. Parecía la típica huida temeraria de sus héroes, pero nunca había conocido a alguien que hubiera hecho algo así en la vida real.

El hombre la miró con extrañeza.

–Claro que de verdad. ¿Por qué iba a inventar algo así?

–No lo sé. Es que suena tan raro...

–Lo es. No tengo ni idea de quiénes eran esos hombres, ni del motivo por el que me tenían prisionero. No me hicieron nada. Sólo entraban de vez en cuando a comprobar que seguía atado. No eran muy inteligentes. No miraron muy de cerca.

–¿No recuerda cómo llegó hasta allí?

–No.

–Desde luego, es un misterio –Priscilla frunció el ceño–. Si tenían intención de matarlo, lo lógico habría sido que lo hicieran inmediatamente. Desde luego, ya le habían quitado todo lo que tuviera. ¿Qué sentido tenía que entraran a comprobar que seguía atado? ¿Y por qué le quitaron la ropa? –se detuvo un momento y su rostro se iluminó–. Es posible que llevara una especie de uniforme, algo que facilitara su identificación.

–Es posible. Pero ¿quién iba a identificarme, atado?

–Podía escapar, como ha ocurrido.

–¿Cree que planeaban mi huida? ¿Que tenían intención de permitir que me escapara?

–No parece muy probable, pero tal vez sólo pretendían extremar las precauciones, por si acaso.

–Pero ¿para qué me capturarían? Deberían pensar que iban a conseguir dinero, de algún modo.

–Es posible que se tratara de un secuestro.

El hombre asintió lentamente.

–O tal vez tenía que estar en un lugar determinado un día determinado –continuó Priscilla–, y pretendían retrasarlo para que no consiguiera llegar. Alguien pudo darles dinero para que lo retuvieran.

–¿Por qué? –preguntó él con escepticismo.

–Por ejemplo, podía tener que presentar testimonio en un juicio. ¿No cree que podría saber algo que pudiera liberar a un hombre inocente, y que el culpable no quisiera que declarase? O tal vez tenía las pruebas que podrían mandar a alguien a la cárcel, y no querían que se presentara con ellas.

El hombre levantó las cejas.

–Debo reconocer que tiene usted una imaginación prodigiosa.

–Sólo intento averiguar el motivo de su secuestro. Lo que ha pasado no es algo muy normal.

–Bueno, no creo que les sirviera de nada retrasarme durante unos días. Podría terminar mi tarea cuando me soltaran. Alguien tendría que pasar unos días más en la cárcel, o ser libre durante unos días más, pero la única forma que podrían tener de detenerme verdaderamente consistiría en matarme.

–A lo mejor eran aprensivos. O tal vez la persona que pagó a sus secuestradores pensó que se tomaría el secuestro como una advertencia y se echaría atrás. En cualquier caso, nunca he dicho que esa persona tenga que ser inteligente.

–Supongo que eso es cierto –dijo sonriendo débilmente.

–O a lo mejor sólo pretendían retenerlo durante el tiempo suficiente para salir del país, o destruir las pruebas, o algo parecido.

–O también puede ser que yo sea uno de ellos, y que hayamos tenido un altercado.

Priscilla se preguntó si intentaba asustarla. Lo que decía la asustaba, en efecto, pero más por la naturalidad con la que lo había dicho y la inexpresividad de su cara que por las palabras en sí. No obstante, no estaba dispuesta a demostrar que la había turbado. Se enorgullecía de conservar la calma en todo momento, de modo que le devolvió la mirada y dijo con frialdad:

–Lo dudo. Si hubieran tenido un altercado habrían sido algo más violentos, ¿no le parece? Si les hubiera robado algo o los hubiera traicionado no creo que se limitaran a dejarlo atado.

Una sonrisa reticente apareció en sus labios.

–En eso tiene razón.

–Yo diría que tenemos que empezar por averiguar quién es usted y qué hacía en esta zona.

–¿Tenemos? –repitió.

–Bueno, a fin de cuentas, llegó aquí pidiendo ayuda. No puedo negársela. Está enfermo y desnudo, y lo persiguen dos rufianes. En cualquier caso, lo que decía es que si averiguamos quién es usted conseguiremos saber por qué lo persiguen esos hombres.

–¿Y cómo pretende hacer eso? Le recuerdo que no tengo ninguna identificación, y que no tengo ni idea de quién soy.

–Se ve que está cansado. Creo que debería dormir. Déjelo de mi cuenta. Voy a investigar un poco.

Por cansado que estuviera, la sujetó con fuerza por la muñeca.

–¿Qué quiere decir con eso de que va a investigar un poco? –preguntó entrecerrando los ojos–. No puede ponerse a hacer preguntas. Podría despertar las sospechas de esos dos hombres, y son peligrosos.

Priscilla levantó las cejas con toda la altanería que pudo reunir y miró fijamente su muñeca, pero no pareció intimidar a su paciente, que siguió mirándola sin soltarla.

–Creo, señor –dijo en tono glacial– que sería mejor que me soltara inmediatamente.

–No si se va a poner a hacer estupideces.

–No tengo por costumbre hacer estupideces, como usted dice. Trazaré unos planes muy cuidadosos antes de empezar a investigar.

–No investigue. Podrían hacerle algo. Mire lo que me ha pasado a mí, y soy mucho más fuerte que usted.

–La fuerza no es siempre lo más importante. A veces es mejor ser inteligente que ser corpulento.

El hombre abrió mucho los ojos, y Priscilla pensó durante un momento que estaba a punto de reaccionar ante su sutil insulto. Pero empezó a reír a carcajadas, y le soltó la muñeca.

–Veo que tiene respuestas para todo, ¿eh? Bueno, ahora que ya me ha acusado de ser un hombre corpulento pero estúpido, permítame que le recuerde que su inteligencia no modificará el hecho de que hay dos rufianes que me buscan por aquí. Si se pone a husmear se darán cuenta de que sabe algo de mí, y la inteligencia no detiene muy bien los golpes.

–No tengo intención de ponerme a husmear, como usted ha dicho con tanta elegancia. No soy descuidada. Nadie se enterará. Sólo voy a hacer unas cuantas visitas y enterarme de los cotilleos. Si alguien ha visto un desconocido por aquí, me enteraré. Ni siquiera tendré que preguntar. Créame, un estadounidense de su tamaño, o de cualquier tamaño, en Elverton, es una fuente de cotilleos.

–¿Estadounidense? –repitió–. ¿Cómo sabe que soy estadounidense?

–Por su acento. Evidentemente, no es inglés. Nunca había oído hablar con ese acento a ninguna persona de este país. ¿No se ha dado cuenta de que hablamos de forma distinta?

–Sí, supongo que sí, pero no me había fijado. Me parece algo sin importancia en comparación con el hecho de que no sé quién soy ni dónde estoy.

–Bueno, yo le puedo decir dónde está. En el pueblo de Elverton, en Dorset, Inglaterra. También es posible que proceda de otra colonia, pero no creo. Una vez conocí a un estadounidense, un colega de mi padre, y hablaba igual que usted.

–Estadounidense –repitió pensativo, sacudiendo la cabeza–. No me recuerda nada. Boston, Filadelfia, Nueva York... Ninguno de esos lugares me resulta conocido.

–Tal vez no, pero demuestra mi teoría. Evidentemente, está más familiarizado que yo con esas ciudades. Sus nombres le han saltado a la imaginación inmediatamente. Estoy segura de que es usted estadounidense.

–Entonces, ¿qué estoy haciendo en Elverton?

–Supongo que sólo estaba de paso, probablemente de camino hacia o desde un puerto de Cornualles. Si alguien del pueblo esperase visita de Estados Unidos lo habría oído hasta hartarme. Pero si estuvo en Elverton a lo largo de los últimos días, la gente lo habrá visto y habrá hecho conjeturas sobre usted, y me bastará con ir a ver a la mujer del vicario para enterarme.

El hombre frunció el ceño.

–Sigue sin gustarme la idea de que vaya por ahí sin protección.

–¿Por qué me iban a atacar esos hombres?

–Evidentemente, sospechan que vine aquí. De lo contrario no habrían llamado anoche a la puerta. A lo mejor es la única casa que está cerca del cobertizo, o siguieron mi rastro hasta aquí.

–Eso es cierto –murmuró Priscilla–. Tal vez sigan sospechando que está aquí. Pero si ése es el caso, es usted quien está en peligro. Intentarían entrar para capturarlo, y no atacarme a mí de camino a la iglesia.

–No se preocupe por mí. Deme la pistola que sacó anoche y sabré defenderme.

–Lo dudo. Está descargada. Era de mi abuelo, y mi padre la conserva sólo por motivos sentimentales. Dudo que funcione. Además, no tenemos munición.

–Así que me tomó el pelo –dijo sonriendo.

Priscilla se encogió de hombros.

–De todas formas, no creía que tuviera intención de hacerme daño.

–Aun así, era un desconocido, y estaba delirando. ¿Y si hubiera descubierto que era un farol?

Priscilla se sonrojó al pensar en lo que había hecho el hombre en pleno delirio. Él la miró, y sus mejillas también se encendieron. Priscilla se preguntó si recordaría que la había besado.

Apartó la vista rápidamente. Se hizo un silencio tenso, y el hombre lo rompió al fin.

–Espero no haber hecho nada inadecuado mientras tenía fiebre. Tengo los recuerdos muy borrosos, y no sé muy bien qué es lo que he soñado y qué es lo que ha ocurrido.

–No ha ocurrido nada –le aseguró Priscilla apresuradamente–. Estaba delirando y dijo unas cuantas cosas. No entendí casi ninguna.

–¿Eso es todo? –preguntó con incredulidad.

–Claro que sí. ¿Qué más podría haber pasado?

Adornó sus palabras con una sonrisa impersonal. Esperaba poder convencerlo de que había sido un sueño. Sería lo más fácil.

El hombre se pasó una mano por la cara.

–Dios mío, no estaba seguro. Los sueños son tan vívidos...

–Suele ocurrir eso cuando se tiene fiebre. Creo que ahora debería volver a dormir. Debe de estar muy cansado.

–Sí, supongo que sí. Me siento inútil. Unos minutos de charla bastan para agotarme.

–Supongo que tardará poco en reponerse.

–¿Por qué no espera a que me reponga? Antes de hacer las visitas, quiero decir. Entonces tendrá algo de protección, por lo menos.

–¿La misma protección que tuvo usted?

–Nunca había conocido a una mujer de lengua más viperina. Le aseguro que no sería lo mismo. Evidentemente, antes no esperaba que me ocurriera nada, pero esta vez no me sorprenderían desprevenido. Soy bastante difícil de ganar en una pelea.

Priscilla miró sus hombros y sus brazos. Estaba segura de que era verdad.

–En cualquier caso, no tengo deseos de verme envuelta en una pelea, y dado que usted es el hombre que buscan, creo que ir acompañada de usted sería lo más peligroso que podría hacer. Llamaré menos la atención si voy sola.

–¿Siempre tiene respuesta para todo?

–Lo intento.

Se sentía bien al derrotar con palabras a aquel hombre. Pocas veces tenía un contrincante con quien ejercitar su ingenio, ahora que se habían marchado sus hermanos. Su padre, a pesar de que era muy inteligente, solía estar siempre demasiado inmerso en sus propios pensamientos como para intercambiar sarcasmos, y la señorita Pennybaker se ofendía con demasiada facilidad.

Cuando se volvió para salir de la habitación oyó la voz de su padre.

–Señora Smitshon, ¿tenemos un frasco de este tamaño? –preguntaba, separando las manos–. También debe ser de boca ancha.

–Tal vez pueda encontrarle algo, pero antes tendrá que sentarse a comer. Hace más de media hora que lo esperamos.

–¿Ya es tan tarde?

Se adentró en la cocina, mirando sorprendido su reloj de bolsillo, como si no pudiera comprender cómo habían transcurrido las horas.

–Sí, tengo un poco de hambre. ¿Por qué no me prepara una bandeja para que me la lleve al laboratorio?

La señora Smithson, que estaba acostumbrada a que Florian dijera cosas así, se cruzó de brazos y negó firmemente con la cabeza.

–Nada de eso, señor. Después entraré y me encontraré con que no ha tocado la comida, porque estará tan absorto en los experimentos que se le habrá olvidado. Si no lo obligáramos a comer se moriría de hambre en una semana.

–Supongo que tiene razón –se volvió y vio a su hija–. ¡Priscilla! No te he visto en toda la mañana. ¿Qué haces ahí?

Se acercó a ella, confuso. Tenía el pelo revuelto, como de costumbre, y unas extrañas manchas amarillentas adornaban su camisa. También tenía los dedos manchados de amarillo. Llevaba el chaleco desabrochado, y la corbata le colgaba deshecha.

Priscilla miró a su visitante, y vio que observaba a su padre con curiosidad.

–Ah, es usted –exclamó Florian–. Se me había olvidado que estaba aquí. Espero que se encuentre mejor.

–Sí –contestó el hombre desde el camastro–. Por lo menos ahora estoy consciente.

–Sabía que Priscilla conseguiría hacer que le bajara la fiebre. Se le dan bien esas cosas. Siempre sabe qué hacer.

–Ya lo he visto.

–Me llamo Florian Hamilton –dijo adelantándose para estrechar la mano de su visitante.

El desconocido se apoyó en un codo y le devolvió el saludo.

–Sólo me gustaría poder presentarme con mi nombre.

Florian lo miró sorprendido.

–¿Qué quiere decir? ¿Es un secreto?

Priscilla rió.

–No, papá. Lo que quiere decir es que no sabe cómo se llama. No recuerda nada, ni siquiera quién es.

El rostro de Florian se iluminó.

–¿Tiene amnesia? –lo miró con interés–. ¿Lo dice en serio?

El desconocido asintió, y Florian sonrió, feliz.

–Fascinante. Había leído sobre ello, por supuesto, pero nunca había conocido a nadie que lo sufriera –se sentó junto a la cama–. ¿Ha perdido la memoria por completo?

El hombre parecía algo deprimido por el entusiasmo de Florian.

–Mi padre es científico –le explicó Priscilla con paciencia–. Le interesan todos los fenómenos.

–Sí –convino Florian–. En este momento estoy concentrado en las reacciones químicas, pero siempre me ha interesado el cerebro humano. ¿Hay algo que recuerde?

Rebuscó en sus bolsillos hasta sacar una libreta y una pluma.

–Recuerda a medias lo ocurrido los últimos días –dijo

Priscilla, llevando las manos al brazo de su padre–. Por favor, deja de tomar notas. El pobre está cansado, ¿no lo ves? Deja que duerma. Ha pasado una noche muy mala. Ya podrás hacerle todas tus preguntas más tarde.

Florian se levantó a regañadientes.

–Bueno, supongo que tienes razón –se volvió hacia su hija–. ¿Qué crees que le habrá provocado la amnesia? ¿La fiebre?

–Un momento –intervino el visitante–. Hay una cosa de la que me gustaría hablar con usted, señor.

–¿De verdad? –volvió a sentarse, complacido–. ¿Sobre su estado?

–No –la sonrisa de Florian desapareció–. Sobre su hija.

–¿Sobre Priscilla? –preguntó perplejo–. En ese caso sería mejor que hablara con ella, ¿no cree?

–Ya lo he intentado, pero se niega a atenerse a razones.

–Ah, eso. Bueno, me temo que ya se dará cuenta de que es difícil convencer a mi hija. No sirve de nada intentarlo.

–Pero no puede permitir que se ponga en peligro.

–¿En peligro? –repitió, volviéndose hacia su hija–. ¿De qué peligro habla, Priscilla?

–No hay ningún peligro, papá, te lo aseguro.

–Dos hombres me dieron un golpe en la cabeza –interrumpió el desconocido–. Me robaron todas mis posesiones y me tuvieron prisionero atado de pies y manos durante un par de días. ¿Le parece que no hay ningún peligro?

Florian abrió los ojos.

–¿Le ha pasado todo eso?

–Sí. Es todo lo que recuerdo. Que me tenían prisionero, hasta que conseguí escapar. La señorita Hamilton me ha dicho que anoche vinieron a preguntar por mí.

–En efecto, así fue, y me alegro mucho de haber decidido no decirles nada sobre usted. ¿No crees, Priscilla?

–Desde luego. Ahora ¿por qué no dejamos descansar a nuestro invitado?

–Un momento. No ha respondido a mi pregunta –dijo Florian–. ¿Por qué cree que mi hija puede ponerse en peligro?

–Porque tiene intención de dedicarse a hacer preguntas.

–¿A quién? Priscilla, no me digas que tienes intención de buscar a esos tipos para interrogarlos. Debo decir que estoy de acuerdo en que sería una locura.

–Lo sería, pero no es eso lo que pretendo. El señor... Vaya, es absurdo eso de no poder llamarlo de alguna forma. Tenemos que buscarle un apellido hasta que recuerde el suyo.

–¿Smith? –propuso Florian.

–No. Es demasiado normal. ¿Qué te parece Wolfe?

Florian inclinó la cabeza.

–Sí, ese apellido es un poco más original, pero tampoco es muy raro. ¿No crees que también deberíamos ponerle un nombre? ¿Qué te parece George?

Priscilla negó con la cabeza.

–Nunca me ha gustado ese nombre.

–Bueno, pues John.

–De acuerdo. John Wolfe.

–Creo que suena bastante bien.

–¿Les importaría olvidarse de mi nombre y volver al asunto que estábamos tratando? –espetó su recién bautizado paciente.

–Como decía –dijo Priscilla–, el señor Wolfe está preocupado sin motivo. Sólo pretendo ir al pueblo y visitar a la señora Whiting. En poco tiempo sabré si alguien lo ha visto o lo espera.

–Sí, eso es cierto –dijo Florian–. La mujer del vicario sabe todo lo que ocurre por aquí. Eso me recuerda que tal vez sea conveniente hablar con el vicario sobre el señor Wolfe y su problema. Es un hombre muy inteligente. Y con el doctor Hightower, por supuesto. Estoy seguro de que sabe mucho más que yo sobre la amnesia.

–No sé –dijo Priscilla, dubitativa–. Tengo la impresión de que es mejor que nadie conozca la existencia del señor Wolfe. No tenía intención de decir nada sobre él a la señora Whiting. Si se lo contamos al vicario, ella se enterará, y a continuación, todo el pueblo.

–¿Les importaría dejar de hablar de mí como si no estuviera presente? –dijo irritado el hombre al que habían llamado John Wolfe–. Si esos hombres la ven salir de la casa podrían seguirla y atacarla.

–¿Con qué fin? Como lo he dicho, si creen que está aquí lo lógico será que intenten entrar. Asegúrate de que todas las puertas estén cerradas, papá. Tal vez sea mejor que no vayas al laboratorio esta tarde.

–No lo dirás en serio. ¿Que no vaya al laboratorio? Nadie me va a atacar en pleno día, en mi propio jardín.

–A esos hombres no les importaría nada atacar a cualquiera en cualquier sitio, siempre que piensen que van a salir impunes. Y si quieren capturarme les resultará más fácil hacerse con usted. Si lo capturan, saben que me entregaré.

Por supuesto, tenía razón. Era lo que haría uno de los héroes de Priscilla.

–No saben que está aquí. Sólo pueden sospecharlo.

–Lo averiguarán si lo capturan.

–Sí, pero corriendo un gran riesgo. Podría verlos, y los identificaría.

Wolfe levantó una ceja.

–Un hombre muerto no podría identificarlos.

Priscilla sintió un escalofrío, pero no lo demostró.

–Me parece una medida un tanto exagerada, sobre todo teniendo en cuenta que a usted sólo lo retuvieron. Tuvieron oportunidad de asesinarlo, pero lo dejaron con vida. ¿Por qué iban a arriesgarse a matar a otra persona?

–¿Por qué va usted a arriesgarse a que lo intenten?

Priscilla entrecerró los ojos.

–¡Qué hombre más obstinado!

–Dice eso porque sabe que tengo razón.

–Es probable que tenga razón –convino Florian, resignado–. Te acompañaré a la vicaría.

–No, papá, no hace ninguna falta. Estoy convencida de que si van a hacer algo intentarán entrar en la casa –suspiró–. Iré con Penny. Estoy segura de que no se arriesgarían a atacar a dos mujeres. A fin de cuenta, la señora Smithson y su hija han venido esta mañana, y tendrán que volver a su casa por la tarde.

–Un plan excelente, querida –dijo Florian–. Estaba seguro de que se te ocurriría algo.

–¿Cree que la señorita Pennybaker podría protegerla? –preguntó el visitante.

Los tres se volvieron a mirar al ama de llaves, que estaba sentada comiendo. Era bastante más baja que Priscilla, y muy delgada. Un golpe de viento podría derribarla.

–No es que la crea capaz de protegerme físicamente –explicó Priscilla exasperada–. Es simplemente su presencia.

–¿No cree que pueden reducir a dos personas?

–Estoy segura de que pueden, pero no creo que lo hagan. Estaremos completamente a salvo. No es necesario que preocupe a mi padre.

–Es usted la mujer más exasperante que conozco –dijo John entre dientes.

Priscilla sonrió.

–Dado que sus recuerdos se remontan a dos o tres días, yo diría que eso significa muy poco –tomó a su padre por el brazo y lo condujo a la puerta–. Vamos a comer antes de que la señora Smithson se enfade con nosotros.

Con una mirada triunfante al señor Wolfe, salió de la habitación.

4

Se quedó tumbado en la cama, mirando a Priscilla con una sonrisa. Era irritante. No necesitaba recordar toda su vida para saber que era más irritante y obstinada que ninguna mujer que hubiera conocido. Se empeñaba en no atenerse a razones, y el hecho de que le resultara divertida lo enfurecía más aún.

Había dos cosas que sabía sobre sí mismo. Una de ellas era que estaba acostumbrado a que lo obedecieran. El hecho de haberse sorprendido al ver que no prestaban atención a sus sugerencias se lo había demostrado. También estaba convencido de que casi todas las mujeres le hacían mucho más caso que su benefactora.

Se preguntó si sabría aquello porque estuviera casado. Intentó evocar la imagen de una esposa o una casa, pero no pudo. Esperaba no estar casado. Porque otra cosa que sabía sobre sí mismo era que sentía una intensa atracción hacia aquella mujer enloquecedora.

Había algo en su independencia que le llamaba la atención. Era como un desafío. Al mismo tiempo, revelaba una pasión interior, un torbellino de emociones que apetecía explorar. Además se sentía atraído por la suave curva de sus senos y sus caderas. Estaba seguro de que la noche anterior había estado inclinada sobre la cama, con el pelo suelto, cayendo en una cascada de color castaño por sus hombros, casi hasta la cintura. A pesar de su agotamiento, la visión lo había excitado.

Cerró los ojos, recordando los sueños de la noche anterior. Durante un momento había pensado que estaba en un burdel de China. Se preguntó cómo lo conocía, pero era otro misterio para él. Casi podía revivir los apasionados besos que había dado a alguien. No recordaba su cara ni su cuerpo; sólo el sabor de su boca, la avidez que lo consumía. Tal vez fuera un recuerdo, aunque también podía tratarse de un desvarío de su mente enfebrecida. Dentro del sueño estaba también Priscilla Hamilton, que olía a rosas y se inclinaba sobre su cama, enjugándole la frente con un trapo húmedo y murmurándole cosas.

Gimió, preguntándose qué podría haber dicho o hecho en su presencia. No sabía si Priscilla había adivinado la naturaleza de sus sueños, si había hablado en voz alta del deseo que lo atenazaba.

Se dijo que no era posible, ya que de lo contrario ella no habría hablado con él con tanta naturalidad. A fin de cuentas, era una dama decente. Se habría asustado e indignado demasiado si lo hubiera oído decir algo inconveniente, como una referencia a un burdel o a una prostituta.

Se tumbó de lado con un gemido. Le bastaba pensar en aquellas cosas, sobre todo si las asociaba con Priscilla Hamilton, para que le hirviera la sangre.

Era absurdo. Estaba enfermo y no recordaba nada de su vida, pero lo que más le importaba era una mujer que despertaba su deseo. Sería mucho más lógico que intentara recordar quién era y en qué consistía su vida antes de que lo capturaran los dos hombres. No sabía qué podía hacer. No tenía ropa, ni dinero, ni identidad. Evidentemente, no podría seguir abusando de la hospitalidad de los Hamilton cuando se recuperase.

Cerró los ojos y cayó en un sueño intranquilo.

Aunque nunca lo habría reconocido ante él, las vehementes advertencias de su huésped habían alertado a Priscilla, que miró a su alrededor nerviosa cuando salió de la casa acompañada de la señorita Pennybaker. Todo estaba como siempre, desde el pozo del jardín hasta los árboles del camino. No veía signos de que alguien acechase.

Aun así, apretó fuertemente el mango de la sombrilla mientras bajaban por el camino, y miraba continuamente a ambos lados. Hasta el murmullo del viento en los árboles la sobresaltaba. A pesar de que había hecho todo lo posible por demostrar que el señor Wolfe exageraba, no podía negar que tenía parte de razón, y sabía que si sus predicciones se realizaban debería estar dispuesta a luchar también por la señorita Pennybaker. No quería que la sorprendieran desprevenida. En realidad, en el fondo de su alma, la parte que tanto añoraba vivir aventuras estaba casi deseando que ocurriera algo.

Pero no fue así. Su paseo hasta el pueblo fue tan tranquilo como de costumbre. Después de charlar durante un cuarto de hora con la esposa del vicario sobre los problemas de salud de un vecino y el cerdo que se le había escapado a otro, sintió haber tenido la idea de visitarla. Resultaba evidente que nadie había hablado de un visitante de Estados Unidos, ni visto ni esperado, porque le habría parecido más importante que la huida de un cerdo.

Lo único positivo fue que su amiga Anne Chalcomb también visitó a la señora Whiting aquella tarde, y después las acompañó a Penny y ella a su casa. Anne era bastante mayor que Priscilla, pero no pensaba ni actuaba como una mujer madura. Estaba a favor del sufragio femenino, igual que Priscilla, y era una mujer instruida que podía hablar de muchos temas. Aunque Priscilla sabía que debía de tener cincuenta años, no los aparentaba. Seguía siendo esbelta, y tenía una cara muy agradable a pesar de las líneas que empezaban a formarse alrededor de sus ojos y su boca.

A Priscilla le parecía detectar en su amiga un aire de tristeza indefinible, incluso cuando sonreía o reía. Suponía que se debía a que Anne seguía llorando a su marido, que había muerto casi diez años atrás. No podía entender por qué Anne lo echaba de menos. Recordaba a Squire Chalcomb como un hombre corpulento, de rostro agrio, con un carácter terrible, y todo el mundo decía que Anne estaba mejor sin él. No obstante, el amor era algo que no se podía explicar. Era posible que aquel hombre tuviera alguna cualidad que sólo Anne percibía.

Caminaron hacia la casa de Priscilla, charlando sobre una carta que Priscilla había recibido de la señora Pankhurst, en la que describía algunos de los trabajos que había llevado a cabo en la cárcel por la causa del sufragio femenino. En la puerta de Evermere Cottage, Priscilla se detuvo y se volvió para despedirse de su amiga mientras la señorita Pennybaker se acercaba a la casa. No obstante, Priscilla descubrió sorprendida que Anne había tomado el camino, dispuesta al parecer a seguirla.

–He pensado que puedo pasarme a pedir a la señora Smithson la receta del licor de bayas de saúco –le explicó–. La última vez que estuve en tu casa me prometió que me la daría.

Priscilla pensó en el hombre que estaba en la pequeña habitación. No quería que nadie se enterase de que estaba allí, ni siquiera su amiga, pero no podía impedirle la entrada, de modo que sonrió, pensando que tendría que procurar que la puerta permaneciera cerrada.

–De acuerdo. Estoy segura de que a la señora Smithson le encantará que te intereses por sus recetas.

Anne la siguió a la puerta de la cocina. Priscilla abrió y entró, pero se detuvo en seco al ver al señor Wolfe sentado a la mesa, tomándose un té con la señora Smithson.

–¿Qué hace aquí? –preguntó sin pensarlo.

El hombre levantó las cejas.

–Gracias, buenas tardes. Sabía que se alegraría de ver que he mejorado. La sopa de la señora Smithson ha hecho maravillas.

La cocinera lo miró con una sonrisa radiante.

Anne se detuvo en seco al ver al hombre, y lo miró sorprendida. Priscilla tenía que reconocer que llamaba la atención. Evidentemente, la señora Smithson le había conseguido ropa vieja de sus hermanos, que lo cubría a duras penas. Los músculos de sus brazos amenazaban con hacer estallar las mangas, y no había podido abrocharse la camisa hasta el final, por lo que llevaba gran parte del pecho al aire. Tanto los pantalones como las mangas le estaban cortos, y sus muslos se ajustaban a las perneras de una forma que casi resultaba obscena. Priscilla se preguntó si no le cortarían la circulación.

Se quedó mirando tranquilamente a las dos mujeres, con sus ojos verdes claros. Priscilla se irritó más aún al ver que ni siquiera tenía el detalle de mostrarse avergonzado por haberse dejado sorprender por dos damas con aquel atuendo. Anne se volvió hacia ella con curiosidad.

–Ah, se me olvidó comentártelo. Mi primo está de visita.

–¿Tu primo?

–En realidad es un primo lejano. De América –improvisó Priscilla–. Su abuelo estaba emparentado con el mío, pero se fue a Estados Unidos cuando era un niño. Nuestro primo John ha tenido el detalle de intentar localizarnos mientras estaba en Gran Bretaña.

–Qué detalle –comentó Anne, no muy convencida.

–Desgraciadamente –continuó Priscilla, sintiéndose obligada a explicar su atuendo– sufrió un pequeño percance mientras venía. Enfermó y perdió el equipaje.

–Sí, llegué a la puerta con fiebre, y sin maletas –explicó el hombre con naturalidad–. He tenido mucha suerte de que mis primos me hayan acogido.

Anne sonrió.

–Priscilla siempre ha sido muy amable.

–Sí, ya me he dado cuenta. Es una verdadera santa.

–¡Por favor! Cualquiera habría hecho lo mismo. Pero me sorprende que te hayas levantado tan pronto. Deberías quedarte en la cama. No es conveniente que te canses.

–Estoy recuperando las energías. Tengo una buena constitución, ¿sabes?

–No, la verdad es que no lo sé. Hay muchas cosas de ti que desconozco.

–Yo siento lo mismo –sonrió divertido–. Nos conocemos muy poco, primita.

–Me alegra que encuentres tan divertida tu situación –dijo Priscilla con acidez.

–Vamos, vamos, prima Priscilla, eres demasiado seria. Es conveniente observar las cosas con cierto humor. De lo contrario pueden resultar insoportables.

Se levantó y caminó hacia ellas. Sus pasos cuidadosos revelaban su debilidad.

–Disculpe –dijo dirigiéndose a Anne–. Me temo que mi prima se ha sorprendido tanto por mi mejora que ha olvidado presentarnos.

–Oh –Priscilla se sonrojó–. Lo siento. Anne, te presento a John Wolfe. Primo John, te presento a mi amiga y vecina Lady Anne Chalcomb.

–Encantada de conocerlo –dijo Anne.

Se dirigió hacia el desconocido, tendiéndole la mano,

pero de repente se detuvo en seco, conteniendo la respiración. Se había quedado pálida.

–¿Anne? –Priscilla se apresuró a sujetarla–. ¿Qué te pasa? ¿Te encuentras bien?

–¿Qué? ¡Oh! –Anne miró a su alrededor, confusa–. Lo siento, ha sido una tontería. Durante un momento... No, pero eso es imposible, ridículo.

Forzó una sonrisa y tendió la mano a John, que la miraba con cierta incomodidad.

–Perdóneme –le dijo–. Debo de haberle parecido una loca.

–En absoluto, milady –contestó tomando su mano e inclinándose sobre ella.

–Es usted muy amable –dijo Anne–. Pero debo irme. Quiero llegar a mi casa antes de que anochezca.

–Claro, pero ¿no querías la receta?

–Ah, sí –se sonrojó–. Tienes razón, lo siento –se volvió hacia la cocinera–. Señorita Smithson, me había prometido traerme la receta de su delicioso licor de bayas de saúco.

–Sí, aquí la tengo –dijo levantándose para cruzar la cocina.

Anne la siguió y aceptó el papel que le tendía. Después volvió junto a los jóvenes y sonrió.

–Ahora tengo que irme. Si quiere puedo traerle ropa de mi marido, señor Wolfe. También él era muy alto. Le quedará mejor que la de Gid, hasta que pueda recuperar su equipaje.

–Se lo agradecería mucho –dijo con una sonrisa–. No estoy muy presentable con estas prendas.

Anne se marchó rápidamente. Priscilla se quedó mirándola, confundida, y de repente decidió salir corriendo detrás de ella.

–¡Anne!

Su amiga se detuvo y se quedó esperándola.

–¿Has reconocido al señor Wolfe? –preguntó Priscilla cuando la alcanzó.

Su amiga pareció sobresaltarse.

–¿Que si lo he reconocido? Claro que no, ¿cómo iba a reconocerlo? No lo había visto nunca.

–Pero cuando se ha acercado a ti has reaccionado de una forma muy rara.

Anne negó con la cabeza, incómoda.

–No ha sido nada, de verdad. Es que durante un momento he tenido la impresión de que se parecía a... alguien que conocí. Pero es imposible. Lo conocí hace mucho tiempo, probablemente antes de que naciera tu primo. Además era inglés.

–¿Quién era? –preguntó Priscilla, intrigada.

–Nadie. Quiero decir, nadie a quien puedas conocer. En cualquier caso, no sé por qué me lo ha recordado. Mi... amigo tenía el pelo y los ojos distintos. Ha sido sólo una expresión, algo en su mirada. Sólo ha durado un instante. No tiene ninguna importancia.

–Oh, bueno. Quería pedirte... Creo que sería mejor que no comentes a nadie que has conocido al señor Wolfe. No está en condiciones de recibir visitas, y sabes que todo el mundo se presentaría aquí si supiera que tenemos un extranjero.

–Por supuesto –sonrió Anne–. No diré ni una palabra.

Priscilla volvió a la casa, meditando sobre la conducta de Anne. La señora Smithson estaba trabajando, pero John Wolfe se había vuelto a sentar a la mesa.

–¿Y bien? –preguntó–. ¿Ha averiguado algo?

Priscilla se encogió de hombros.

–Poca cosa. La mujer del vicario no ha hablado de nadie que esperase visita, ni de nadie que hubiera visto un desconocido por el pueblo.

–No, me refiero a su amiga. He tenido la impresión de que iba detrás de ella para preguntarle por qué se había puesto así al verme de cerca.

–Tampoco ha servido de nada. Me ha dicho que durante un instante le ha recordado a una persona. Pero la conoció hace mucho tiempo, y además no era estadounidense.

El hombre inclinó la cabeza.

–¿La cree?

Priscilla lo miró atónita.

–Claro que la creo. Anne Chalcomb es una mujer amable y honrada. ¿Por qué iba a mentir? Estoy segura de que si lo hubiera reconocido me habría dicho quién es.

–No si tuviera algo que ver con mi desaparición.

Priscilla hizo una mueca.

–No puede hablar en serio. Anne no se mezclaría jamás en algo así. La conozco. Es amiga mía, y es una de las mejores personas del mundo.

–La señorita Priscilla tiene razón –dijo la señora Smithson–. Anne Chalcomb es una mujer encantadora. Sólo una santa habría aguantado a un marido así. Cualquier otra mujer lo habría tirado por la escalera cuando se emborrachaba, lo que ocurría con mucha frecuencia.

Priscilla contuvo una sonrisa. La señora Smithson tenía sus propias opiniones, y era muy directa. Aquél era uno de los motivos por los que llevaba tantos años trabajando con ellos. En otra casa podría haber ganado más dinero, pero la habrían echado por opinar demasiado.

John no se molestó en ocultar su sonrisa. Se inclinó hacia delante, apoyando el codo en la mesa y la barbilla en la mano, mirando detenidamente a la cocinera.

–¡Vaya! ¿De verdad? –preguntó, animándola a seguir hablando.

–Desde luego –dijo la señora Smithson–. Lo mejor que

le pudo pasar a esa mujer es quedarse viuda. Es una pena que no haya encontrado otro marido.

–Es posible que Squire Chalcomb la hiciera aborrecer a los hombres –comentó Priscilla.

–No me extrañaría –convino la señora Smithson–. Desde luego, si no se ha vuelto a casar no será por falta de interés por parte de los hombres.

–No, creo que el señor Rutherford está enamorado de ella. Siempre me ha sorprendido que lady Chalcomb no le dé ánimos.

John bostezó y se pasó la mano por la cara, distrayendo a Priscilla de su cotilleo.

–Creo que ya va siendo hora de que vuelva a la cama –le dijo–. No está tan fuerte como pretende hacer creer a todo el mundo.

–A sus órdenes –dijo levantándose–. Me he alegrado de verla volver esta tarde.

Sus palabras conmovieron a Priscilla. Tenía intención de decirle que se equivocaba al pensar que la seguirían, pero se encontró con que no tenía ganas de presumir de su triunfo.

–No he visto a nadie por el camino –le dijo–. ¿Cree que es posible que sus captores se hayan marchado?

–Es posible –contestó encogiéndose de hombros–. Pero espero que no. Me gustaría encontrármelos cuando me haya recuperado. Podrían tener algunas respuestas.

Su rostro se endureció, y apretó los puños de forma inconsciente.

–Supongo que sí –murmuró Priscilla.

Tenía la impresión de que no le gustaría enfrentarse a aquel hombre cuando se hubiera recuperado.

John volvió a su cama, y Priscilla subió. Pasó el resto de la tarde intentando escribir. Quería terminar su libro cuanto antes. Siempre necesitaban el dinero que ganaba escribiendo, aunque no era mucho. Gracias a su escritura habían podido enviar a Philip a Eton, y Gid había alcanzado su sueño de ser oficial en vez de pasar su vida en una oficina. La pequeña herencia de su padre y lo que sacaba de sus conferencias ocasionales no era suficiente para mantener su casa y a dos criadas.

No obstante, por mucho que lo intentaba, no era capaz de concentrarse en su tarea. No dejaba de pensar en su visitante, y en el enigma que representaba. La intrigaba mucho más que su novela, y era igualmente fantástico. Por una vez, en lugar de escribir o soñar con ello, estaba viviendo una aventura, y le parecía mucho más interesante.

Por fin se dio por vencida y bajó. John Wolfe dormía profundamente en su habitación. La señorita Pennybaker le dijo que se había despertado para cenar y después había vuelto a dormirse. Opinaba que se estaba curando rápidamente, y el tono de su voz indicaba que su rápida mejora le parecía una falta de caballerosidad.

Priscilla se sintió decepcionada al no encontrarse al señor Wolfe levantado, pero se recordó que lo más importante era que se repusiera.

La señorita Pennybaker dejó sus cosas y acompañó a Priscilla a su habitación. Le advirtió que sería mejor que cerrase con llave y después se fue a su dormitorio. Priscilla sonrió al oír el cerrojo. Entró en su habitación y se vistió para ir a la cama, pero no cerró con llave; por el contrario, dejó la puerta entreabierta, para oír con más claridad lo que ocurriera en el exterior. No era tan estúpida como para olvidar las advertencias de John sobre la posibilidad de que los secuestradores intentaran entrar en la casa para capturarlo. Tal vez la señorita Pennybaker pensara que tenían que protegerse de su visitante, pero Priscilla se inclinaba a pensar que él era quien necesitaba protección.

No sabía muy bien cuánto tiempo llevaba dormida

cuando se despertó sobresaltada. Se quedó tumbada, escuchando el silencio de la noche y preguntándose qué la había despertado. De repente oyó que alguien arrastraba una silla por el suelo.

Se levantó de un salto, apartando las sábanas, y fue en silencio a la chimenea para buscar un atizador. Después salió del dormitorio. Se detuvo en la parte superior de la escalera, pero no podía ver ni oír nada. Al cabo de un momento empezó a bajar lentamente, aferrando el atizador con fuerza.

Estaba casi abajo cuando vio de reojo un movimiento, a su derecha. Se detuvo en seco y escudriñó la oscuridad. Una gran figura se deslizaba junto a la pared, con tanta precaución como ella. Caminaba en silencio, y era irreconocible en la oscuridad. El corazón de Priscilla latía a toda velocidad, presa del pánico.

Se oyó un crujido procedente de la cocina, y la figura saltó al frente. Su movimiento pareció sacar a Priscilla de la parálisis. Pensó en John Wolfe, dormido en la habitación de la cocina, el lugar al que se dirigía la sombra.

Priscilla bajó a toda prisa por la escalera. La sombra giró al oírla, pero antes de que pudiera volverse completamente, ella levantó el atizador y lo descargó con todas sus fuerzas sobre la espalda del intruso.

5

El hombre dejó escapar todo el aire de los pulmones y cayó al suelo, pero no sin antes asir el extremo del atizador. Priscilla, intentando sujetar su arma, cayó sobre él. Rodaron por el suelo, luchando. La mano de Priscilla tocó algo que parecía una manta de lana. No veía casi nada, porque tenía la cara apretada contra el hombre. Le dio una patada, que fue recompensada con un aullido de dolor. El hombre la soltó un poco, y pudo apartarse. Empezó a intentar levantarse.

Pero entonces el hombre la sujetó por detrás, rozando sus senos. Priscilla contuvo la respiración.

–¿Qué es esto?

La voz y el acento le resultaron conocidos.

Priscilla se volvió y se encontró delante de John Wolfe.

–Oh.

–Sí, oh –replicó con sarcasmo–. ¿Qué demonios hace aquí, y por qué ha intentado romperme la espalda?

–Sólo intentaba protegerlo –explicó, apartándose–. He oído un ruido, así que he bajado con el atizador. Pensé que esos hombres habían vuelto.

–Y han vuelto –contestó, poniéndose en pie y llevándose una mano a la espalda–. ¡Ha estado a punto de dejarme paralítico!

–Lo siento.

–Iba a capturarlos, pero con todo este alboroto es posible que ya estén de camino a Londres –se agachó para recoger el atizador–. Veo que ha elegido un arma más eficaz que la mía –añadió, señalando con un gesto el cuchillo de cocina que llevaba al cinto.

Se acercó en silencio a la puerta de la cocina, seguido por Priscilla. Abrió la puerta con precaución y miró dentro. Allí había un poco más de luz, con el resplandor de la luna que entraba por las ventanas. Se adentró más, con el atizador en la mano, examinando las sombras.

Cuando llegó a la mesa, Priscilla encendió la lámpara, y comprobaron que no había nadie en la cocina. La puerta trasera estaba abierta. Wolfe suspiró y fue a cerrarla. Examinó la despensa y el pequeño dormitorio, pero no había nadie allí.

–¿Por qué ha tenido que bajar? –preguntó, volviéndose exasperado hacia Priscilla–. Los habría capturado.

–O ellos a usted –le recordó Priscilla–. Eran dos, y por lo que se ve, ya lo habían vencido en una ocasión.

–Eso sería porque no lo esperaba. Esta vez no estaba desprevenido.

–Pero aún no se ha recuperado por completo de la fiebre y el golpe en la cabeza. No podía dejarlo a merced de esos hombres, para que volvieran a secuestrarlo o hicieran algo peor.

–Bueno, desde luego no me ha ayudado mucho dándome un golpe con un atizador de hierro.

–No sabía que fuera usted –replicó con tono helado–. No podía decir «perdone, ¿es usted un forajido o nuestro paciente? No quiero golpear a la persona equivocada», y lo único que veía en la oscuridad era un hombre.

Lo miró. Estaba envuelto en una manta, y llevaba la camisa, aunque se la había desabrochado para dormir, mostrando su pecho musculoso. Priscilla pensó, incómoda, que aquel hombre parecía sentirse a sus anchas desnudo delante de damas.

En aquel momento recordó que ella llevaba sólo el camisón. No se había detenido a ponerse una bata antes de correr al rescate del señor Wolfe. Era una sencilla prenda de cuello alto y manga larga, de algodón blanco, pero se transparentaba más de lo debido, y se ajustaba a su cuerpo más que los vestidos que solía ponerse. Estaba segura de que se notaba la forma de sus senos, e incluso era posible que se notaran los círculos oscuros de los pezones. Por si fuera poco, estaba entre él y la mesa, por lo que la luz debía de atravesar el camisón, revelando la forma de su cuerpo.

Se sonrojó y se apartó rápidamente, mirando de reojo al señor Wolfe para ver si se había dado cuenta, y se encontró con su mirada clavada en sus senos. Se sonrojó más aún.

Se volvió, buscando desesperadamente la forma de distraer su atención.

–¿Por dónde han entrado en la casa? –preguntó.

Su huésped apartó la vista de ella y se enderezó.

–Creo que el sonido venía de esa dirección –dijo señalando.

–¿Del estudio de mi padre? ¡Oh, no! Espero que no hayan roto ninguna de sus cosas.

Tomó la lámpara y empezó a salir de la cocina, pero Wolfe la detuvo sujetándola por el brazo.

–¡Un momento! ¿Es siempre igual de impulsiva?

–No sé. No estoy acostumbrada a que entren de noche en mi casa.

–Es posible que hayan vuelto a entrar, o que no se hayan ido. Yo iré primero.

Priscilla obedeció, y con el señor Wolfe encabezando la marcha, salieron al pasillo, en dirección al estudio de su padre. La puerta estaba entreabierta. La empujaron y vieron la habitación a oscuras, iluminada por la luz de la luna. Priscilla contuvo la respiración. Uno de los cristales estaba roto.

–Oh, no –murmuró, entrando para iluminar la habitación con la lámpara.

Wolfe entró en el estudio y examinó todos los rincones. Había libros por todas partes: junto al sillón, en el escritorio, en una mesita auxiliar y en otra silla. Algunos estaban cuidadosamente apilados, y otros parecían colocados de cualquier manera. Todo lo demás estaba lleno de papeles. Había una bandeja con té y pastas colocada en equilibrio inestable sobre una pila de libros. También había un soporte circular para pipas, pero sólo sujetaba una. Había cuatro pipas más dispersas por la habitación, así como varios ceniceros y cajas de cerillas, y un par de latas de tabaco.

Priscilla miró a su alrededor y suspiró aliviada.

–Por lo menos no han revuelto nada.

John la miró, levantando una ceja.

–¿Cómo lo sabe?

–Siempre está así. Mi padre dice que forma parte de su creatividad, aunque yo creo que no ordena por simple vaguería. La señora Smithson y su hija se niegan a entrar aquí. De vez en cuando permite a la señorita Pennybaker que limpie el polvo.

Se acercó a la ventana y vio que había un montón de libros delante, desperdigados.

–Creo que los han tirado al suelo al entrar por la ventana. Mi padre tiende a colocar los libros unos encima de otros. Afirma que los pone por orden.

Cerró la ventana y echó el cerrojo, acercándose para examinar el cristal roto.

–Supongo que no sirve de nada cerrar. Me pregunto cuánto tardará el cristalero en arreglar esto.

–Yo puedo poner de momento unos tablones, si me da martillo y clavos.

–¿Qué? –se volvió hacia él, como sorprendida de oír su voz–. Ah, sí, por supuesto. Por lo menos no entrará el viento. Es sobrecogedor ver con qué facilidad se puede irrumpir en una casa.

–Sí –se acercó a ella y la sujetó por los brazos–. Pero no debe tener miedo. He estado montando guardia, y seguiré haciéndolo hasta capturarlos. No permitiré que les hagan daño, ni a usted ni a su familia.

–No puede pasar toda la noche en vela –protestó Priscilla.

–Lo haré si es necesario. Puedo dormir de día. No creo que entren cuando todo el mundo está despierto. Sé que le debo de parecer un incompetente por haberme dejado sorprender una vez, pero le aseguro que no suelo cometer esos errores.

–¿Cómo lo sabe? –preguntó con curiosidad–. Ni siquiera recuerda quién es.

–No sé cómo lo sé –reconoció–, pero estoy seguro. No permitiré que le hagan daño.

Sus palabras la conmovieron. Lo miró a los ojos y vio la determinación en ellos. Era el tipo del hombre que animaba a confiar en él. Recordó de nuevo a sus héroes. En sus ojos estaba la luz que ella imaginaba, una mirada de acero, valor y algo más, de humor y buen corazón. Se preguntó si un hombre así podría existir fuera de las páginas de una novela. Pensó en sus padres, en sus hermanos e incluso en su amigo Alec. Por mucho que los quisiera, nunca habría confiado en que la protegieran. Pero con aquel hombre no podía evitar creer en sus palabras, convencerse de que impediría que le pasara nada malo.

–Gracias. Me siento mucho mejor.

John levantó las cejas, sorprendido.

–¿Qué? ¿Así, sin comentarios sarcásticos, sin preguntas, sin recordatorios de mi desastroso pasado?

–¿De verdad le parezco tan escéptica?

Lo miró sonriendo. La expresión de su invitado ejercía un curioso efecto sobre ella. Hacía que se sintiera cálida y llena de vida.

–No, sólo un poco quisquillosa –levantó la mano y le acarició la mejilla–. A mí, personalmente, me gustan las mujeres con espinas. Igual que ocurre con las rosas, las hacen más deseables.

La miró fijamente a los ojos, y Priscilla no pudo evitar devolverle la mirada. Probablemente no habría podido moverse si los intrusos hubieran vuelto a aparecer en la ventana. Los rasgos del hombre se suavizaron. Sus manos le acariciaron los brazos, encendiéndole la piel. Bajó la cabeza, y Priscilla supo que iba a besarla. Dejó escapar la respiración.

Entonces sus bocas se encontraron. Los labios del hombre eran cálidos y firmes, tal y como los recordaba. Pero aquél no era el beso fuerte y apasionado que le había dado en su delirio. Era suave y más tierno, una petición más que una exigencia.

Respondió con avidez, buscándolo con los labios. Subió las manos y lo abrazó, porque el mundo parecía tambalearse. Él también la rodeó con los brazos, apretándola contra sí.

Por fin, al cabo de largo rato, él apartó la cabeza y la miró. Sus ojos brillaban.

–Esto es una locura.

Priscilla asintió, sin dejar de mirarlo. Su cuerpo estaba poseído por un torbellino de sensaciones nuevas. Estaba de acuerdo en que aquello era una locura; apenas se conocían. Tenía la impresión de que ni siquiera se conocía a sí misma. Parecían pasar casi todo el tiempo discutiendo. Pero nada importaba en aquel momento. Lo único que importaba era la sensación.

El hombre dejó escapar un gemido y volvió a inclinarse para besarla, con más impaciencia. Resultó sorprendente pero excitante. Priscilla empezó a temblar. Nunca se había sentido así; de hecho, nunca había experimentado nada que se pareciera a aquello. Su abdomen parecía convertirse en cera caliente, sus piernas no la sujetaban y su corazón latía a toda velocidad. Y quería más, quería que siguiera y siguiera, para siempre.

Rodeó su cuello con los brazos, poniéndose de puntillas para besarlo más a fondo. Los brazos de John la sujetaban con fuerza, hundiéndose en su espalda. Como sólo llevaba el camisón podía sentir todos los músculos de su cuerpo, e incluso la dureza que palpitaba contra su estómago.

Él bajó la mano hasta su trasero. Priscilla se sobresaltó, pero no se apartó, sino que siguió derritiéndose contra él, sorprendida por lo bien que se sentía al ser acariciada por aquel hombre. O tal vez lo delicioso fuera el pecado.

John gimió y bajó la otra mano, subiéndola y apretándola contra la prueba de su deseo.

–Priscilla...

Su nombre fue como un suspiro, mientras se apartaba de sus labios para empezar a bajar por su cuello.

–¡Priscilla! –gritó de repente una voz de mujer–. ¡Priscilla! ¿Dónde estás?

Los dos se quedaron inmóviles durante un segundo, y después se separaron apresuradamente, mientras se volvían hacia la puerta.

–¿Priscilla?

La señorita Pennybaker apareció en el umbral, con la cabeza envuelta en un gorro de dormir abultado que la hacía parecer un champiñón gigantesco. En una mano llevaba una vela, y en la otra una plancha de hierro.

–¡Dios mío! –exclamó John–. Nunca había visto una casa con tantas armas.

–¡Priscilla! ¿Estás bien? He oído un estruendo horrible.

–Sí, estoy bien –le aseguró Priscilla, acercándose a ella–. No pasa nada. El señor Wolfe ha ahuyentado a los intrusos.

La mujer palideció, tambaleándose.

–¿Intrusos? Entonces, ¿ha entrado alguien?

–Sí –se acercó a ella y le quitó la plancha, sujetándola por el codo–. Pero ya se han marchado. No tenemos nada que temer.

–Oh, Dios mío –se llevó la mano a la frente con dramatismo–. ¡Lo sabía! Al oír todo ese ruido estuve segura de que habían vuelto.

–Sí, sí, pero ya ha pasado todo –aseguró Priscilla, conduciendo a la señorita Pennybaker al sillón más cercano, donde se dejó caer con un gemido.

–Fui a tu habitación en cuanto oí el ruido, pero no estabas. No sabía qué pensar. Por supuesto, me di cuenta de que podía haberte pasado algo terrible.

–Por supuesto –convino John con sequedad, dejándose caer en otro sillón.

La señorita Pennybaker le lanzó una mirada de desdén.

–Sospechaba que él te había sacado por la fuerza.

–No, Penny, te aseguro que el señor Wolfe nunca me haría nada malo.

–¿Por qué lo llamas así? –preguntó el ama de llaves, confusa–. Creía que no tenía nombre.

–Bueno, debe tener un nombre, aunque no lo recuerda. Pero resulta muy incómodo no poder llamarlo de ninguna forma, así que lo hemos bautizado John Wolfe de momento. Creo que le encaja bien, ¿no te parece?

Las dos se volvieron para mirarlo.

–Supongo que sí –dijo sin convicción.

Priscilla contuvo un suspiro. Estaba acostumbrada a la desconfianza de la señorita Pennybaker, pero no entendía por qué sentía tanta aversión hacia su visitante. Normalmente su aparición misteriosa le habría parecido muy romántica. No en vano leía con avidez todo lo que caía en sus manos, pero lo que más le gustaba eran las novelas de misterio y aventuras. Había sido ella la que le había dado a leer *Jane Eyre* y *Cumbres borrascosas,* y no había nada que le gustara más que un héroe misterioso.

Por supuesto, Priscilla tenía que reconocer que su visitante no era exactamente misterioso, pero desde luego, entrañaba un enigma, y era bien parecido. Además, nada podía ser más dramático que su aparición, perseguido por dos hombres y sin saber quién era. De hecho, había estado pensando en cómo incluir aquello en uno de sus libros.

En aquel momento se oyeron unos pasos en el vestíbulo. Todos se volvieron para mirar la puerta. Una luz apareció en el umbral, y un momento después Florian Hamilton entró en el estudio. También él llevaba una vela e iba en camisón, como si acabara de salir de la cama, aunque por lo menos se había puesto una bata. Tenía el pelo revuelto y murmuraba para sí, frunciendo el ceño. Caminaba cabizbajo, y ni siquiera se dio cuenta de que había gente allí hasta que lo llamó su hija.

Se sobresaltó y abrió los ojos, sorprendido de ver a tanta gente en su estudio.

–¡Pero bueno! ¡Priscilla! ¡Señorita Pennybaker! Y... ah, usted.

–John Wolfe.

–Sí, exactamente. No recordaba cómo lo habíamos llamado. En realidad, ya me cuesta bastante recordar los nombres verdaderos.

–Sí, ya lo sé –convino Priscilla.

La señorita Pennybaker gimió, sonrojándose, y se apartó del señor Hamilton, cerrándose la bata.

–¿Te ha despertado el ruido? –preguntó Priscilla.

–¿Ruido? ¿Qué ruido? No, simplemente, me he despertado. He tenido una inspiración durante el sueño. Ocurre a veces, ¿sabes? He bajado a preparar las cosas ante de que se me olvide. Pero ¿por qué estáis todos levantados? ¿Qué hacéis en mi estudio?

–Alguien ha entrado en la casa –explicó Wolfe.

–¿Que han entrado? Pero ¿para qué...? Últimamente pasan cosas muy raras.

–Sí, desde luego. Entiendo que se enfade.

–¿Enfadarme? No estoy enfadado. En realidad, esto me parece bastante interesante. Debe de haber algún motivo, algo que haga que todo suceda a la vez. He hablado a menudo de esto con el médico y el vicario, porque debe reconocer que los acontecimientos suelen venir siempre juntos. Por ejemplo, la señora Johnstone se entera de que su hermano ha muerto en Australia y dos días después un tren atropella al marido de su sobrina. La gente dice que son coincidencias, pero no estoy tan seguro. Supongo que podrían ser los planetas, o tal vez la luna...

–Me temo que esta vez no ha sido ninguna coincidencia, señor Hamilton.

–¿Qué quiere decir? ¿Tiene alguna teoría al respecto?

–Sí. Mi teoría es que los dos hombres que me secuestraron, los que vinieron el otro día para preguntar por mí, han entrado en la casa para buscarme.

–Ah, ya veo. Por supuesto. Sí, es completamente lógico. Entonces no es necesario hablar de coincidencias, ¿verdad? Ahora, si me disculpan, tengo que apuntar la idea que he tenido antes de que se me olvide.

Pasó entre la gente y se sentó en su escritorio.

John lo miró atónito mientras sacaba una pluma de un cajón y empezaba a buscar una hoja blanca.

–Pero, señor Hamilton... ¿No quiere enterarse de lo que ha ocurrido? ¿No está preocupado?

–¿Preocupado? –lo miró frunciendo el ceño–. ¿Por qué

habría de preocuparme? Supongo que los intrusos ya se habrán marchado.

John se quedó mirándolo, paralizado por la sorpresa. Priscilla rió a sus espaldas.

–Sí, papá –dijo–. Ya se han marchado, y el señor Wolfe arreglará la ventana mañana. Todo funciona perfectamente.

–Espléndido –dijo Florian con gesto ausente, concentrado en su trabajo.

La señorita Pennybaker se puso en pie, volvió a envolverse en la bata y salió corriendo. Priscilla tomó a John del brazo y salió del estudio detrás de ella, cerrando la puerta en silencio.

–No lo entiendo –dijo John una vez en el pasillo–. ¿Cómo puede estar tan tranquilo? Podría haberte pasado algo. De hecho, aún puede pasarle algo.

–No creo que nos sirva de gran cosa que se preocupe, ¿verdad? Está acostumbrado a que los demás se hagan cargo de las cosas. Si por él fuera, no le importaría que el techo estuviera lleno de goteras a no ser que le estropeara los papeles, y desde luego no se molestaría en comer ni en limpiar la ropa. Y tiene razón. Sería un desperdicio que utilizara su talento en esas trivialidades. Se le da mucho mejor resolver los problemas del mundo.

–¿Como el motivo por el que las desgracias nunca vienen solas?

–Exactamente. Hay miles de personas que pueden resolver los asuntos mundanos.

–Ya veo –dijo divertido–. Pero ¿no les resulta duro a los que lo rodean?

–¿Duro? En absoluto. Todos lo adoramos. Es un hombre encantador. Por supuesto, hay gente que lo considera un poco excéntrico, pero ni siquiera a esa gente le cae mal. Siempre hay alguien dispuesto a echarle una mano.

–Supongo que usted es la primera.

–Sí, y antes mi madre.

–Hay mujeres –comentó Wolfe– que desearían dedicar su vida a algo más importante.

–¿Usted cree? Para mí, cuidar de un genio es un honor. Tiene correspondencia con las personas más inteligentes del mundo, y todos respetan su opinión.

–Pero ¿no le gustaría tener su propia casa? ¿Un marido, una familia?

–No todas las mujeres sueñan con cazar un marido y tener hijos. Además, a fin de cuentas, tener una familia también es cuidar de otras personas. Yo estoy acostumbrada a mi padre, y él a mí, y me respeta mucho más y me concede mucha más libertad que ningún marido.

Habían llegado al pie de la escalera. Se detuvieron. Priscilla miró a John con aire desafiante. Él sonrió.

–Un marido tiene otras cosas que ofrecer –observó, con un tono que recordó a Priscilla los besos y las caricias que habían intercambiado en el estudio, antes de que los interrumpiera la señorita Pennybaker.

–Tal vez –contestó Priscilla, conteniendo el rubor–. Pero la libertad es lo más importante que puede tener una persona. Sin ella, lo demás carece de sentido.

–¿Incluso el amor? –preguntó John frunciendo el ceño.

–Todo –dijo con firmeza–. Una prisión solapada con palabras dulces y besos amorosos sigue siendo una prisión. ¿Se habría sentido usted satisfecho en su cautiverio si lo hubieran tratado con amabilidad?

–No, claro que no, pero no se trata de eso. El matrimonio no es ningún cautiverio.

–No para los hombres, porque son libres para hacer lo que quieran. Con las mujeres es distinto.

–¡Usted es sufragista! –exclamó–. Debí haberlo imaginado.

–Sí, desde luego que debió. Salta a la vista que una mujer como yo tiene que creer en los derechos de las mujeres.

–¿Se manifiesta para pedir el voto y todas esas cosas? –preguntó fascinado, cruzándose de brazos y apoyándose en la barandilla.

–Aún no he tenido ocasión, pero estoy deseándolo.

–Siempre que su padre no necesite que lo cuide, claro –dijo con un brillo en la mirada.

Priscilla levantó una ceja.

–¿Insinúa que no doy importancia al sufragio femenino?

–Nunca me atrevería a hacer tal cosa, mi querida señorita Hamilton. Sigo maravillado por la fuerza de su mano derecha. Ya he tenido bastante esta noche, y no necesito más. No obstante, me parece raro que le disgusten tanto los hombres cuando trata a su padre con tanta consideración... y cuando se mostraba tan ardiente en el estudio –pasó un dedo por su mano–. Entre mis brazos.

Priscilla se apartó, indignada, y se puso en jarras.

–¡Oh! ¿Se atreve a echarme eso en cara, cuando ha tenido la audacia de intentar propasarse conmigo bajo el techo de mi padre? ¿Después de que le hemos ofrecido cobijo?

–Sí –reconoció, fingiendo arrepentimiento–. Reconozco que me he portado como un villano, pero no he podido evitarlo. Sus labios eran demasiado tentadores.

–Típico de un hombre. Siempre nos echan la culpa a las mujeres. Bueno, aclaremos esto. Yo no lo he tentado para hacer nada. Usted lo ha hecho por su propia voluntad, igual que yo.

–Tiene razón –dijo sonriendo–. Y por mi propia voluntad, no me importaría volver a hacerlo.

Tomó una de sus manos y besó su puño cerrado.

Priscilla apartó la mano, controlando el deseo de descargarlo en su mandíbula.

–Y además –le dijo desafiante– el hecho de que una mujer esté a favor de la igualdad no significa que odie a los hombres.

–Me alegra mucho oír eso.

–O por lo menos –corrigió Priscilla, entrecerrando los ojos–, no significa que odie a todos los hombres.

John se llevó la mano al corazón, como si lo hubiera herido.

–Me ha puesto en mi lugar.

Priscilla hizo una mueca.

–¿Es que se tiene que tomar todo a broma?

–¿Qué quiere que haga? ¿Que me lo tome como una tragedia?

Dado que no sabía qué quería que hiciera, la pregunta la dejó sin habla. Se volvió y corrió escaleras arriba. Se negaba a mirar atrás, pero sospechaba que John Wolfe la miraba con una amplia sonrisa.

6

A la mañana siguiente, lady Chalcomb envió un baúl lleno de ropa de su marido para el supuesto primo de Priscilla. El difunto no era tan ancho de pecho como su visitante, ni tenía los muslos tan musculosos, pero por lo menos los pantalones no le quedaban varios centímetros por encima de los tobillos, y podía sentarse sin temer que saltaran las costuras. También consiguió abrocharse toda la camisa, en vez de mostrar un amplio escote, y bajarse los puños hasta las muñecas. En conjunto, quedaba mucho mejor, aunque como señaló la señorita Pennybaker, los pantalones tan ajustados no quedaban completamente decentes.

Priscilla pasó casi toda la mañana en su habitación, escribiendo. Tenía la puerta cuidadosamente cerrada, como hacía siempre, porque aunque su padre y la señorita Pennybaker conocían su profesión, nadie más lo sabía en el pueblo. No estaba segura de que la señora Smithson y su hija no fueran a difundir la noticia, porque aunque no eran propensas a difundir habladurías, la tentación de revelar un hecho del calibre de que Priscilla escribía novelas de aventuras sería demasiado grande, y no se quería arriesgarse.

No se preocupaba por sí misma, aunque sabía que no le gustaría que se hablara de ella. Si no quería que se supiera era por su familia. Su rama se consideraba muy rara, aunque seguían respetándolos. La gente aceptaba las excentricidades de su padre porque todo el mundo sabía que los genios eran distintos de los demás mortales. No obstante, una mujer escritora era algo muy distinto. Desde luego, algunas mujeres, como Jane Austen, las hermanas Brontë y Mary Shelley, habían llegado a ser escritoras famosas, pero habían vivido en una época más permisiva, y ninguna de ellas estaba emparentada con la aristocracia. Habría un enorme escándalo si se supiera que Elliot Pruett era en realidad Priscilla Hamilton, lo que añadido a la reputación de su padre sería demasiado. Priscilla estaba segura de que ninguno de sus hermanos conseguiría un buen matrimonio, ni ascendería en su carrera, si había una mancha así en su familia.

Sabía que no era algo propio de una sufragista, pero como siempre, su familia era lo primero. Tal vez lo revelara algún día, cuando Gid y Philip estuvieran establecidos. Pero por ahora seguía escondiéndose, como si su profesión fuera una enfermedad terrible.

Cuando bajó a última hora de la mañana se encontró a John Wolfe en el salón, ayudando pacientemente a la señorita Pennybaker a hacer un ovillo de lana. Priscilla se detuvo y apretó los labios para contener una sonrisa al ver a aquel hombre tan corpulento sentado en el sofá con una madeja entre las manos, mientras la señorita Pennybaker hacía el ovillo.

Cuando John levantó la mirada y la vio, Priscilla habría jurado que un ligero rubor cubría sus bronceadas mejillas. No pudo evitar reír.

La señorita Pennybaker se volvió al oírla.

–Ah, aquí estás, querida. ¿Has terminado de copiar las notas de tu padre?

Priscilla y ella habían llegado al acuerdo de explicar así sus ausencias cuando se dedicaba a escribir.

–Sí, ya no tengo más trabajo en todo el día.

–Muy bien. Estaba a punto de tejer una manta para el niño de la señora Banks, pero he visto que se me están enredando las madejas.

–Ya veo que el señor Wolfe ha tenido la amabilidad de ayudarte –comentó Priscilla, riendo al ver la cara cohibida del caballero.

–Oh, sí, me ha servido de gran ayuda. Ha conseguido desenredar la madeja roja, y ahora estamos haciendo un ovillo. Nadie habría pensado que unas manos tan grandes fueran tan habilidosas, ¿verdad?

El comentario recordó a Priscilla la forma en que la acarició la noche anterior. Sus manos la tocaban con toda la suavidad del mundo. Tuvo cuidado de no mirar a John Wolfe, convencida de que estaría mirándola con cara de complicidad.

–Bueno, señor Wolfe, parece que se ha ganado una amiga –dijo apartándose para sentarse en su sillón favorito.

Intentó hablar sin sarcasmo, pero se dio cuenta de que no lo había conseguido. Un día antes, la señorita Pennybaker estaba previniéndola contra aquel hombre. Se preguntaba si se habría propuesto conscientemente meterse en el bolsillo al ama de llaves, o si simplemente, no podía evitar ser amable.

La señorita Pennybaker se mostró algo cohibida al oír las palabras de Priscilla.

–Es más fácil hacer buenas migas con unas personas que con otras –contraatacó John.

Priscilla frunció la nariz pero no se molestó en hacer ningún comentario. En realidad, no se le ocurría ninguno. Sacó su cesta de costura de debajo del sillón y sacó el camisón que estaba bordando al mismo bebé.

Se concentró en el delicado trabajo, resistiéndose a la tentación de mirar a John Wolfe. Tenía la impresión de que estaba mirándola, pero estaba decidida a no mostrar ningún interés por él. En su opinión, estaba demasiado pagado de sí mismo y confiaba demasiado en su evidente habilidad para conquistar a cualquier mujer. Sin duda, a causa de la conducta que había observado la noche anterior, estaba convencido de que caería entre sus brazos en cualquier momento, pero iba a averiguar que era más dura. Nunca se había comportado como aquella vez; jamás había tenido aquellas sensaciones con ningún otro hombre. Pero ahora que sabía hasta qué punto podía afectarla no estaría desprevenida. Sería capaz de dominarse.

De repente se oyó un fuerte estruendo procedente del exterior. Sobresaltada, Priscilla se pinchó con la aguja. Se llevó el dedo a la boca.

–¿Qué demonios ha sido eso?

Wolfe se levantó de un salto, tirando la madeja al suelo, y corrió a la ventana. La señorita Pennybaker dejó caer el ovillo y lo siguió.

Priscilla suspiró, sin levantarse.

–Supongo que habrá sido mi padre.

Dejó la aguja cuidadosamente y se levantó.

Los tres miraron hacia la cabaña que albergaba el laboratorio de Florian. Por la ventana abierta salía una nube de humo amarillo. Un momento después se abrió la puerta y salió el científico, seguido de otra nube de humo.

La señorita Pennybaker suspiró aliviada y se llevó la mano al corazón.

–Gracias a Dios que está vivo.

Priscilla abrió la ventana y se adelantó.

–¿Estás bien, papá?

Florian se volvió al oír su voz y sonrió, saludando con la mano. Sus dientes blancos contrastaban con la cara ahumada. Tenía el pelo muy revuelto, y su camisa estaba llena de manchas.

–Perfectamente, cariño –contestó–. Ha sido una explosión preciosa, ¿verdad? No, no hace falta, señora Smithson –dijo volviéndose hacia la cocinera, que corría hacia la cabaña con un cubo de agua–. Esta vez no hay fuego.

–Sí, precioso –contestó Priscilla en tono cortante.

Se volvió para regresar a su sillón y vio el semblante perplejo de John. No pudo evitar reírse.

–No se preocupe, señor Wolfe. Esto pasa a menudo.

–¿Por qué? –preguntó asombrado.

–Me temo que sólo mi padre podría contestar a esa pregunta. Creo que siempre dice que todo sea en nombre de la ciencia. Yo, personalmente, creo que le gusta organizar explosiones. Mis hermanos lo hacían muchas veces cuando eran pequeños.

–¡Priscilla! –reprendió la señorita Pennybaker, como si aún estuviera cuidándola–. Eso no es justo. Tu padre es uno de los científicos más importantes del mundo.

–Ya lo sé, pero ¿no te resulta raro a veces vivir con un científico tan importante?

–Oh, no, lo considero un honor –dijo convencida–. Ser capaz de presenciar el funcionamiento de una mente como ésa es un gran privilegio.

Priscilla sintió cierta lástima por la otra mujer. Hacía años que sospechaba que lo que sentía por su padre era más que admiración. Lo más triste era que Florian Hamilton no le prestaba más atención que a un mueble. Su vida estaba centrada en los estudios y los experimentos, y si había reparado en la existencia de la señorita Pennybaker era porque había empezado a copiar sus papeles y sus notas. Priscilla sabía que no era frío, ni insensible a sus sentimientos. Sencillamente, no le interesaba el mundo. Incluso sus hijos ocupaban un segundo plano, a pesar de que los quería.

Se oyeron unos pasos en el vestíbulo, y Florian apareció en el umbral de la sala. De cerca, la visión era más estremecedora. Le salía un vapor amarillo de la ropa, y su cara y sus manos tenían manchas negras y anaranjadas, que a simple vista parecían indelebles. Olía fuertemente a huevos podridos.

–¡Papá! –protestó Priscilla, tapándose la nariz.

John miró a Florian más atónito todavía.

–Deberías haberlo visto, Priscilla –dijo Florian, sonriente–. Ha sido perfecto.

–Estoy segura –dijo, incapaz de contener una sonrisa.

El entusiasmo inocente de su padre era contagioso. A lo largo de los años había llenado las alfombras de agujeros, había decolorado las paredes de su estudio y había roto los cristales de varias ventanas. Aquél era el motivo por el que lo había convencido para que llevara a cabo sus experimentos en el cobertizo, fuera de la casa. Había pagado el laboratorio nuevo con la venta de su primer libro. Pero la luz que iluminaba su rostro, la curiosidad infantil con que se enfrentaba a la vida, la cálida inteligencia de sus ojos, hacían que fuera imposible enfadarse con él.

–¡Se ha cortado! –exclamó la señorita Pennybaker horrorizada, corriendo a limpiarle una mejilla con el pañuelo.

–¿Qué? Ah, sí, se ha roto una probeta, pero no es nada.

La señorita Pennybaker siguió limpiándolo, preocupada.

–Tengo que escribir a Rigby para decirle esto –comentó Florian–. En su última carta me dijo que volaría toda la casa si intentaba hacer ese experimento. Pero se equivocaba, ¿verdad? –dijo riendo.

John Wolfe levantó las cejas con incredulidad, pero Priscilla se limitó a sonreír, acostumbrada a la forma de ser de su padre.

–Desde luego que sí –convino, sonriendo–. Pero deberías tomar un baño y cambiarte de ropa. Apestas a azufre.

–¿A qué quieres que huela? He estado trabajando con azufre. Además, no tengo tiempo para cambiarme. Tengo que apuntar todo esto.

–Yo lo apuntaré –se ofreció la señorita Pennybaker.

–¿Qué? –se volvió hacia ella, como si la viera por primera vez–. Sí, claro, eso estaría muy bien.

–Muchas gracias, Penny –dijo Priscilla.

En los últimos dos años, desde que había empezado a vender lo que escribía, la señorita Pennybaker había ido encargándose cada vez más de las tareas que ella desempeñaba en el pasado. Priscilla se sentía culpable, aunque sólo fuera porque el hecho de estar cerca de Florian hacía que la adoración que sentía hacia él el ama de llaves creciera más aún. Pero lo cierto era que a ella la aburrían las cartas y las notas de su padre, y prefería invertir el tiempo en escribir. El hecho de que la señorita Pennybaker estuviera deseando encargarse de los papeles de Florian le había parecido un regalo del cielo.

El científico se marchó, hablando de su experimento, y la señorita Pennybaker corrió tras él. Priscilla se quedó mirándolos. De repente se dio cuenta de que la ausencia de la señorita Pennybaker significaba que se quedaría a solas con John Wolfe. Lo miró de reojo, incómoda.

–Bueno, vaya espectáculo –comentó.

–Desde luego. No me extraña que acogieran con tanta naturalidad a un desconocido que apareció desnudo en su puerta. Deben de estar acostumbrados a las situaciones poco normales.

–No tan poco normales como la suya –le aseguró sonriendo–. Usted fue el primer amnésico que se presentó desnudo en la puerta en mitad de la noche.

Volvió a su sillón y se sentó, intentando concentrarse en sus bordados. Podía sentir los ojos de Wolfe, y se preguntaba qué pensaba, si estaba recordando el abrazo que habían compartido la noche anterior. Era algo que a ella le costaba mucho trabajo olvidar.

–Creo que debo disculparme –dijo de repente el hombre–. Sin duda, me considera un maleducado.

Priscilla se encogió de hombros.

–No creo que tenga demasiada importancia lo que piense de usted.

–Para mí la tiene.

Lo miró durante un momento y bajó la vista. Su corazón latía a toda velocidad. No sabía qué hacer ni qué decir. No entendía por qué aquel hombre tenía tal efecto sobre ella.

–Usted tiene un extraño efecto sobre mí –dijo él, repitiendo sus pensamientos–. No soy propenso a violentar a las jóvenes.

–Tampoco me violentó –reconoció Priscilla, evitando su mirada.

–Pero tampoco me controlé demasiado –dio un puñetazo a la pared, obligando a Priscilla a mirarlo, sorprendido–. Me gustó demasiado para disculparme por ello.

Priscilla contuvo la respiración. En el fondo, deseaba levantarse para abrazarlo.

–Pero le pido disculpas por haberla incomodado –continuó John.

–No me incomodó –no sabía qué había sentido, pero desde luego no era incomodidad–. Pero no creo que debamos hablar sobre ello. Lo que ocurrió fue algo... fuera de lo normal. Estoy segura de que ninguno de los dos pensaba con claridad. ¿Por qué no lo olvidamos?

–¿Olvidarlo? No creo que sea posible.

–Entonces, no piense en ello de momento. Están ocurriendo tantas cosas... Esos hombres, su pérdida de memoria, el problema de lo que va a hacer... Creo que sería más fácil si pasáramos por alto lo ocurrido.

–¿Pretende que finjamos que no ocurrió?

–Sí quiere decirlo así, sí.

–No estoy seguro de poder hacerlo.

–Si ni siquiera sabe quién es, lo mejor que puede hacer es no buscarse más complicaciones, ¿no cree?

Habían estado mirándose con el ceño fruncido, por lo que Priscilla se sorprendió al ver que John sonreía de repente.

–Mi querida señorita Hamilton, una cosa es la necesidad y otra el deseo.

–Y por supuesto –espetó ella– usted siempre hace lo que desea.

–Como podrá comprender –contestó riendo– no sé qué es lo que hago siempre.

–¿Es que tiene que tomárselo todo a broma? –preguntó Priscilla exasperada.

–Eso facilita las cosas.

Oyeron unos pasos en el vestíbulo, y después se oyó una voz masculina.

–¿Priscilla?

John la miró con curiosidad, y ella hizo una mueca de desagrado.

–¿Quién...? –empezó a preguntar John.

Se interrumpió al ver que entraba un joven con el pelo rubio y revuelto.

Tenía los ojos enormes y azules, con unas pestañas absurdamente largas, y su rostro era agraciado, de rasgos regulares, aunque en aquel momento tenía el ceño fruncido.

–¡No me deja! –exclamó sin preámbulos, entrando en la habitación–. Me trata como si fuera un niño. Te aseguro que en cuanto cumpla la mayoría de edad me alistaré en el ejército, diga lo que diga. Cuando haya recibido la herencia, ya no tendrá nada con que atarme.

Se dejó caer en un sillón, poniendo una pierna sobre el reposabrazos, y miró a Priscilla indignado.

–¡Alec! ¿Dónde están tus modales? –preguntó ella–. Tengo visita.

–Oh –Alec se volvió y vio a Wolfe por primera vez–. Lo siento mucho, no lo había visto.

Se levantó y lo saludó con una ligera reverencia.

–Te presento a John Wolfe, mi primo estadounidense.

Priscilla lo maldijo en silencio por haberse presentado allí. Prefería que nadie supiera nada sobre su visitante, y sabía que Alec era un charlatán incurable. Probablemente se lo diría a su madre; los criados escucharían su conversación, y pronto sería del dominio público. Se preguntó si habría alguna forma de convencerlo para que guardara silencio sin despertar sus sospechas.

–¿Estadounidense? –repitió Alec con interés–. Siempre he sentido gran curiosidad por su país. ¿Es usted del oeste? ¿Ha visto alguna vez a un indio? ¿Ha disparado alguna vez contra alguien?

John lo miró, atónito, durante un momento.

–No soy del oeste –dijo con calma–, y nunca he visto a un indio. En cuanto a lo de disparar... Bueno, no lo haría a no ser que la otra persona lo mereciera.

Alec lo miró fijamente y de repente se puso a reír.

–Ah, claro, es una broma, ¿no?

–Eso me temo.

–No sabía que tuvieras familia en América, Priscilla.

–Por parte de madre –se apresuró a explicar–. En realidad es un primo lejano. Nuestros abuelos eran primos, o algo así. Pero por favor, no te dediques a decir por aquí que tenemos un invitado, o todo el mundo querrá conocerlo, y está recuperándose de una enfermedad.

–Ah, sí, claro –dijo sin prestar mucha atención a su anfitriona–. ¿En qué parte de Estados Unidos vive usted? –preguntó al invitado.

–En Nueva York.

–Es una ciudad muy grande, ¿no?

–Sí, bastante.

–Pero no tanto como Londres, supongo.

–No, no creo que sea tan grande como Londres.

–Me gustaría conocer su país. Y Francia. O la India, o África. En realidad, me gustaría viajar a cualquier sitio. Londres es la única ciudad que he visto. También he estado en Escocia. Hemos veraneado allí varias veces.

–Tengo entendido que los paisajes escoceses son preciosos.

Alec se encogió de hombros.

–Supongo que sí, pero Escocia es aburridísima. Lo único que se puede hacer allí es pescar truchas y pasear por las montañas, y es imposible entender lo que dice la gente, con ese horrible acento. Es como ir al extranjero, pero sin nada distinto. ¿Ha estado alguna vez en Escocia?

John sacudió la cabeza, incapaz de evitar sonreír ante la charla incansable del joven.

–Bueno, Alec, ¿qué te trae por aquí? –preguntó Priscilla alegremente, más para evitar que siguiera preguntando que por deseo de saberlo–. Parecías enfadado. ¿La duquesa, otra vez?

–Como siempre –suspiró–. Mi madre se niega a reconocer que soy adulto. No dejo de decirle que lo único que quiero es ingresar en el ejército, con Gid –sus ojos resplandecieron–. Hoy he recibido una nota suya, y lo está pasando en grande. Y eso que nunca fue tan buen jinete como yo.

–Ya lo sé –convino Priscilla.

–Pero ahí está, en la guardia, y aquí estoy yo, anclado en Ranleigh Court.

–Creo que no conoces a mi hermano Gid –dijo Priscilla a su supuesto primo–. Alec y él son muy buenos amigos.

–Desde que éramos niños –confirmó el joven–. Pero su padre le deja hacer lo que quiera, así que es oficial del ejército, y yo soy...

–Un futuro duque –concluyó Priscilla.

–¿Duque? –preguntó John Wolfe con interés–. ¿De verdad?

–Sí. Duque. Aunque no soy duque, exactamente. Quiero decir que no estoy reconocido. Ni siquiera soy el marqués de Lynden, aunque a mi padre le gustaba llamarme así.

–Oh –dijo Wolfe, confundido–. Lo siento.

Priscilla rió.

–No te entiende, Alec. Recuerda que es estadounidense –se volvió hacia John–. El marquesado de Lynden es el título del heredero a duque de Ranleigh. Así que el hijo mayor del duque es Lynden, hasta que se convierte en duque a la muerte de su padre.

–Creo que ya lo entiendo.

–Pero Alec –prosiguió Priscilla– no tiene oficialmente ninguno de los dos títulos, aunque probablemente es el heredero del ducado. Hay un hijo mayor que desapareció hace muchos años. Él era el marqués de Lynden, aunque nadie sabe qué ha sido de él, ni dónde está. Hace treinta años que desapareció, y todo el mundo lo da por muerto. Pero cuando murió el duque, hace unos meses, los albaceas insistieron en que había que buscar a Lynden antes de poder nombrar duque a Alec.

–Así que por el momento está en una especie de limbo.

–Exactamente –convino Alec–. En cualquier caso, no me interesa ser duque. Ya se lo he dicho a mi madre. No sabría qué hacer con tantas responsabilidades. El nombre, las tierras... Lo único que quiero es ser oficial de caballería.

–Pero tu madre no lo ha entendido –aventuró Priscilla.

–Claro que no. Está convencida de que ser duque es lo más importante del mundo.

–Es un título muy antiguo –observó Priscilla.

–Me da igual. Ya lo sabes. Francamente, me gustaría que apareciera el marqués de Lynden. Tendría que volver y heredar el título, y yo tendría libertad para hacer lo que me viniera en gana. Mi padre me dejó una buena herencia.

–Estoy segura. Te quería mucho.

–Ya lo sé –Alec suspiró–. Por eso accedí a quedarme tanto tiempo. Quería marcharme con Gid, pero mi madre me pedía continuamente que no abandonara a mi padre, que estaba enfermo y quería tenerme a su lado. Pero ya ha muerto, así que ya no tiene esa excusa. Sin embargo, sigue negándose a dejarme marchar.

–¿Por qué no se marcha, simplemente? –preguntó John con curiosidad.

Sus dos interlocutores se volvieron hacia él, como si no pudieran creer lo que acababan de oír.

–Ya es usted bastante mayor, ¿no? –se defendió John–. ¿Por qué no hace lo que le apetezca?

–Mi madre dice que eso no es propio de un duque –explicó Alec cuando consiguió salir de su sorpresa–, aunque yo creo que no es incompatible. Si el duque de Wellington y el duque de Marlborough pueden estar en el ejército, ¿por qué yo no?

–Creo que les dieron los títulos como recompensa a sus victorias militares –observó Priscilla.

–Bueno, pues el conde de Cardigan luchó en la guerra de Crimea, y ya era conde antes.

–Eso es cierto.

–¿Por qué tiene que ser distinto para los duques?

–Tienes responsabilidades –le recordó Priscilla, volviéndose hacia John para explicárselo–. Los títulos van acompañados de ciertos deberes. No se puede hacer lo que se quiera.

–¿Por qué no? –preguntó John–. A fin de cuentas, el título es suyo.

–Sí, claro, pero tiene una responsabilidad frente a las generaciones futuras. Por ejemplo, no puede hacer nada que ponga en peligro las propiedades.

Alec rió con ironía.

–Como si las propiedades no estuvieran desmoronándose ya. Es muy caro mantener todas las casas en pie. La de Corksey ya está en ruinas. La carcoma ha acabado con ella. Toda el ala este de nuestra casa ha tenido que cerrarse. La estructura no es estable, ¿sabe? Necesita reparaciones. Tenemos muchas tierras, pero muy poco dinero.

–Además –intervino Priscilla–, ¿qué pasaría si murieras en el ejército? Eres el hijo único, si no aparece el duque de Lynden. No puedes permitir que el título desaparezca.

–Está el primo Evesham –observó Alec–. Él lo heredaría. Ya se lo he dicho a mi madre, también, pero dice que preferiría morir antes de ver a Evesham convertido en duque de Ranleigh. En cierto modo, no la culpo. Mi primo es insoportable. Mi padre tampoco lo aguantaba. Pero por lo menos hay un sucesor. El título no desaparecería. Además, no es probable que me maten. Apenas hay guerras a estas alturas, sólo pequeñas escaramuzas con los nativos de la India y esos sitios.

–Entonces –insistió Wolfe–, ¿qué le impide irse si es lo que desea?

Alec quedó pensativo, intentando encontrar la respuesta a una pregunta que no le habían planteado nunca. En realidad, jamás se le había pasado por la cabeza.

–Bueno, es por la familia –dijo al fin–. No puedo contravenir sus deseos.

–No pretenderá vivir su vida con arreglo a lo que dicte su familia. ¿Se va a casar con quien ellos le digan? ¿Va a vivir donde ellos le digan?

–No me casaría con una mujer sólo para complacer a

mi madre. Es posible que a mí no me gustara, ¿sabe? Pero tampoco me casaría con una mujer completamente inadecuada. ¿Lo haría usted?

John sonrió.

–Yo no tengo que preocuparme por ningún título, pero la verdad es que no veo qué sentido tiene ser duque si hay que obedecer las órdenes de los demás.

–Yo pensé siempre lo mismo, ¿sabe? Creía que un duque podría hacer lo que le viniera en gana, y que los demás tendrían que obedecer sus órdenes. Esa impresión tenía en vida de mi padre.

–Se pueden hacer muchas cosas siendo duque –comentó Priscilla–. Estoy segura de que a mucha gente le encantaría estar en su lugar –se volvió hacia John–. Sospecho que mi primo, al ser estadounidense, no entiende lo que implica un título tan importante.

–Estoy seguro de que tiene razón –dijo fingiéndose compungido–. Mi ignorancia es vergonzosa.

Priscilla le hizo una mueca, pero no le dijo nada.

–Bueno, Alec, hablemos de algo más agradable. Tengo entendido que te has comprado un caballo nuevo.

Alec se alegró inmediatamente, olvidando sus penas, mientras se ponía a describir su nueva adquisición.

–Tendrías que verlo. Es así de alto –hizo un gesto con la mano–. Es muy dócil, y...

Pasaron casi todo el resto del tiempo hablando de caballos. John no intervino mucho en la conversación.

–Pobre chico –comentó John después de que se fuera–. Sospecho que si quiere alistarse en el ejército es sobre todo para librarse de la responsabilidad del ducado.

–Es probable que tenga razón, pero no debería haberlo alentado.

–¿Por qué? Creía que le estaba haciendo un favor, al recordarle que es dueño de sus actos y que puede hacer lo que quiera. ¿O es que no es así? ¿Es que en Inglaterra no existe la libertad?

Priscilla lo miró furiosa.

–En Inglaterra había libertad y derechos antes de que su país existiera. Los estadounidenses creen que inventaron la libertad simplemente porque se libraron de una monarquía, pero le aseguro que sólo lo piensan ustedes.

El hombre rió.

–De acuerdo, de acuerdo, no se enfade. Estoy seguro de que los ingleses también tienen libertad para hacer lo que les plazca. No obstante, en el caso de ese chico no parece ser así.

Priscilla suspiró.

–Es el único hijo, el único heredero. Su madre siempre lo ha mimado mucho. Su padre también tendía a protegerlo demasiado. Supongo que por eso se pasaba la vida aquí, con Gid –sonrió con cariño–. Siempre estaban planeando alguna travesura.

John la miró pensativo.

–¿Es su pretendiente?

–Mi ¿qué? –preguntó sorprendida–. Debe de estar bromeando.

John negó con la cabeza.

–De todas las estupideces... ¡Claro que no es mi pretendiente! ¡Si sólo tiene veinte años, la misma edad que Gidrey, y yo tengo veinticuatro!

John se encogió de hombros.

–Tampoco me parece una diferencia abismal. Muchos jóvenes se enamoran de mujeres mayores que ellos.

–Le aseguro que no es ése el caso.

–Tal vez no para usted, pero no estoy seguro de que el joven en cuestión sienta lo mismo.

–Está loco. Para Alec soy como una hermana mayor. Me cuenta sus problemas, pero le aseguro que no hay nada más.

Volvió a concentrarse en el bordado, clavando la aguja con movimientos cortos y bruscos.

John se quedó mirándola durante un momento, divertido. Sólo pretendía tomarle el pelo, pero en realidad había sentido algo parecido a los celos al observar la charla de Priscilla y el joven heredero. Se dio cuenta de que no le gustaba la idea de que otro hombre sintiera algo por ella. Pero lo que lo molestaba realmente era que se comportase de forma tan natural con el joven, y que le mostrara su cariño abiertamente. Tal vez sólo lo considerase una especie de hermano, pero aun así...

No le gustaba el derrotero que estaban tomando sus pensamientos, de modo que buscó otra cosa en que ocupar su mente, algo con lo que pudiera animar a Priscilla a hablar con él en vez de atacar furiosa la prenda con la aguja.

–¿Quién es el otro heredero? –preguntó–. Ése que parece haber desaparecido.

–¿Lynden? –levantó la vista de la labor–. Era el hermano paterno de Alec, hijo del duque y su primera esposa. Nunca lo conocí. Se marchó antes de que yo naciera.

–Pero supongo que sabrá algo de él. Estoy seguro de que habrá oído muchas cosas. El heredero del duque se marcha para no volver... estoy seguro de que eso desató muchas habladurías.

–Desde luego. Es una de las leyendas locales más famosas –sonrió con el entusiasmo de una narradora nata–. Verá, el motivo por el que se marchó fue un asesinato.

7

–¡Un asesinato! –repitió sorprendido–. ¿Mató a alguien?

Priscilla asintió.

–Eso dicen, aunque por supuesto, no se llegó a demostrar. En realidad, se abandonó la investigación cuando el sospechoso salió del país.

–¿Qué ocurrió? ¿A quién asesinó?

–Bueno, la historia es la siguiente: el hijo de Ranleigh era joven; tenía sólo diecinueve o veinte años, y dicen que era un muchacho muy apuesto. Estaba estudiando en Oxford, pero había venido a pasar aquí el verano. Al parecer tenía una novia, que trabajaba de criada en Ranleigh Court.

–Ah.

–Sí, ah. Se dedicó a contar a todas sus amigas que el joven lord estaba enamoradísimo de ella. El fin de semana anterior había ido de visita a su casa, y había comentado a sus padres y a su hermano que esperaba que pronto la pidiera en matrimonio. Su hermano le dijo que era idiota si pensaba que un noble iba a casarse con ella, y le dijo que tal vez no tuviera elección. Unos días después se marchó de la casa. Nadie la vio partir. Al amanecer no estaba en

Ranleigh Court, y se veía que no había dormido en su casa. Pero su familia decía que tampoco había estado con ellos. Se organizó una partida de búsqueda, y la encontraron en el bosque. Estrangulada.

John levantó las cejas.

–¡Vaya historia! Pero ¿de dónde saca que la asesinó el tal Lynden?

–Nadie más que su amante parecía tener motivos para asesinarla. Le hicieron la autopsia y descubrieron que estaba esperando un hijo. Eso daba a su amante una razón para querer librarse de ella. Debió de decirle que se encontraba embarazada, y tal vez incluso intentó presionarlo para que se casara con ella. Y Lynden era el único joven lord del pueblo, con excepción, por supuesto, de su primo Evesham, que también era bastante joven aunque no muy bien parecido. Además, todos los criados de la mansión sabían que Lynden se escapaba de allí con frecuencia, a horas intempestivas, y no quería que lo vieran. Saltaba a la vista que ocurría algo.

–Aun así, no parece que sea indicio suficiente.

–Estoy segura de que el alguacil era reacio a detenerlo, pero había una prueba incriminatoria, y no sólo las habladurías. Cerca del cadáver encontraron un fragmento de un collar o una pulsera de rubíes, y un rubí suelto. Evidentemente, formaba parte de una joya mayor. Todo el mundo había oído hablar de los rubíes de los Ranleigh.

Priscilla hizo una pausa, y John sonrió.

–Se supone que ahora me toca preguntar por los rubíes de los Ranleigh, ¿no es así?

–Por supuesto –contestó divertida–. Esos rubíes formaban parte de la herencia del ducado de Ranleigh. Estaban en la familia desde los tiempos de la reina Isabel. Cuenta la leyenda que el primer duque de Ranleigh, que fue uno de los piratas que mantenía la corona, los robó de un barco español. Ranleigh regaló a la reina Isabel unos preciosos pendientes de esmeraldas del mismo botín, pero nunca le enseñó el juego de collar, pulsera y pendientes de rubíes, sino que se los dio en silencio a su prometida, que debía de ser una insensata, porque después de casarse tuvo el atrevimiento de lucir las joyas delante de la reina. Isabel se enfureció por no haber recibido las joyas más valiosas, y Ranleigh pasó dos años cautivo en la torre. Tuvo suerte de no volverse loco. En cualquier caso, hay muchas leyendas asociadas a los rubíes. Se dice que uno de los duques dejó que los luciera su amante en lugar de su esposa, y más tarde cayó herido en circunstancias misteriosas y tuvo que pasar el resto de su vida en la cama. También se dice que otro duque perdió casi toda su fortuna en una noche, jugando a las cartas, y por fin, jugándose las famosas joyas, que eran lo único que le quedaba, ganó una partida y pudo recuperar al final todas sus pérdidas.

–Desde luego, usted sabe cómo relatar una historia.

–Muchas gracias –dijo Priscilla complacida–. El caso es que los rubíes eran muy famosos, y todo el mundo había oído hablar de ellos. De modo que cuando encontraron las piedras cerca del cadáver, sobre todo teniendo en cuenta lo que se rumoreaba de su relación con Lynden, el alguacil se vio obligado a considerar la posibilidad de que el marqués fuera el asesino. Fue a Ranleigh Court a hablar con el duque, que por supuesto montó en cólera, pero cuando le enseñaron los rubíes se quedó sin habla. Los reconoció, aunque siguió insistiendo en que era imposible. No obstante, fue al lugar donde guardaba las joyas y se encontró con que faltaba el collar. Mandó buscar a su hijo. El alguacil le preguntó dónde había estado la noche del crimen. El marqués contestó que había estado en su dormitorio, a solas. Pero uno de los mozos de cuadra le había dicho ya que lo había visto ensillar un caballo por la noche, y que había vuelto al amanecer. Eso desmintió su explicación.

–Ya veo. ¿Así que se fugó?

–No inmediatamente. Insistió en que era inocente, pero se negó a decir dónde había estado la noche anterior. Entonces, un amigo suyo, que estaba pasando las vacaciones con él, dijo que habían estado juntos la noche del asesinato, jugando a las cartas y bebiendo, de modo que no podía haberla matado.

John levantó las cejas.

–¿Mintió por él?

–Nadie lo sabe. Insistió en que habían estado juntos. Como afirmaba que habían estado solos, no había nadie que pudiera confirmarlo o negarlo, pero con esa coartada y con la influencia de la familia, el alguacil no pudo considerar culpable al hijo del duque.

–Entonces, ¿por qué desapareció?

–Al duque le interesaba que no considerasen sospechoso a su hijo para salvar el honor de la familia del escándalo de un juicio, aunque no creía que su amigo hubiera dicho la verdad. Todo el mundo dice que aquella tarde tuvo una fuerte discusión con su hijo. El duque era un hombre muy estricto y orgulloso, y nunca se había llevado muy bien con su descendiente. Parece ser que lo golpeó, y Lynden se marchó, jurando no volver a ver nunca a su padre. No volvió a verlo. Hizo el equipaje, salió de la mansión, y nunca se ha vuelto a saber nada de él. Ni siquiera envió una carta. Su madre había muerto, de modo que el duque se casó con otra mujer. Estaba seguro de que su hijo había muerto, y quería otro heredero.

–Alec.

–Sí. El viejo duque siempre hablaba de su primer hijo en pasado, como si hubiera muerto. Llamaba Lynden a Alec, y mucha gente lo imitaba para complacerlo, aunque en realidad Alec no es el marqués de Lynden. Tampoco es el heredero del ducado, hasta que se resuelva el asunto.

–¿Cómo lo van a hacer?

–No estoy segura. Por los tribunales, supongo. Habrá que declarar a Lynden legalmente muerto, o algo así, pero probablemente tardarán varios años.

–Y mientras tanto el pobre Alec no puede heredar.

–No puede heredar el título –convino–, pero su padre le legó todos los bienes que no están asociados al ducado. Es una suma importante, aunque a Alec le da igual. Tiene suficiente para sus caballos y sus perros, que es lo que le interesa. Ya lo ha oído. Preferiría no tener que cargar con la responsabilidad de ser duque de Ranleigh.

–Lo entiendo. Creo que a mí tampoco me haría mucha gracia.

–Lo que ocurre es que no tiene elección.

–Supongo que no. ¿Qué cree que sería de su hermano mayor?

–Nadie lo sabe. Nadie ha sabido nada de él. Hay quien dice que se fue al continente. Otros dicen que se marchó a las colonias. Todo el mundo sospecha que murió, ya que de lo contrario habría escrito.

–A lo mejor le dieron un golpe en la cabeza y no tiene ni idea de quién es.

Priscilla sonrió.

–No creo que la falta de memoria sea permanente.

–Espero que no –se puso en pie y empezó a recorrer la habitación, nervioso–. No entiendo cómo es posible que una persona lo olvide todo sobre su vida. No parece posible, ¿verdad? –se quedó mirando por la ventana, como si la respuesta a su enigma estuviera en el jardín–. Puedo entender que se olvide algo desagradable, como la forma en que ocurrió un secuestro. Pero ¿cómo he podido olvidar mi propio nombre, o el lugar donde vivo?

–No lo sé, pero ha ocurrido. Mi padre ha estado leyendo lo que ha encontrado sobre la amnesia, y dice que lo normal es recuperar la memoria.

–¿Por completo?

–Sí, creo que sí. Parece que va volviendo poco a poco.

–Da igual. Preferiría recordar sólo una parte a tener este vacío. Si por lo menos tuviera algo mío... mi ropa, un reloj, cualquier cosa que me despierte la memoria –se incorporó de repente–. ¡Ya lo tengo!

–¿Qué?

–Podría volver a la cabaña. Es posible que si la vuelvo a ver, a la luz del día, recuerde cómo llegué hasta allí. Hasta es posible que hayan dejado allí mis cosas.

–Parece razonable. Valdría la pena intentarlo, por lo menos. El único problema es cómo encontrarla. ¿Cree que sabría volver?

–No –contestó John frunciendo el ceño–. Era de noche, estaba muy mareado e iba corriendo.

–¿Cuánto tiempo cree que tardó en llegar aquí?

–No lo sé. Una hora, tal vez dos. Aunque estaba tan desorientado que es posible que diera varias vueltas a la casa antes de toparme con ella.

–¿Recuerda algo de los sitios por los que pasó?

–Un montón de árboles. Un bosque, o algo así. También atravesé un grupo de arbustos, tal vez zarzas, un poco antes de encontrarme con el camino que conduce a esta casa.

–Sé a qué se refiere. Está hacia el sur. Si sigue el camino hacia Chalcomb Manor pasará por Wyfield Meadow. Allí hay un zarzal, junto al bosque –se levantó de un salto–. ¡Vamos!

–¿Qué?

–Deben de ser las dos o las tres de la tarde. Podemos ir andando hasta el zarzal, porque sé dónde está, y después puede intentar recordar por dónde llegó hasta allí la otra noche. Así sabremos aproximadamente dónde estaba la cabaña.

Corrió al vestíbulo para ponerse el sombrero. Wolfe la siguió, protestando.

–¡Un momento! No creo que deba usted acompañarme. Podría ser peligroso.

–¿Sigue preocupado por esos hombres? Ya le dije que no vi a nadie cuando fui al pueblo.

–Sí, pero no iba conmigo. Es posible que no estuvieran seguros de que estuviera en su casa, y no quisieran llamar la atención ni meterse en problemas por acosar a una señorita, así que se quedarían escondidos. Pero sabemos que sospechan de esta casa y que están cerca, porque entraron anoche. Si me ven es posible que se arriesguen a hacerle a usted algo para capturarme.

–Creo que sobreestima a esos hombres, señor Wolfe. ¿De verdad cree que están fuera ahora mismo, escondidos entre los árboles, espiando la casa?

–Es posible –contestó, encogiéndose de hombros.

–Creo que exagera. Si están vigilando la entrada de la casa no podrán vernos salir por la parte trasera. Además, no creo que se atrevan a acercarse de día. Creo que procuran que no los vea nadie. Por eso ayer vinieron de noche.

–No exagero. Tal vez tenga razón al decir que no estarán vigilando la casa. No sé dónde están, ni qué están haciendo. Pero no puedo arriesgar su seguridad basándome en el desconocimiento.

–¿Cómo cree, entonces, que va a encontrar esa cabaña que puede despertar su memoria? No creo que la haga aparecer si se queda aquí sentado.

–Lo sé perfectamente, señorita Hamilton, y no tengo intención de quedarme aquí. Sólo estoy diciendo que voy a encontrar solo el cobertizo. Usted se quedará aquí.

–Ah, sí, claro, qué razonable –dijo Priscilla con ironía–. Usted, que es extranjero y no sabe nada de este lugar, se va a buscar solo la cabaña, mientras que yo, que nací y me crié en este mismo sitio, me quedaré en casa cruzada de brazos.

John hizo una mueca, reconociendo que Priscilla tenía razón. Al verlo indeciso, insistió:

–Además usted podrá protegerme, ¿verdad? –lo miró con inocencia exagerada–. ¿O cree que no sería capaz?

–Desde luego, en circunstancias normales podría, pero me sentiría mucho más confiado si tuviera mi pistola.

–¿Su pistola?

Se quedó mirándola, levantando las cejas, tan sorprendido como ella.

–Sí, tengo la impresión de que tengo una pistola, aunque ahora que lo pienso, la verdad es que no sé cómo es. No puedo representarla mentalmente.

–Que yo sepa, sólo es normal tener pistola en el oeste de su país. Tal vez sea bandido.

–¿Un bandido que se dedica a viajar por Inglaterra? No me parece probable.

–Tan poco probable como que a alguien le den un golpe en la cabeza y lo mantengan prisionero en una cabaña.

–En eso tiene razón.

–Bueno, ¿nos vamos, o piensa quedarse aquí todo el día?

–De acuerdo, señorita Hamilton. Reconozco que deberíamos ir juntos a buscar la cabaña.

Priscilla tomó su sombrero del perchero, de donde colgaba también un bastón. John lo examinó y decidió que serviría como arma. Silbando alegremente, con el bastón en la mano, la siguió a la puerta de la cocina.

Caminaron por el jardín, pasando junto al pequeño

edificio en el que Florian llevaba a cabo sus experimentos. Seguía oliendo a azufre. Unos metros más allá estaba el camino. Priscilla giró a la derecha, confiada, y empezó a caminar con paso ligero. Su acompañante iba detrás de ella, mirando a su alrededor continuamente.

No tardaron mucho en llegar al zarzal. John examinó el paisaje circundante.

–La otra noche me pareció que estaba mucho más lejos.

–No me extraña. Estaba agotado y enfermo.

Caminaron durante un rato a lo largo del zarzal.

–Me gustaría saber con más exactitud cuánto tardé en llegar –miró a su alrededor–. Creo que llegué desde aquí, por los árboles. Había un claro, con esos arbustos al final. Puede que éste sea el lugar.

Cruzó el claro hacia los árboles, inseguro.

–¡Creo que vine por aquí! –exclamó de repente–. Mire.

Priscilla corrió hacia él y miró el tronco de haya que estaba señalando. Tenía unas manchas marrones.

–Recuerdo que me apoyé en un árbol, para intentar oír si me seguían. Esto es sangre. ¿Recuerda mis heridas?

–Muy bien. Entonces, ¿seguimos recto?

–Intentémoslo.

Atravesaron los árboles, buscando otros indicios de la precipitada huida, pero no encontraron nada más. Después de buscar en vano durante una hora caminaron hacia el norte durante un rato y después volvieron hacia el claro, con la esperanza de encontrar otra cosa que resultara conocida a John, pero al final desistieron cuando empezó a oscurecer. Volvieron a la casa en el crepúsculo, conviniendo volver a intentarlo a la mañana siguiente.

Aquella noche no tuvieron visitantes, pero Priscilla pasó mucho tiempo despierta, preocupada por la posibilidad de que volvieran a entrar. A pesar de que había dormido poco, se despertó muy temprano, impaciente por continuar la búsqueda. Se vistió y desayunó a toda prisa, y perdonó la escritura por un día. La atracción de la aventura verdadera era demasiado fuerte como para perder una mañana con aventuras imaginarias.

Volvieron por el camino que habían tomado el día anterior. John silbaba alegremente, agitando el bastón. Priscilla se volvió para mirarlo y sonrió.

–Parece que se está recuperando –comentó.

–Sí, desde luego. Con excepción de algún dolor de cabeza excepcional, estoy en plena forma. Entre sus cuidados y la comida de la señora Smithson he recuperado las fuerzas rápidamente –señaló la cesta de comida que llevaba–, aunque creo que hoy me vendría bien que hubiera cocinado menos. Parece que me ha dado una vaca entera.

Priscilla rió.

–La señora Smithson cree en las comidas copiosas. Está encantada de tenerlo aquí. Alguien que come como un hombre, no como un pájaro –dijo imitando la voz de la cocinera.

–¿Por eso le caigo bien? ¿Porque como mucho? Yo creía que se debía a mi encanto.

–También es por eso. Le gusta que coqueteen con ella.

Llegaron al árbol marcado, y John dejó la cesta de comida escondida entre unas rocas, para poder seguir explorando sin la carga. Vagaron por el bosque, cambiando el curso de vez en cuando. De repente Priscilla observó una rama rota, a la altura del pecho de Wolfe.

–¡Mire esto! –exclamó.

John levantó la rama y la observó.

–Desde luego, parece que alguien ha pasado por aquí –miró a su alrededor–. Este sitio no me dice nada en especial, aunque la verdad es que todo el bosque me parece igual. Lo único que recuerdo fuera de lo normal es una cuesta que bajaba hasta un arroyo. Bueno, sigamos por aquí.

Priscilla marcó el árbol con un trozo de lana, que había sacado de la cesta de calceta de la señorita Pennybaker. Por la mañana habían decidido que sería mejor que marcaran su recorrido, para no perderse o caminar en círculos. Siguieron andando, adentrándose más y más en el bosque.

–Me gustaría que Gid o Alec estuvieran con nosotros –comentó Priscilla, suspirando, cuando volvieron a detenerse–. Conocen estos bosques mejor que nadie. Siempre jugaban por aquí. Tal vez deberíamos decir la verdad a Alec y pedirle ayuda.

John negó con la cabeza. No le apetecía pedir ayuda precisamente a aquel joven. Suponía que se debía a los desacostumbrados celos que había sentido al verlo charlar con Priscilla, pero prefería no pensar en ello.

–Ya encontraremos el cobertizo.

Priscilla se encogió de hombros y se sentó en una gran roca.

–Fue cerca de aquí donde encontraron a Rose –comentó.

–¿Quién es Rose? Ah, ¿se refiere a la joven asesinada por el hijo del duque?

Priscilla asintió.

–Era por aquí. Se lo enseñaré.

Se levantó y empezó a caminar entre los árboles, rodeando un montículo. El suelo bajaba hacia un pequeño claro. La luz se filtraba entre las hojas de los árboles y las enredaderas, tiñendo el aire de verde. Una roca cubierta de líquenes formaba una barrera a un lado, y las copas de los árboles formaban una especie de techo sobre ella. La atmósfera era muy extraña, casi inquietante.

–¿Fue aquí?

Priscilla asintió, incapaz de contener un estremecimiento.

–Sí. Parece el sitio ideal para un asesinato, ¿verdad?

–Pero no para una cita clandestina, porque de noche tiene que ser tan oscuro como la boca de un lobo.

Priscilla miró a sus espaldas, de forma involuntaria.

–A eso me refiero –dijo John sonriendo.

–Bueno, no es el lugar que yo elegiría, desde luego –convino–. Claro que no creo que a ninguno de los dos le importara demasiado, y aquí debe de ser muy difícil encontrarse con alguien. Es un buen sitio para evitar a los curiosos.

–Me extraña que llegaran a encontrar el cadáver.

–Probablemente el asesino esperaba que no apareciera. Pero parece que Rose había comentado a una amiga que se reunía con su amante en esta zona.

John volvió a mirar a su alrededor, sacudiendo la cabeza.

–Desde luego, es un lugar solitario –empezó a volverse, tendiéndole la mano–. Vámonos de aquí.

Priscilla aceptó la mano que le ofrecía, con tanta naturalidad como si fuera lo más normal del mundo, y salieron del claro. John giró hacia la izquierda, levantando una rama para que pasaran por debajo. Priscilla empezó a protestar, diciendo que iban en dirección equivocada, pero había algo en la expresión decidida de John que la detuvo.

–Oigo agua –dijo el hombre, deteniéndose para escuchar.

–Sí. Allí hay un arroyo –dijo señalando.

–Al escapar crucé un arroyo.

–Hay varios por esta zona. ¿Recuerda que hemos visto un par esta mañana?

–Sí, pero no eran como el que atravesé. Eran demasiado soleados, demasiado abiertos.

Empezaron a caminar hacia el agua, y un momento después llegaron a la orilla del torrente. Al otro lado había una cuesta arriba, llena de árboles.

–Esto se parece más a lo que recuerdo –dijo John frunciendo el ceño.

–El bosque empieza a clarear hacia allí –comentó Priscilla–. ¿Por qué no seguimos en esta dirección?

Siguieron el arroyo, y lo cruzaron al llegar a un puente natural de piedras. Siguieron andando y se pararon a descansar en un claro, donde se sentaron en un tronco caído. Después reemprendieron la marcha. Al cabo de unos minutos, Wolfe se detuvo en seco.

–Esa roca llena de musgo me suena. Creo que crucé por ahí.

Corrieron hacia la roca y vieron una pisada en el barro.

–¡Un pie descalzo! –exclamó Priscilla encantada–. Y muy grande.

–De mi tamaño. ¡Vamos!

Subieron la cuesta corriendo, siguiendo las pisadas, hasta que desaparecieron entre las hojas.

Una vez en la parte superior el bosque era menos denso.

–¡Pasé por aquí, rodeando ese grupo de árboles! –exclamó John–. Me interesaba más correr que esconderme.

Priscilla apretó su mano, emocionada, y corrieron hacia delante. Después de rodear el grupo de árboles vieron frente a ellos un pequeño cobertizo de madera. Priscilla empezó a caminar hacia él, pero Wolfe la detuvo.

–¡Un momento! Es posible que estén ahí dentro.

Se ocultaron detrás de un árbol, y Wolfe examinó cuidadosamente los alrededores. No vieron ni oyeron nada más que el canto de los pájaros. Wolfe empezó a adelantarse lentamente, seguido por Priscilla.

Se volvió para mirarla, irritado, pero no le dijo nada.

No había signos de que la cabaña estuviera habitada, y aceleraron a medida que se acercaban. Miraron por última vez a su alrededor y John abrió la puerta.

La cabaña era muy pequeña. Apenas había sitio para que se tumbara un hombre del tamaño de John, y aunque Priscilla cabía de pie, él tenía que inclinarse. La única luz procedía de las grietas entre los maderos. No había ventanas. El suelo era de tierra, y no había absolutamente nada dentro. Pero a pesar del aspecto destartalado de las maderas la construcción era sólida. Con la puerta cerrada desde fuera, ni el más fuerte de los hombres habría logrado salir.

–Debió de volverse loco aquí dentro –comentó Priscilla.

–Casi –miró la cabaña con disgusto–. No es un sitio al que me apetezca volver. Aquí no hay nada –añadió desalentado–. Ni siquiera un botón –suspiró y salieron al bosque–. Sigo sin tener ni idea de quién soy.

–Es posible que haya algo por las inmediaciones –dijo Priscilla, señalando a su alrededor.

–Tal vez –convino John, sin mucho entusiasmo.

Empezaron a dar vueltas a la cabaña, cada vez más amplias, buscando cualquier cosa que se saliera de lo normal. Había varias pisadas, esta vez de pies calzados, pero aquello no les decía gran cosa.

De repente, Priscilla se detuvo y señaló el suelo.

–¡Mire!

A un lado había un poco de tierra removida, de color más oscuro que el resto.

–Es posible que haya algo enterrado ahí.

8

Corrieron al montículo y se arrodillaron junto a él. Tenía el aspecto de una tumba, pero era más pequeño. Sólo medía un metro de largo, y mucho menos de ancho.

–Aquí han cavado hace poco –observó John.

–Supongo que alguien podría haber enterrado aquí a un animal.

–¿Quién habría venido tan lejos para enterrar un animal? O ¿quién se habría parado para enterrar un animal si se lo hubiera encontrado muerto en el bosque? No, creo que debe de ser otra cosa.

Empezó a apartar la tierra con las manos, pero se detuvo y miró a su alrededor en busca de una herramienta más adecuada. Tomó una piedra plana, y se quedó mirándola antes de usarla.

–Mire. Me parece que alguien la ha utilizado exactamente para lo mismo. Está llena de tierra. Yo diría que eso significa que enterraron lo que fuera con prisas.

Empezó a cavar. La tierra estaba suave y húmeda, y la piedra hacía una buena pala. No tardó mucho en encontrar algo.

–¿Qué es eso?

–No lo sé –retiró más tierra–. No está duro.

Priscilla lo ayudó a apartar la tierra, sin preocuparse por sus manos. Estaba tan inmersa en la emoción del momento como él. La superficie del objeto no tardó mucho en aflorar.

–Es cuero –dijo sorprendida.

John hundió las manos en el hoyo y sacó una gran bolsa de cuero.

–¡Es una bolsa de viaje! –exclamó–. ¿Crees que es tuya?

–No lo sé. No la reconozco, pero tiene sentido. Es posible que hayan pensado que la mejor forma de esconderla era bajo tierra –la acarició con la mano–. Es de buena calidad.

La enderezó y buscó la abertura. El cierre estaba roto.

–¡Mire! –exclamó Priscilla, inclinándose sobre el agujero–. Hay algo más aquí dentro.

Introdujo la mano y sacó un zapato.

–¡Dios mío!

John se olvidó de la bolsa y tomó el zapato. Le limpió la tierra rápidamente y lo colocó junto a su pie. Levantó la vista. Priscilla y él se miraron durante un largo rato, en silencio.

Se quitó el zapato que le había prestado lady Chalcomb y se puso el que Priscilla había encontrado. Le encajaba perfectamente.

–Tiene que ser mío –dijo maravillado–. Se ajusta a mi pie como si estuviera hecho a medida.

Priscilla volvió a hundir las manos en el agujero. Sacó el otro zapato y un hatillo de ropa. Deshizo el nudo, y una cartera cayó al suelo. John se lanzó hacia ella.

–Está vacía –dijo disgustado.

Priscilla sacudió las ropas, una a una. Había una camisa blanca, unos pantalones y una chaqueta. A pesar de que todas las prendas estaban muy arrugadas y manchadas, saltaba a la vista que eran de excelente calidad y buen corte.

Aún había un pañuelo de seda en el bolsillo de la chaqueta. Priscilla lo sacó. En una esquina había una inicial elegantemente bordada.

–Es una «A» –le dijo.

John tomó el pañuelo y lo observó pensativo.

–Bueno, supongo que ya es algo. Si estas cosas son mías, mi apellido debe de empezar por «A» –sonrió intranquilo–. Hay muchas posibilidades. ¿Cómo cree que me apellidaré? ¿Adams? ¿Aherne? ¿Abernathy?

–Abercrombie –propuso Priscilla–. Alden. Anderson. Aiken. Abbot.

–Allen. Oh, la lista es interminable. Ninguno de esos apellidos me sugiere nada –abrió la bolsa y miró en su interior–. Más ropa –sacó un maletín de cuero y lo abrió–. Un juego de afeitado –examinó la brocha, la maquinilla y la palangana–. Nada. Ni siquiera otras iniciales.

Cerró el maletín con un suspiro y lo devolvió a la bolsa.

–Parece evidente que se han quedado con todos los objetos de valor. Y con todo lo que pueda identificarme.

–¿Cree que tendrían intención de llevarse lo que lo pudiera identificar, o que sólo les interesarían las cosas de valor?

–No tengo ni idea. ¿Por qué querría nadie ocultar mi identidad? No podían prever que perdiera la memoria.

–Sí, pero si no hubiera conseguido escapar no habría podido decir a nadie quién es, aunque lo recordara.

–¿Por qué se tomarían la molestia de enterrar mi bolsa? ¿Por qué no se limitarían a dejarla por ahí después de desvalijarla?

–A lo mejor les daba miedo que alguien la encontrara y se pusiera a hacer averiguaciones.

John se encogió de hombros.

–Supongo que sí. ¡Es tan frustrante no poder recordar nada...! Me siento completamente inútil.

–Nada de eso –protestó Priscilla–. No es inútil. Ha encontrado el camino hasta aquí, ¿no es así?

–Tal vez, pero eso no nos lleva a ningún sitio.

–Nunca se sabe. Tal vez empiece a recordar cuando se ponga su ropa. No ha mirado todo lo que contiene la bolsa. Puede que haya algo que lo identifique, o alguna prenda que nos diga quién es. Ya sabemos más que antes: sabemos que su apellido empieza por «A». Y por lo menos ya tiene ropa y zapatos de su talla.

John sonrió débilmente.

–Eso es cierto. Me sentiré mucho mejor con prendas que no se rompan cada vez que me muevo. Como de costumbre, tiene razón.

Tomó su mano y se la llevó a los labios, como si fuera a besarla, pero se detuvo al ver sus finos dedos cubiertos de tierra, y sus uñas rotas.

–Milady –dijo divertido–, veo que ha hecho un enorme sacrificio.

Le limpió un trozo con el pañuelo de seda y a continuación le besó la mano.

A pesar de que lo hizo en tono de broma, Priscilla sintió un estremecimiento al sentir los labios de John en la piel. Por su mirada supo que él tampoco había sido inmune al beso. Siguió sujetándole la mano durante un momento, sin dejar de mirarla. Sus dedos se entrelazaron. Priscilla recordó lo natural que le había parecido caminar con él de la mano, y los besos que habían compartido en el estudio de su padre.

–Priscilla...

John se inclinó hacia delante, atrayéndola hacia sí. Sus labios se encontraron. No se tocaban en ninguna parte, con excepción de las manos entrelazadas y las bocas, pero el simple contacto era mareante. Era como si su pasión fuera tan fuerte que no se atrevían a juntar sus cuerpos.

Sus respiraciones se mezclaban. Priscilla sentía un dolor en el abdomen, un vacío pulsante y ardiente que no había sentido nuca, algo tan desacostumbrado que la asustaba.

El mismo John la asustaba. Las sensaciones que podía despertar en ella, el poder que podía ejercer sobre ella, la forma en que hacía que se derritiera entre sus manos. La hacía sentirse débil, y sin embargo, era la sensación más maravillosa que había experimentado en su vida. Cuando John la besaba quería que no parase nunca. Se estremeció, asustada pero excitada, hambrienta.

John fue el primero en apartarse.

–No podemos hacer esto. Aquí no.

Priscilla negó con la cabeza. Sabía que John estaba en lo cierto, pero tuvo que esforzarse para no rodear su cuello con los brazos.

–¡Cuánto te deseo! –exclamó John, frustrado–. Pero no estamos a salvo. ¿Quién sabe dónde pueden estar esos tipos?

Priscilla asintió, luchando para controlar los latidos de su corazón. John le acarició la mejilla con delicadeza. Ella cerró los ojos y dejó escapar la respiración, entrecortada. Lo único que deseaba John era abrazarla y besarla hasta arrancarle gemidos de placer.

Le habría gustado que estuvieran en otro lugar, un lugar seguro, donde pudiera tomarse su tiempo para besarla y acariciarla. Quería quitarle la ropa y contemplar su piel cremosa. Quería ver sus senos, acariciarlos. Pero también sabía que corrían peligro mientras estuvieran allí. Sus atacantes podían volver en cualquier momento y encontrarlos.

Se obligó a levantarse, con un suspiro.

–Tenemos que irnos –dijo con esfuerzo.

Empezaron a caminar por el bosque. Priscilla, más familiarizada con la zona, encabezaba la marcha. John caminaba detrás de ella, más atento a sus movimientos que a los alrededores. Una y otra vez apartaba la vista, obligándose a estar alerta, pero su mente volvía, obstinada, a imaginarla desnuda. El viaje de vuelta le resultó muy duro.

Las cosas no mejoraron demasiado cuando llegaron, porque encontraron a Florian y a la señorita Pennybaker tomando el té con tres hombres. Priscilla gimió en silencio cuando los vio en el salón.

–¡Priscilla! –exclamó la señorita Pennybaker, levantándose de un salto–. Mira quién ha venido a merendar.

–Buenas tardes, reverendo. Buenas tardes, doctor Hightower.

Se inclinó ligeramente frente a los dos amigos de su padre, que lo visitaban con frecuencia para charlar con él. Pero aquel día los acompañaba un caballero de pelo canoso, un hombre alto de porte erguido y penetrantes ojos grises al que Priscilla no conocía.

–Éste es el general Hazelton –le explicó la señorita Pennybaker entusiasmada–. Es amigo del doctor Hightower.

El general se levantó, como los otros hombres.

–Encantado de conocerla, señorita Hamilton. Me han hablado muy bien de usted –dijo mirando de reojo a la señorita Pennybaker, que se sonrojó y apartó la vista–. Estoy seguro de que todo lo que he oído es cierto, porque procede de una mujer de excepcional inteligencia y gusto refinado.

Priscilla ocultó su sorpresa a duras penas. La señorita Pennybaker era una mujer amable y bienintencionada, y le tenía mucho cariño, pero jamás se le habría ocurrido describir así su gusto y su inteligencia.

–Por favor, general –dijo el ama de llaves con una risita infantil.

La señorita Pennybaker y el general Hazelton se miraron sonrientes durante largo rato, observados por los asombrados presentes. Después el general se volvió hacia Priscilla, que le tendió la mano automáticamente, olvidando que no se había limpiado y que tenía las uñas llenas de tierra. Al verse, dejó escapar un gemido y apartó la mano apresuradamente.

–Perdone, me temo que no estoy en condiciones de recibir visitas. Estaba... trabajando en el jardín. Tengo que lavarme.

Se retiró apresuradamente. El general la miró con extrañeza antes de volverse hacia John y tenderle la mano.

–Terence Hazelton, general retirado del ejército de su majestad.

–John Wolfe –le tendió la mano y vio que estaba tan manchada como las de Priscilla–. Estaba ayudando a la señorita Hamilton –explicó.

–Ya veo.

El general miró a uno y a otro. Resultaba evidente que estaba sacando sus propias conclusiones sobre la situación. Priscilla se enfureció al darse cuenta de que se estaba sonrojando, como si hubiera hecho algo malo. Se recordó que no había sido así. Sólo se habían besado, y estaba segura de que eso no podía tener nada de malo.

–El señor Wolfe es miembro de la familia –explicó la señorita Pennybaker, para llenar el incómodo silencio.

–¿De verdad? –preguntó el doctor Hightower, volviéndose sorprendido hacia el padre de Priscilla.

–Es un primo lejano, estadounidense –contestó Florian.

–Ah –dijo el vicario–. Ya veo.

–De Estados Unidos, ¿eh? –comentó el general, empezando a sonreír–. Estuve allí en una ocasión.

–¿Sí?

–En Baltimore. ¿Conoce la ciudad?

–No, no vivo allí –contestó John rápidamente.

–¿De dónde es? –preguntó el médico con curiosidad–. He estado intentando localizar su acento. Se me suele dar bien. Desde luego, es usted estadounidense, pero no creo que venga del sur.

–No –contestó John, esforzándose por recordar algo sobre alguna ciudad.

–No me parecía –confirmó el médico, complacido–. Déjeme pensar... No, no me lo diga, a ver si lo adivino. No se traga las erres, así que no es de Boston –cerró los ojos, pensativo–. Yo diría que viene de Nueva York o los alrededores.

–Ha acertado.

John sonrió, deseando desesperadamente que no empezaran a hacerle preguntas. No recordaba nada sobre Nueva York.

–Sabía que podía adivinarlo –proclamó el médico, orgulloso–. Claro que se me dan mucho mejor los dialectos británicos. Puedo averiguar el pueblo natal de cualquier inglés.

–Asombroso –comentó John débilmente–. Ahora, si me disculpan, tengo que cambiarme.

–Por supuesto, por supuesto –dijo el vicario, sonriendo–. No les robaremos más tiempo.

John se fue rápidamente a su habitación, y Priscilla aprovechó la situación para empezar a subir la escalera. No obstante, la voz del vicario la detuvo.

–Es un joven muy apuesto –comentó alegremente.

Priscilla se volvió hacia él, apretando los labios irritada. Los amigos de su padre eran muy amables, pero por algún motivo les había dado por emparejarla, y a lo largo de los años habían insistido en presentarle a muchos jóvenes. No eran muy exigentes. Se apresuraban a prepararle encuentros con cualquier hombre que tuviera la edad adecuada, una familia decente y la inteligencia necesaria. Priscilla había intentado disuadirlos en innumerables ocasiones, pero al final se había dado por vencida y recibía a los jóvenes que le llevaban, aunque se abstenía de alentarlos.

–Sí, reverendo –contestó con calma–. También es pariente mío.

–Un pariente lejano, querida. Eso significa que es de buena familia. Normalmente, nunca se puede estar completamente seguro con los americanos, ¿sabe?

Priscilla suspiró.

–Sospecho que su abuelo debió de desatar un escándalo cuando emigró a Estados Unidos. Además no me parece adecuado casarse con un familiar, aunque sea legal. Recuerde a los Habsburgo.

–No le estaba proponiendo que se casara con él –protestó el vicario–. Sólo comentaba que probablemente es una compañía agradable para usted. Por supuesto, si fuera a surgir algo... no creo que debiera preocuparse por el mentón de los Habsburgo. A fin de cuentas, la familia real ha practicado la endogamia con demasiada frecuencia, pero no es su caso.

–Eso es cierto –convino el médico–. ¿Cuántas generaciones hace que emigró su familia?

Al ver que Priscilla no contestaba, se volvió hacia su padre.

–Debe de hacer cien años, por lo menos –contestó Florian–. Ni siquiera sé exactamente cuál es el parentesco que nos une. Creo que mi abuelo era primo del suyo, o algo parecido.

–¿Quiere decir que no ha explorado su genealogía? –preguntó el general con desaprobación–. ¿Cómo sabe entonces que es de verdad pariente suyo? Podría estar aprovechándose de su hospitalidad. En mi opinión, tiene una mirada muy rara.

–Bueno –se defendió Florian–, la verdad es que no parece demasiado interesado en esas cosas. Los estadounidenses no dan tanta importancia a los ancestros. No me parece mal. La capacidad y el cerebro de un hombre son más importantes que su familia, ¿no creen?

El general lo miró con disgusto y le preguntó si era partidario de la igualdad, y el vicario se apresuró a apaciguar la conversación. Priscilla aprovechó la oportunidad para escabullirse y subió la escalera. Se lavó las manos rápidamente y se cambió de ropa. Después se peinó y se hizo un moño. Se detuvo un momento para mirarse en el espejo. Nunca había sido propensa a mirarse demasiado; siempre había pensado que había cosas mucho más interesantes que hacer. Sabía que se podía considerar guapa, que tenía figura y que su piel era nacarada. Tenía los rasgos regulares, y unos grandes ojos grises de largas pestañas. Pero su atractivo nunca le había quitado el sueño. Sabía que era demasiado inteligente y contestataria para casi todos los hombres, demasiado rica para otros, y no suficientemente bella para compensar semejantes desventajas. Normalmente los pretendientes le habían provocado más problemas que alegrías.

Pero en aquella ocasión se examinó detenidamente en el espejo, preguntándose si su vestido sería demasiado sencillo. No tenía siquiera una cinta ni un encaje. También se preguntó si su peinado sería demasiado austero. Le quedaría mejor el pelo alrededor de la cara, pero lo llevaba así porque era lo más rápido.

Se llevó las manos al pelo, se quitó las horquillas y empezó a peinarse otra vez, pero se detuvo. Aquello era ridículo. Le daba igual no estar todo lo atractiva que podría delante de John Wolfe. No tenía motivos para querer gustarle. No intentaba conseguir que se enamorase de ella. Daba igual que la hubiera besado apasionadamente; sus intenciones no eran serias. Evidentemente, era un hombre muy apasionado. Cerró los ojos un momento, recordando la sensación de sus labios. En cualquier caso, se recordó, cuando la había besado no estaba arreglada. No pudo evitar que una sonrisa arqueara sus labios.

Se miró con censura y salió del dormitorio. Quería ver si John había encontrado algo más en su exploración de la bolsa de viaje. No iba a perder el tiempo con coqueterías.

Una vez abajo lo encontró en la mesa de la cocina, sentado frente a una taza de té y un plato de pastas. Estaba charlando con la señora Smithson, que fregaba los platos.

Se levantó al ver aparecer a Priscilla en la cocina. Había conseguido bajar la escalera sin que la oyeran los hombres que estaban en el salón. Afortunadamente, la voz del general era muy fuerte.

Se detuvo al ver a John con su ropa nueva. Si antes tenía buen aspecto con las prendas del difunto esposo de lady Chalcomb, ahora cortaba la respiración. La camisa blanca y los pantalones marrones se ajustaban perfectamente a su cuerpo. Parecía mucho más poderoso.

Priscilla se quedó sin habla, impresionada.

–Veo que la maleta era suya –acertó a decir–. Es evidente que esa ropa está hecha a su medida.

–Sí, aunque no sirve de nada. He registrado toda la bolsa, y no he encontrado nada que pueda siquiera indicar quién soy. Lo único que han dejado los ladrones ha sido un par de gemelos, pero no tienen siquiera una inicial. Ahora tengo ropa más cómoda, pero sigo sin saber quién soy.

–Eso no es cierto. Sabemos una cosa. Usted debe de tener dinero. Esa ropa está hecha a medida, con telas caras.

–Un estadounidense rico –comentó, pensativo–. Eso no nos dice mucho.

–Un estadounidense rico que viajaba por esta zona de Inglaterra –le recordó Priscilla–. Debe de haber algún motivo para que esté aquí. Alguien que lo espere en algún sitio. Probablemente empezarán a buscarlo al ver que no llega.

–En caso de que alguien me espere –dijo frunciendo el ceño–. Yo creo que mis esperanzas radican sobre todo en encontrar a esos hombres.

–¿A los que lo secuestraron? ¿Por qué? Hemos pasado todo el tiempo intentando evitarlos.

–No me apetecía que me acorralaran –corrigió–. Quiero volver a verlos, pero poniendo yo las condiciones. Quiero ser yo quien cuente con el elemento sorpresa.

–Pero son dos. Aunque los sorprenda, será probable que le hagan daño.

–Los separaré si puedo. Además, ya casi he recuperado las fuerzas por completo. Si estoy preparado para enfrentarme a ellos no volverán a vencerme.

–Entonces, ¿qué pretende hacer?

–Ir al pueblo. Daré una vuelta y me pondré a hacer preguntas, a ver si alguien los ha visto.

–¿De qué le servirá encontrarlos?

John sonrió.

–Los convenceré para que me digan quién los contrató. Cuando lo sepa tendré una pista sobre mi identidad.

Priscilla hizo una mueca de disgusto. John tenía razón, pero no le gustaba la idea de que se expusiera a semejante peligro. Podía pensar que era capaz de vencer a quien fuera, pero ella no estaba tan segura.

–Tiene razón –dijo al fin–. Es la mejor opción. Debemos ir al pueblo.

–¿Cómo que debemos ir? Voy a ir yo solo.

Priscilla suspiró, exasperada.

–¿Cómo sabrá adónde ir o a quién preguntar en un sitio desconocido? Si ni siquiera sabe llegar.

El hombre se cruzó de brazos con determinación.

–Busco a dos rufianes, y no puedo ir acompañado de una dama.

–Necesita ayuda, y no creo que importe que sea de un hombre o de una mujer.

–Me niego a exponerla a un peligro. ¿Por qué le cuesta tanto entenderlo?

–No me cuesta entenderlo; simplemente, no acepto su decisión. Pienso ayudarlo.

–¿Por qué es tan obstinada?

–¿Y usted?

John apretó los dientes, y Priscilla pensó durante un momento que se iba a poner a gritar, pero se contentó con descargar el puño sobre la mesa.

–Me extraña que nadie la haya estrangulado todavía. De acuerdo, venga conmigo.

Se dijo que en realidad no estaba tan furioso con ella como fingía, como sabía que debería estar. Disfrutaba en su compañía, y no se cansaba de oír su risa y sus rápidos e inteligentes comentarios. Se divertía con ella, y aunque sabía que no debería dejar que corriera riesgos, en el fondo estaba deseando que lo acompañara.

–Supongo que no puedo impedírselo.

–En efecto –contestó Priscilla sonriendo.

Podía ver a la señora Smithson que sacudía la cabeza desesperada mientras fregaba un cacharro. Priscilla sabia muy bien lo que pensaba, y lo que diría a la primera oportunidad. En cuanto quedaran a solas se apresuraría a recordarle que nunca conseguiría casarse si se comportaba con tanta independencia.

Siempre le contestaba que no necesitaba ni quería un marido. Pero no pudo evitar preguntarse si era cierto al mirar al hombre que estaba sentado a la mesa. Si el marido fuera un hombre como John Wolfe, rodeado de un aura de misterio y peligro, si sus besos la estremecieran como los de John...

El rumbo que estaban tomando sus pensamientos la asustó. No le interesaba casarse con John Wolfe. No tenía motivos para cambiar de opinión sólo porque aquel hombre poseía un encanto y una apariencia con los que no podía rivalizar ninguno de sus conocidos. Era ridículo incluso pensar en ello. Estaba segura de que a él tampoco le interesaba casarse con ella. Lo que le interesaba era algo muy distinto. Por supuesto, si tenía que ser sincera, debía reconocer que a ella también le interesaba lo mismo. Era el deseo lo que la empujaba hacia John; no el amor ni la añoranza del matrimonio. Era lógico, puesto que apenas lo conocía. Lo único que había era una pasión puramente animal. Era una mujer independiente, y no le importaba reconocer que las mujeres podían sentir deseo, igual que los hombres, sin que el amor tuviera nada que ver. Era algo que había sostenido muchas veces, pero en realidad nunca se le había pasado por la cabeza la posibilidad de que le ocurriera a ella.

Lo miró de reojo. Sus ojos se encontraron, y algo cambió en la expresión de John. Priscilla apartó la vista. Tenía la horrible sensación de que él sabía lo que estaba pensando. Volvió a lanzarle una mirada furtiva. La estaba contemplando detenidamente, como se temía. Le costó apartar la vista. Ahora estaba segura de que los dos pensaban lo mismo.

Se sintió aliviada al oír las voces de los visitantes en el vestíbulo. Se puso en pie de un salto.

–Tengo que despedirme del vicario –balbuceó.

John se levantó más despacio y la siguió. Los tres hombres se volvieron hacia ella con una sonrisa y se despidieron. El vicario le dio unas palmaditas en el hombro, con familiaridad. También se despidieron de John, no sin antes decir las frases de rigor sobre lo mucho que los había complacido conocerlo. Después se marcharon, y la señorita Pennybaker cerró la puerta, sonriente.

–Bueno –dijo Florian con un suspiro de alivio–. Menos mal que ya se han ido.

Su hija y el ama de llaves lo miraron sorprendidas.

–Creía que te gustaban las visitas del vicario –dijo Priscilla.

–Y me gustan. Whiting no tiene nada de malo, excepto su afición por la poesía sentimental. Pero ¿por qué tenía Hightower que traerse a su compañero del ejército?

–¿El general Hazelton? –preguntó la señorita Pennybaker–. A mí me ha parecido un hombre encantador.

–¿Qué tenía de malo el general? –preguntó Priscilla.

–No me gustan los militares. Nunca me han gustado.

–Te recuerdo que tu propio hijo está en el ejército.

–No pude evitarlo. Estaba empeñado. Espero que un día de éstos recupere el sentido común. Pero ese hombre decidió ser militar durante toda su vida.

–Ya veo –dijo Priscilla con seriedad–. Eso es distinto.

–No es científico –prosiguió Florian.

–Pero era bastante inteligente –protestó la señorita Pennybaker–. Sabía mucho sobre las costumbres de los insectos. ¿Recuerda cuando el doctor Hightower hablaba de su colección de mariposas?

–Sí –convino, aunque con cierta reticencia–. Supongo que por eso es amigo del médico. A mí, personalmente, nunca me han gustado demasiado los insectos.

–Se ha mostrado muy atento contigo, Penny –comentó Priscilla, sonriendo al ver su rubor.

Florian miró irritado a la señorita Pennybaker.

–Yo diría que se ha puesto en ridículo.

Priscilla miró a su padre con curiosidad. Casi parecía celoso. Siempre había sospechado que la antigua institutriz estaba enamorada de Florian, pero él no parecía reparar en ella excepto cuando se prestaba a transcribir sus notas. Se preguntó si sería posible que los cumplidos del general hubieran despertado algo en su interior.

–Era demasiado atento, ¿eh? –preguntó John, sin evitar hablar con tono divertido–. No me gustan los hombres así.

–A mí tampoco –contestó Florian, complacido con la comprensión de su invitado–. No confío de los hombres que son tan exagerados con las mujeres.

Priscilla rió.

–¿Por qué? ¿Porque son los que las conquistan?

Florian la miró con reproche.

–Porque demuestran muy poco respeto por la verdad.

–¿Incluso cuando los cumplidos hacen honor a la verdad? Estoy segura de que no decía falsedades al alabar a la señorita Pennybaker.

–Bueno, yo creo que sólo intentaba ser educado –dijo la señorita Pennybaker con modestia, ocultando a duras penas el resplandor que iluminaba su rostro.

Priscilla retuvo a su padre por el brazo, dejando que John y el ama de llaves los adelantaran.

–Parece que el general te lleva ventaja –susurró a su oído–. Será mejor que empieces o la perderás. Los hombres uniformados resultan muy atractivos.

Florian la miró con extrañeza.

–¿Se puede saber de qué hablas?

–Me parece evidente que necesitas ayuda, o de lo contrario, el general te quitará a Penny.

–No seas ridícula.

–Papá...

–Me voy a mi estudio. Tengo mucho trabajo que hacer. Esa visita ha echado a perder toda la tarde.

Se apartó de su hija y fue rápidamente a su estudio.

La señorita Pennybaker y John se volvieron para mirarlo.

–¿Qué le pasa al señor Hamilton? –preguntó el ama de llaves–. Hoy no parecía él mismo.

Priscilla sonrió.

–Tal vez no lo sea, y puede que eso sea bueno.

Se volvió y subió a su habitación, dejando a la señorita Pennybaker confundida en el vestíbulo.

[illegible]

[illegible]

[illegible]

[illegible]

[illegible]

[illegible] que [illegible] de que la había escrito.

9

Dos días después, cuando caminaban hacia el pueblo, Priscilla y John iban charlando animadamente, intentando aparentar que se limitaban a dar un paseo. Después de unos minutos de educadas naderías, Priscilla no sabía qué más decir. Por fin le preguntó qué tal había dormido la noche anterior.

–Muy bien, aunque me dormí muy tarde. Estuve leyendo uno de sus libros.

–¿Qué?

Priscilla se volvió hacia él alarmada, preguntándose cómo había averiguado lo de sus libros.

–¿Qué tiene de extraño? –preguntó John sorprendido–. Anoche leí un libro, que estaba en la estantería. Supongo que era suyo porque no era científico.

–Oh –dijo aliviada–. Sí, probablemente sería mío. ¿Qué libro era, tan interesante como para impedirle dormir?

–Una novela de aventuras llamada *La ciudad perdida de Lankoon*. Creo que el autor se apellida Pruett, o algo parecido. Era muy emocionante.

–¿De verdad? ¿Le ha gustado?

Sonrió complacida. Elliot Pruett era su seudónimo. En realidad, John había leído uno de sus libros, aunque afortunadamente no tenía ni idea de quién lo había escrito.

–Mucho. No fui capaz de irme a la cama antes de terminarlo.

No comentó que también le había costado conciliar el sueño porque estaba recordando sus besos. De hecho, había acudido a la biblioteca en busca de algo que le impidiera seguir pensando en lo mismo.

–Es maravilloso –dijo Priscilla sonriendo–. Bueno, no quiero decir que sea maravilloso que no haya dormido bastante, pero me alegro mucho de que le haya gustado el libro.

–No reflejaba muy bien la realidad de Singapur, pero eso no importa. La narración era entretenida.

–¿Qué tenía de malo la descripción de Singapur?

–Nada del otro mundo. Unas cuantas ideas equivocadas sobre el mercado.

Priscilla estuvo a punto de protestar. A fin de cuentas, había sacado toda la información sobre Singapur de un libro de viajes, escrito por la esposa de un capitán de la marina, pero se dio cuenta de que a John le extrañaría que defendiera al autor con tanto ardor. De repente se dio cuenta de una cosa.

–¡Un momento! –dijo parándose en seco–. ¿Cómo sabe que el libro tiene errores?

–Porque... No lo sé. Pero puedo imaginar la ciudad. Sé perfectamente cómo es el mercado. ¿Cree que pude haber estado allí?

–¿Cómo lo sabría si no?

–Tiene razón. No se me había ocurrido, pero no podría estar tan seguro si no conociera Singapur –se miraron durante un momento–. Bueno, ya sabemos que soy estadounidense, que tengo ropa cara, que estoy en Inglaterra y que he estado en Singapur.

–Evidentemente, ha viajado mucho.

Siguieron caminando en silencio, pensativos.

–Es posible que sea comerciante y se dedique a vender mercancía de Oriente –comentó Priscilla.

–O capitán de barco.

–O simplemente una persona a la que le gusta conocer países nuevos.

–Tal vez sea un aventurero, como el capitán Monroe del libro, que recorre el mundo rescatando huérfanos y salvando a doncellas en apuros mientras encuentra enormes tesoros.

–¿Cómo no se me había ocurrido? –dijo Priscilla, riendo–. Estoy segura de que debe ser así.

–¿Le parece que no encajo en el papel? –preguntó John, fingiéndose ofendido.

–La verdad es que nunca he conocido a un hombre como el capitán Monroe, de modo que no sé si encaja o no.

–Pero el libro lo describe como un hombre apuesto, valiente y noble.

–Lo refleja a la perfección –dijo Priscilla fingiendo seriedad–. ¿Sabe? Creo que mencionó un nombre oriental cuando tenía fiebre.

–¿Qué dije?

Priscilla no pudo evitar sonrojarse. No estaba dispuesta a explicarle lo que había ocurrido.

–No estoy segura. Todo era muy confuso.

John pareció aliviarse. Priscilla se preguntó si también él recordaba lo ocurrido, y se preguntaba si era la realidad o sólo un sueño.

Caminaron por la carretera, sin hablar, hasta que se aproximaron a las inmediaciones del pueblo de Elverton. Hicieron la primera parada en la vicaría, una pequeña casa de piedra gris que estaba junto a la iglesia. La mujer del vicario, una mujer diminuta de pelo blanco, saludó a Priscilla con una sonrisa, mirando a John con curiosidad.

–Entre, querida –la tomó por los hombros y la besó en

la mejilla, antes de volverse hacia John–. Usted debe de ser su primo americano. Cyril me comentó el otro día que lo había conocido. ¿Cómo es que no me dijo que tenía visita? –preguntó a Priscilla extrañada.

–Se me debió de pasar.

La señora Whiting la miró con extrañeza.

–En realidad –intervino John rápidamente– no debe culpar a mi prima. Fue culpa mía. No estaba en condiciones de conocer a nadie. Sólo tenía lo puesto. Me robaron las maletas.

Priscilla lo miró sorprendida. No esperaba que John fuera a decir la verdad a la mujer del vicario. No obstante, sus siguientes palabras la tranquilizaron.

–Unos rufianes me asaltaron en la carretera –continuó John–, y me despojaron de todas mis posesiones. He tenido que esperar a que llegara mi baúl.

La señora Whiting olvidó rápidamente la falta de confianza de Priscilla, ante la perspectiva de enterarse de algo nuevo.

–Pobrecillo –dijo mientras entraban en el salón–. ¿Cómo ocurrió?

–Saltaron sobre mí por detrás y me dieron un golpe en la cabeza. Me pillaron completamente desprevenido. Cuando recuperé el conocimiento mis bolsas habían desaparecido, y tenía un chichón en la nuca.

–En qué mundo vivimos, cuando un viajero no puede recorrer a salvo los caminos.

–Siento haber perdido las bolsas –dijo John con tristeza–. Llevaba fotografías de mis padres. Las traía para enseñárselas a mis primos británicos. Para mí tenían un gran valor sentimental.

–Cuánto lo siento.

–Me gustaría poder encontrar a esos hombres. No sé dónde pueden estar. Tal vez hayan venido a Elverton.

–No he oído que hayan visto a ningún desconocido por aquí. Por supuesto, los hombres de esa clase no querrán llamar la atención –miró a Priscilla con reproche–. Así que por eso estuvo preguntándome sobre los últimos cotilleos. ¿Por qué no me dijo directamente lo que quería averiguar?

–Bueno, no quería que nadie se enterase de que mi primo John estaba aquí, porque no queríamos recibir visitas. No tenía ropa adecuada, y...

–¡Qué tontería! Como si se lo fuera a decir a alguien.

La mujer del vicario parecía indignada. Priscilla apretó los labios para no sonreír.

–No creo que mi prima pensara tal cosa –le aseguró John–. Lo que ocurre es que estaba bastante preocupada por mi seguridad. Tenía miedo de que esos hombres volvieran para evitar que pudiera identificarlos.

–¡Entonces les vio la cara! –exclamó la señora Whiting–. Eso debe de facilitar mucho su localización. ¿Cómo eran?

–La verdad es que no los vi bien, y además era de noche.

La señora Whiting escuchó atentamente su descripción y después negó con la cabeza.

–No, desgraciadamente no los he visto, ni he oído hablar de ellos, pero preguntaré por ahí. La gente suele contarme las cosas, aunque por supuesto, jamás divulgaría un secreto –añadió mirando dolida a Priscilla.

–Estoy seguro de que no lo haría –le aseguró John.

–Señora Whiting –se explicó Priscilla–, no era que pensara que iba a revelar ningún secreto. Simplemente, pensé que era más seguro que nadie supiera nada de mi primo John, por si se le escapaba algo, o por si alguien oía la conversación. Un criado, tal vez, o alguien que viniera a visitar al reverendo. Una persona que careciera de su discreción.

–Sí, tal vez tenga razón, querida –dijo la señora Whiting, más tranquila–. Toda precaución es poca. Eso me recuerda que tengo que preguntar a los criados si han oído de alguien que haya llegado a la ciudad.

Cuando la cocinera entró un momento después con una bandeja de té, la mujer del vicario, olvidando su promesa de no hablar con nadie, le relató la historia de John y le preguntó si había oído hablar de alguno de los dos hombres.

La cocinera miró con curiosidad a Priscilla y a John.

–No he oído hablar de ellos –se defendió, como si la hubieran acusado de ser su cómplice–. Supongo que estarán al otro lado del río, con los de su calaña.

–Sabía que podría ayudarnos –dijo la señora Whiting, mientras la cocinera salía del salón ofendida–. Estoy segura de que tiene razón. Es probable que estén allí. Aunque claro, no es un lugar adecuado para ustedes.

–No, claro que no –dijo Priscilla, mirando a John con determinación.

–¿Dónde está el río? –preguntó John, levantándose para mirar por la ventana.

–Por allí –le dijo Priscilla, señalando–. Al otro lado de la carretera que lleva a Exeter.

–¿A Exeter?

–Sí, es la ciudad más cercana. La carretera está delante.

John miró la avenida, con el ceño fruncido.

–No parece que este pueblo sea muy grande.

–No. Por eso no creo que resulte difícil encontrar a los malhechores, si han estado aquí. Incluso al otro lado del río, los desconocidos llaman la atención.

–¿De verdad es un sitio tan terrible como ha dado a entender la cocinera? –preguntó John después de salir de la casa del vicario.

–No estoy segura –dijo Priscilla, sonrojándose–. No he

ido nunca. No es el tipo de sitio al que deba ir una dama sola.

–Ya veo.

–No –dijo Priscilla al ver su expresión–. No voy a permitir que vaya sin mí, justo ahora que las cosas empiezan a ponerse interesantes.

–Podría ser peligroso. Será mejor que se quede en la farmacia mientras cruzo el río.

La excusa para ir al pueblo era una visita a la farmacia, para comprar productos químicos para Florian.

–¡Nada de eso! Estaré a salvo. A fin de cuentas, usted vendrá conmigo.

Se miraron durante largo rato, sin darse por vencidos.

–De acuerdo –dijo John al final, exasperado–. No sé cómo fue capaz de controlarla su padre. Es usted la mujer más obstinada que he conocido en mi vida.

–Nunca fue capaz de controlarme –replicó Priscilla.

–Me lo imaginaba –murmuró John.

–Vamos antes a la farmacia. Será mejor que transmita el pedido de mi padre, para que puedan ir preparándolo. Después podemos cruzar el río, y más tarde volveremos para recoger los productos químicos.

Doblaron la esquina y llegaron a la avenida principal de Elverton. Estaba tan vacía como parecía desde la ventana de la vicaría. Un carro de caballos avanzaba lentamente por la calzada.

Priscilla entró en la farmacia y John la siguió, inclinándose para no golpearse la cabeza con la puerta. La tienda era pequeña y olía fuertemente a productos químicos. El hombre que estaba tras el mostrador sonrió a Priscilla al verla entrar.

–¡Señorita Hamilton! Es un placer verla. ¿Cómo está su padre?

–Muy bien, gracias, pero necesita unas cuantas cosas.

–No lo dudo –rió el farmacéutico–. ¿Qué va a ser esta vez?

Tomó la lista que le tendía Priscilla y la examinó, murmurando. Priscilla le dijo que volverían más tarde para recoger las cosas, y charlaron educadamente durante unos minutos sobre el nuevo nieto del boticario. Cuando se volvieron para marcharse, la puerta se abrió, y un hombre bien vestido entró en la farmacia.

Debía de rondar los cincuenta años. Su pelo castaño estaba entreverado de hebras plateadas. Sus rasgos eran regulares, ni atractivos ni desagradables, pero la sonrisa que iluminó su cara cuando vio a Priscilla transformó su rostro.

–Buenas tardes, señorita Hamilton.

–Buenas tardes, señor Rutherford.

Priscilla también sonrió al saludar al hombre, y John se sintió irritado.

Priscilla presentó a los dos hombres y volvió a explicar que era su primo, de Estados Unidos. El señor Rutherford lo miró con interés.

–Americano, ¿eh? Siempre quise conocer América, aunque creo que soy demasiado casero para emprender un viaje tan largo.

John sonrió con educación, y Priscilla le relató el supuesto ataque de los dos rufianes tal y como se lo habían contado a la esposa del vicario.

–Qué vergüenza –dijo el señor Rutherford–. Espero que no haya perdido nada muy valioso.

–He perdido varias cosas de gran valor sentimental –contestó John, sorprendido por la antipatía que sentía hacia aquel hombre–. No se preocupe.

Priscilla lo miró, reprochándole con los ojos su falta de tacto, y se apresuró a describir a los asaltantes al otro hombre, que dijo que no había visto a nadie que correspondiera a su descripción.

–Me gustaría poder ser de más ayuda –añadió, frunciendo el ceño.

–Estoy seguro de que podremos encontrarlos nosotros solos.

Se despidió del otro hombre con una sonrisa que casi pareció una mueca y salió de la farmacia, empujando a Priscilla por el brazo.

–¿A qué ha venido eso? –susurró ella una vez fuera–. Se ha comportado con mucha grosería.

–No me gusta ese tipo –dijo sin dejar de andar.

–¿Por qué no? Es un caballero muy agradable.

–Las apariencias engañan.

–¡Ni siquiera lo conoce! –protestó Priscilla, deteniéndose y apartando el brazo–. ¿Quiere dejarme en paz? Me siento como una vaca que lleven al mercado.

–La ha mirado con demasiado cariño –dijo John, a pesar de que sabía que se estaba poniendo en ridículo con aquella afirmación.

–¿Con demasiado cariño? –repitió atónita–. Debe de seguir bajo los efectos del golpe que le dieron en la cabeza. El señor Rutherford tiene edad suficiente para ser mi padre. Además, es de dominio público que está enamorado de lady Chalcomb.

–Oh.

John se sorprendió sintiendo de repente que sus sentimientos hacia el otro hombre se hacían positivos.

–Hace años que es amigo de mi familia –siguió explicando Priscilla–, desde que vino a vivir aquí. Para él soy una especie de... sobrina.

–Siento mucho haberme equivocado respecto a sus intenciones. Me pareció... Pensé que...

Priscilla tuvo que contener una sonrisa. Era evidente que John estaba celoso. Aquél era el motivo por el que se había comportado de forma tan extraña ante la amabilidad del señor Rutherford. Ahora intentaba buscar otra excusa para explicar su conducta. Resultaba divertido observarlo, y no quería ayudarlo a salir del atolladero. Se dio cuenta de que aquello la había conmovido. Significaba que sentía algo por ella, ya que de lo contrario no se habría enfadado tanto al pensar que las atenciones del señor Rutherford eran algo distinto del cariño normal en alguien de la familia.

–Bueno, olvide que he dicho nada sobre él –concluyó John bruscamente.

Empezó a volverse para seguir caminando, pero la voz de un hombre los interrumpió.

–¡Señorita Hamilton! Cuánto me alegro de verla por aquí.

Priscilla puso un gesto de desagrado antes de dirigir la mirada al hombre que la había saludado.

–Buenas tardes, señor Oliver.

John se dio cuenta de que ella no parecía muy contenta de verlo. Su expresión no dejaba lugar a dudas.

Aquel hombre no tenía nada que explicara a simple vista la enemistad de Priscilla. Era muy apuesto, con el pelo denso y oscuro, de rasgos agradables. Sus ojos eran grandes y profundos, de color oscuro, y entrecerraba los párpados, lo que le confería un aire muy sensual. Iba bastante bien vestido, y su sonrisa era encantadora.

«De un encanto calculado», pensó John. Pero se había equivocado tanto con el señor Rutherford que no se atrevía a juzgar a aquel hombre a la ligera.

Priscilla no le tendió la mano, pero él la tomó de todas formas y se la acercó a los labios, haciendo una reverencia. John dio un paso al frente de forma involuntaria. El otro hombre se apresuró a soltar la mano de Priscilla.

–Hace mucho que no gozamos de su compañía en Ranleigh Court –prosiguió el hombre–. Estoy seguro de que el joven Alec la echa de menos.

el mundo sabe que es mentira. Alec no permitiría que ese hombre le diera lecciones. Ni siquiera le dirige la palabra.

–Ya veo.

–Y por si fuera poco, el señor Oliver ni siquiera es fiel a la condesa. Se nos ha insinuado a lady Chalcomb y a mí –apretó los labios, furiosa–. Es repugnante. Al principio no me lo podía creer. No me cabía en la cabeza que se atreviera a hacer algo así en Ranleigh Court, en una fiesta de su amante.

–¿Le hizo daño? ¿Le puso la mano encima?

–Intentó besarme. Estábamos bailando. Le aseguro que no he vuelto a cometer ese error. El caso es que de repente me empujó a una esquina y me abrazó. Me quedé paralizada. Ni siquiera podía pensar. Antes de que me diera cuenta, estaba besándome.

John se paró, cerrando los puños.

–Voy ahora mismo a ajustarle las cuentas.

–¿Qué? No, por favor, no inicie una pelea en mitad de la calle. No fue nada, y ya hace mucho tiempo. Le aseguro que ya me encargué yo de ajustarle las cuentas. No en vano me crié con dos hermanos. Le tiré del pelo con fuerza y entonces le di un puñetazo en el estómago. Gid dice que pego muy bien.

John rió.

–No me cabe la menor duda. ¿Cómo reaccionó ese tipo?

–Me soltó, por supuesto. Le dejé muy claro que no me interesaba. No ha vuelto a intentar nada parecido, pero es una molestia. Siempre está intentando hacerse el amable conmigo. Hasta se atreve a venir a mi casa, y a acompañaros a Alec, a la duquesa y a mí cuando voy de visita a Ranleigh Court. Ya no voy nunca, prácticamente, sólo para no tener que verlo, y cuando viene de visita me niego a recibirlo. Lo que ocurre es que es increíblemente persistente.

Parece que no se puede creer que no quiera saber nada de él. Por lo visto, muchas mujeres lo encuentran atractivo.

John sonrió, dándose cuenta de que se alegraba mucho de que Priscilla no fuera una de aquellas mujeres.

–¿Está segura de que no quiere que vaya tras él? Le aseguro que no volverá a molestarla.

Priscilla sonrió.

–No. Olvídelo. Lo que tenemos que hacer ahora mismo es encontrar a esos dos hombres.

John tardó un momento en entender de quiénes hablaba. No le hacía gracia renunciar a la idea de ir a buscar a Oliver y decirle cuatro cosas.

–Ah, ésos –dijo con un suspiro–. De acuerdo, vamos. ¿Por dónde es?

–Ahora que me doy cuenta, hemos estado alejándonos del río. El señor Oliver me ha hecho desviarme.

Volvieron sobre sus pasos, cruzaron la calle y bajaron una cuesta. Los edificios eran cada vez más pequeños. Las calles se estrechaban, y olía fuertemente a pescado.

Por fin llegaron a la última calle antes del río. Miraron a su alrededor. La perspectiva no parecía agradable. Desde allí se veía un molino, varios almacenes oscuros, una pensión y una taberna. Había varios hombres en la calle, que los miraban con una mezcla de curiosidad y enemistad.

Priscilla tragó saliva. Se alegraba de que fuera de día. Entendía por qué nunca había estado allí. No era un lugar al que fueran las damas, ni siquiera acompañadas.

–¿Por dónde empezamos? –preguntó.

Su acompañante la miró dubitativo.

–No sé. Supongo que podríamos intentarlo primero en la pensión, pero estoy seguro de que no es un lugar adecuado para usted. Podríamos volver a casa de la señora Whiting, y...

–No –contestó Priscilla con firmeza–. No me voy a quedar al margen.

Se sentía incómoda en aquella zona, pero no estaba dispuesta a abandonar la búsqueda por ello. Tampoco estaba dispuesta a quedarse cruzada de brazos como una niña buena mientras él hacía todo el trabajo y vivía todas las aventuras.

John la miró irritado, pero ella se cruzó de brazos y le devolvió la mirada.

–De acuerdo. Vamos a la pensión.

Cuando entraron en el bar de la pensión, todo el mundo quedó en silencio y se volvió para mirarlos. Priscilla tragó saliva y miró a su alrededor. La iluminación era muy escasa, probablemente porque las ventanas estaban tan sucias como el suelo. El aire olía a humo, que se mezclaba con el olor de la cerveza y el sudor.

Priscilla miró a John de reojo, y se dio cuenta de que él no sentía la misma sorpresa y repugnancia. Se preguntó si estaría acostumbrado a los lugares como aquél o si sabría ocultar sus sensaciones mejor que ella. La tomó del brazo y caminaron hasta la barra. El camarero los miró mientras se acercaban, con desconfianza.

–Buenas tardes –saludó John–. Estoy buscando a dos hombres.

El camarero contestó con un gruñido. John describió a los dos forasteros con una voz fuerte y clara que sin duda oyeron todos los presentes.

–¿Qué quiere de ellos? –preguntó el posadero.

–Hicieron un trabajo para mí hace tiempo.

Nada más entrar se había dado cuenta de que no era un lugar adecuado para contar la leyenda del robo, ni para decir la verdad sobre el secuestro.

–Un trabajo muy especial –añadió con una sonrisa de complicidad–. No todo el mundo sabe hacer algo así.

–No he visto por aquí a nadie que encaje en la descripción –dijo encogiéndose de hombros–, pero tal vez los vea. Si quiere, puede dejarme su nombre.

–Sí, me gustaría que les dijera que los busco. Me llamo John Wolfe, y se me puede encontrar en el *Sign of the Boar* –dijo mencionando la taberna que había en el centro de la ciudad, que sin duda era más respetable.

–No sé si irán allí.

–Bueno, si es así, puedo volver mañana por aquí. Tal vez vengan y pueda hablar con ellos.

El hombre volvió a encogerse de hombros. John sacó una moneda y se la entregó. Después, Priscilla y él salieron.

–¿Cree que transmitirá el recado? –preguntó Priscilla una vez fuera–. ¿Habrá creído lo que le ha dicho?

–No tengo ni idea, pero dudo que quiera desaprovechar la oportunidad de ganar un poco de dinero. Por lo menos, se lo dirá a nuestros amigos. Puede que sean tan idiotas como para creérselo, pero si me describe bien sabrán que es una trampa. Veremos si muerden el cebo.

–¿Cree que irá a buscarlos?

–Es posible. Merece la pena esperar un poco para verlo, ¿no cree?

Priscilla asintió, y se ocultaron en una puerta, entre las sombras, para vigilar el exterior de la posada. Unos minutos después se abrió la puerta, y salió el hombre con el que habían hablado. Miró a su alrededor, y después, aparentemente satisfecho, empezó a andar.

–¿Cómo vamos a seguirlo? –preguntó Priscilla nerviosa–. Aquí llamamos mucho la atención.

–Ya lo sé. Lo único que podemos hacer es quedarnos a una distancia considerable y esperar que no mire atrás demasiado.

Se apartaron de la puerta y empezaron a caminar hacia

el hombre, ocultándose de vez en cuando con la esperanza de no hacerse ver. El posadero giró por una bocacalle, y Priscilla y John aceleraron la marcha. Se detuvieron al llegar a la esquina. John adelantó la cabeza para mirar y se apartó, sorprendido.

–¿Qué pasa? –preguntó Priscilla–. ¿Los has visto?

–Más que eso. Míralo tú misma.

Priscilla se acercó a la esquina y se asomó. El posadero estaba cruzando la calle, en dirección a una puerta en la que había dos hombres, hablando. Uno de ellos era el más bajo de los secuestradores. El hombre que hablaba con él, marcando sus palabras con gestos, era Benjamín Oliver.

Priscilla se apartó y miró a John.

–Es el amante de la duquesa, ¿no?

–Sí, pero ¿qué estará haciendo, hablando con ese hombre? Es uno de los que vinieron a mi casa a preguntar por usted.

–Desde luego que sí.

–¿Cree que Oliver habrá tenido algo que ver con el secuestro?

John se encogió de hombros.

–¿Qué motivos podría tener para querer secuestrarlo?

–No tengo la menor idea.

–¿Cree que es posible que se conozcan? Se habrá quedado de piedra al verlo.

–Desde luego, lo ha ocultado muy bien. No me ha parecido que me reconociera.

–A mí tampoco. Claro que nos ha visto antes que nosotros a él. No sabemos cuánto tiempo llevaba siguiéndonos. Es posible que haya tenido tiempo para recomponerse. Parecía tener mucha curiosidad por usted. Me ha pedido que los presentara, y quería saber por qué estaba aquí.

John asintió, frunciendo el ceño.

Priscilla volvió a asomarse por la esquina.

–Oliver se marcha –informó–. ¿Cree que es conveniente que nos enfrentemos ahora a su amigo, o debemos esperar a que se vaya el posadero?

–Ahora. No quiero que vuelva a entrar a buscar al otro. No creo que el camarero de la posada lo defienda. Supongo que no podré convencerla para que se quede aquí y me deje encargarme de todo, ¿verdad?

Priscilla negó con la cabeza. John suspiró y dobló la esquina, seguido por Priscilla.

10

John atravesó la calle casi en absoluto silencio. Priscilla envidiaba sus movimientos rápidos y sigilosos. Ella tenía que ir de puntillas para evitar hacer ruido con los tacones. Pensó que John tenía cualidades que se salían de lo normal.

Desgraciadamente, no habían llegado aún a la puerta cuando el secuestrador percibió de algún modo su presencia. Alzó la vista, y dejó escapar un sonido al encontrarse con John. Priscilla esperaba que saliera corriendo, pero para su sorpresa, caminó hacia él, llamando a gritos a un tal Will.

Aquello la sobresaltó tanto que se quedó congelada. John corrió hacia el hombre, y el posadero puso pies en polvorosa. John chocó contra el secuestrador, pero no llegó a derribarlo. El hombre apretó las manos alrededor del cuello de John, intentando estrangularlo, y él le hundió el codo en el estómago. John no le dio oportunidad para recobrar el aliento, porque descargó el puño en su rostro. El hombre se echó hacia atrás, llamando de nuevo a Will, que debía de ser su compinche.

John empezó a golpearlo de nuevo, pero en aquel momento se abrió la puerta de la casa y salió el más alto de los secuestradores, que se lanzó contra ellos. Los tres rodaron por el suelo, golpeándose. Priscilla se acercó, deseando haber llevado la sombrilla. Habría sido una buena arma, aunque en aquel momento no se habría atrevido a usarla, por miedo a golpear a John.

El más bajo de los secuestradores debió de pensar algo parecido, porque se apartó y se quedó mirando a los otros dos hombres. De repente John estaba encima del más alto, dándole puñetazos en la cara. El otro hombre se acercó a ellos y descargó los puños con todas sus fuerzas contra la nuca de John. Priscilla gritó y lo golpeó en la espalda. Le sujetó el cuello con un brazo, mientras le daba golpes en la cabeza con el bolso.

El hombre intentó alcanzarla. Consiguió asirla por el pelo, pero Priscilla siguió golpeándolo, sin soltar. De repente sonó un disparo, sobresaltándolos a todos. El secuestrador se quedó congelado, y Priscilla cayó al suelo. Miró a John. También él estaba inmóvil, igual que su contendiente.

Otro hombre estaba de pie junto a ellos, apretando el cañón de una pistola contra la cabeza de John.

–Muy bien –dijo en voz alta–. Levántese. Despacio.

Priscilla se levantó a duras penas.

–¡Un momento! Son ellos los que...

El desconocido le lanzó una mirada de desprecio.

–Cállate, a no ser que quieras que le vuele la cabeza a tu amigo –rió al ver la expresión de espanto de Priscilla–. Quedaría mucho más feo, ¿verdad? Ahora, vosotros, levantaos y apartaos. Mi posada es intachable, y no quiero que nadie moleste a mis clientes.

John se levantó y se apartó, con los labios apretados. El hombre que estaba en el suelo se incorporó con ayuda de su amigo, y los dos desaparecieron dentro de la casa.

–¡Los está dejando escapar! –exclamó Priscilla indignada.

–Cállate, o te callo yo.

–No lo entiende –le dijo John–. Los malhechores son esos dos hombres. Me secuestraron y me robaron todo el dinero.

–Sí –confirmó Priscilla–. Llame al alguacil y lo comprobará. Me llamo Priscilla Hamilton, y soy la hija de Florian Hamilton. Creo que me toma por quien no soy.

El hombre la miró con desconfianza. Priscilla era consciente de que tenía la falda torcida y se le veía la enagua. También tenía el pelo revuelto, y el sombrero le colgaba por la espalda.

–Sí, ya veo que eres una chica decente –dijo el desconocido con sorna–. Aunque la verdad es que me da igual quién seas, o quién sea este tipo. Esos dos hombres están bajo mi techo, y no permitiré que nadie los moleste, ¿entendido? Ahora marchaos los dos.

–Pero... –empezó a protestar Priscilla.

El hombre la apuntó con la pistola, amenazador.

–¡Que os vayáis!

John empezó a apartarse con reticencia, tomando a Priscilla por la mano. Ella lanzó una última mirada furiosa al hombre y siguió a John.

–Los ha dejado escapar –dijo indignada mientras se alejaban–. Por lo menos podría habernos escuchado. Podría haber llamado al alguacil para arreglar las cosas.

–Sospecho que no quiere que la policía se meta en su casa –dobló la esquina y se detuvo–. También sospecho que le da igual quién tenga razón. Lo único que quiere es proteger a sus clientes. Sin duda es muy importante en su negocio, dada la naturaleza de su clientela.

Priscilla gruñó y empezó a desatarse las cintas del sombrero. John la miró divertido y le apartó una mecha de pelo de la cara.

–Es usted una verdadera fiera.

–No es necesario que se ría de mí. Sé que estoy hecha un desastre. ¿Por qué no se desata este maldito nudo?

–No me estoy riendo de usted. No está hecha un desastre. Yo diría que tiene un aspecto adorable.

Se inclinó, tomando su barbilla en la mano, y la besó. Priscilla sintió que sus rodillas se debilitaban, y tuvo que sujetarse a la chaqueta de John. Olvidó al instante a los dos villanos. Sólo era consciente de la boca de John. Nada más importaba. Gimió débilmente y lo abrazó con pasión, llevada por el deseo.

–Oh, Dios mío –John se apartó y la miró a los ojos–. No pretendía hacer eso. No sé cómo... Debo de estar volviéndome loco.

–Sí –Priscilla asintió, aturdida–. Creo que yo también me estoy volviendo loca desde que llegó usted.

–Nunca había deseado tanto a una mujer, pero... –respiró profundamente y se apartó–. No podemos hacer esto.

–Ya lo sé.

Priscilla suspiró, apartó la mirada y empezó a arreglarse la falda, sólo para distraerse, para evitar mirar a John. Aunque no quería mirar nada más.

John se apartó, aclarándose la garganta, y volvió a la esquina.

–Ya no hay nadie, pero estoy seguro de que esos dos tipos se han marchado. O eso o se han atrincherado dentro. En cualquier caso, ahora no tengo muchas posibilidades de hacerlos hablar.

–Podemos ir a buscar al alguacil y volver.

–No estoy seguro de que sea una buena idea.

–¿Por qué no?

–Le aseguro que si nos presentamos con el alguacil se irán corriendo por la puerta trasera, si no se han marchado ya. No; no creo que tengamos muchas esperanzas de atraparlos hoy. Tal vez otro día, si vuelvo disfrazado y merodeo un poco.

–Pero es posible que el alguacil los esté buscando. ¿Qué pasa? –preguntó al ver su expresión–. ¿Por qué pone esa cara?

–No estoy seguro de que me guste que se entere el alguacil. ¿Y si resulta que tengo algo que ver con ellos? Es posible que sea como Oliver, una especie de estafador. Hasta puede que me persigan sólo porque les he robado algo.

–¡No es posible! ¿Cómo se le ocurre considerar siquiera semejante tontería?

–Porque no sé quién soy. No tengo ni idea de cómo soy en realidad. Si sólo los recuerdo a ellos, ¿quién me puede decir que no soy como ellos?

–Es evidente que son sus enemigos –señaló Priscilla–. Si un malhechor lo odia, es más probable que sea una buena persona.

John la miró de reojo, sonriendo.

–Siempre tiene respuesta para todo, ¿verdad?

–Sí, y no lo olvide.

Priscilla sonrió, aliviada al ver que John había recuperado el buen humor. Estaba completamente convencida de que no podía ser una mala persona. Incluso en el caso de que resultara que había hecho algo inadecuado, en el fondo tenía que ser bueno.

–Bueno –lo tomó del brazo y empezó a caminar hacia el puente–. Sabemos que están en Elverton. Podemos volver otro día y buscarlos. Si los hemos encontrado una vez, podemos encontrarlos otra vez. ¿Por qué cree que seguirán aquí?

–Deben de querer algo de mí. Como ya registraron todas mis pertenencias, se trata sin duda de algo que escondí en algún sitio, o de algo que sé.

–Algo que sabe –Priscilla asintió–. Es razonable. De lo contrario lo habrían asesinado, simplemente. No parece que les dé reparo matar.

–Supongo que tiene razón. Lo que más me intriga es su relación con el señor Oliver. ¿Para qué querría un hombre que está cómodamente instalado en casa de la duquesa tener tratos con esos dos?

–No me sorprende que tenga relación con delincuentes. siempre me pareció una víbora.

–Aun así, se arriesga al tener trato con ellos. A fin de cuentas, la duquesa podría enterarse.

–Tal vez sea peor que se entere de lo que usted sabe. ¡Ya lo tengo! ¡Eso lo explica todo! Usted sabe algo que podría poner en entredicho al señor Oliver, y venía para informar a la duquesa. Oliver sabía que lo echaría cuando averiguara eso, fuera lo que fuera, y por eso intentó detenerlo.

–¿Por qué no se limitó a matarme?

–¿Tan cerca de su casa? No, eso sería un escándalo. No se hablaría de otra cosa durante meses. La gente sigue haciendo conjeturas sobre el asesinato de Rose, hace treinta años. Habría una investigación, y sería posible que saliera a la luz su relación con Oliver. No se atrevería. Lo mejor que podría hacer es retenerlo para evitar que hablara con la duquesa.

–Pero no podía esperar tenerme secuestrado para siempre. ¿Qué pensaría hacer?

–No lo sé. Es posible que quiera marcharse pronto, después de estafarla, o robarle una cantidad de dinero considerable. Después de eso le daría igual lo que le dijera usted. Puede que sólo pretenda hacerlo callar hasta entonces.

John asintió.

–Sí, parece razonable. Se le dan muy bien las deducciones, ¿sabe?

–Tengo mucha imaginación.

Lo miró. En aquel momento sintió deseos de confesarle

su secreto. Quería que supiera que ella era la autora del libro que tanto le había gustado. Peor aún, quería que lo supiera todo sobre ella. Él no se horrorizaría; a fin de cuentas, estaba preocupado por la posibilidad de ser un malhechor. Su vocación de escritora le parecería algo inofensivo en comparación. No parecía tener los prejuicios habituales.

Dudó, a punto de contárselo, pero de repente imaginó la incredulidad que aparecería en su rostro. Nunca volvería a mirarla de la misma forma. Si se equivocaba, sería un desastre. Decidió que sería mejor no decir nada a desear después poder retirar sus palabras.

–La duquesa celebra una fiesta el sábado –comentó.

–¿De verdad?

–Sí. No debería, porque sigue de luto, pero siempre se celebra una fiesta en primavera en Ranleigh Court, y dice que no quiere romper la tradición. Yo, personalmente, creo que lo hace porque le encantan las fiestas. Creo que sería adecuado que me acompañara.

–¿Sí?

–Desde luego. Me gustaría ver cómo reacciona el señor Oliver al verlo aparecer. Es posible que se equivoque y revele su identidad. O tal vez pueda interrogarlo en privado.

–Sí, es verdad –sonrió–. Una idea excelente, mi querida señorita Hamilton. Excelente. El problema es que no recuerdo si sé bailar.

–No se preocupe. Le daré unas clases.

Priscilla se despertó tarde a la mañana siguiente. Después de cenar, John y ella habían estado bailando, mientras la señorita Pennybaker tocaba el piano. Resultó que John era un buen bailarín, por lo que no necesitaba lecciones. Incluso había bailado con la señorita Pennybaker, mientras

Priscilla tocaba el piano. El ama de llaves estaba encantada, e incluso Florian había salido de su estudio al oírlos y se había quedado a escuchar la música. Cuando por fin se fue a dormir, Priscilla estaba agotada.

Por la mañana, al despertarse, bullía de ideas. Se sentó en su mesa y se puso a escribir inmediatamente. Ni siquiera se quitó el camisón; sólo se puso una bata encima. Escribió sin parar durante casi dos horas, y cuando por fin dejó la pluma tenía la mano dolorida. Se levantó, frotándose la mano sonriente. Llevaba bastante tiempo preocupada con la escena entre el héroe y la mujer a la que había salvado de una muerte segura. La había reescrito dos veces, pero seguía sin sentirse satisfecha. Aquella mañana le había salido de forma natural, y escribirla había sido como abrir una presa y dejar que fluyera el agua. Escribir era maravilloso cuando ocurría aquello.

Se vistió y bajó, tarareando y preguntándose qué harían John y ella aquel día. La idea de tener alguien con quien compartir los días le resultaba muy agradable. Aunque, si tenía que ser sincera, lo que le resultaba agradable era compartir los días con John.

Pero cuando bajó no lo encontró en el salón ni en la cocina, coqueteando con la señora Smithson. Ni siquiera estaba en el estudio de su padre. Cuando preguntó a la cocinera si lo había visto, ella le dijo que había ido al pueblo a arreglar unos asuntos.

De repente el día no parecía tan brillante.

–Le he dicho que tenga cuidado con esos villanos, porque la señorita Pennybaker me ha contado lo que ocurrió ayer por la tarde. Pero ya sabe cómo es. Me ha dicho que será mejor que ellos tengan cuidado con él, y se ha marchado. Bueno, es muy tarde. ¿Quiere comer?

–¿Qué? No. Sí. No sé, no tengo mucha hambre.

–Tiene que comer de todas formas. Si no se va a quedar en los huesos.

Priscilla se sentó a la mesa mientras la señora Smithson le servía la comida. Al principio se sentía traicionada por el hecho de que John se hubiera ido al pueblo sin ella.

Pero sabía que no lo hacía porque no deseara su compañía, sino que intentaba protegerla, manteniéndola alejada del peligro. Cuanto más pensaba en ello más se enfurecía. Creía que habían llegado al punto en que lo compartían todo, el peligro y la diversión. Creía que había conseguido convencerlo de que no debía dejarla de lado, de que debía participar en las pesquisas. Quería estar con él.

Frunció el ceño ante sus pensamientos. No le gustaba lamentarse. Se enderezó y empezó a comer, obligándose a engullir los bocados, aunque la comida le sabía a serrín. Pensó en lo que debía hacer. Una cosa que estaba segura de que no haría era quedarse sentada en su casa. Tampoco iba a ir a Elverton en busca de John. Pero no se le ocurría nada que pudiera hacer para capturar a los dos hombres, de modo que decidió que sería una buena ocasión para ir a visitar a lady Chalcomb. No le serviría de nada, pero la viuda le caía muy bien, y por lo menos no se quedaría esperando que volviera John. Podía llevarse el cuaderno de dibujo y consultar con Anne el bordado que pensaba hacer en los nuevos cojines del comedor.

Un poco después se ajustó el sombrero y emprendió el camino hacia Chalcomb Hall, con el cuaderno en la mano. La casa de Anne estaba cerca, y normalmente disfrutaba el paseo. Las praderas estaban verdes y cubiertas de flores en aquella época. Unas cuantas nubes adornaban el cielo, y la brisa tenía una temperatura muy agradable. Pero aquel día prestó muy poca atención al paisaje.

Apenas miró a los lados mientras avanzaba cabizbaja, con el ceño fruncido, preguntándose si debía mostrarse enfadada o educada cuando volviera John. Tal vez debería fingir que no se había dado cuenta de que se había ido. Se recordó todos los motivos por los que John Wolfe no significaba nada para ella, y se maldijo por estar preocupada por lo que pudiera haberle pasado. No estaba acostumbrada a sentir emociones tan contradictorias, y mucho menos relativas a un hombre, por lo menos desde que tenía catorce años y se enamoró del sacristán.

Cuando llegó a Chalcomb Hall estaba de mal humor. En cuanto la vio aparecer, Anne corrió hacia ella, preocupada.

–¡Priscilla! ¿Qué te pasa?

–Nada. Lo siento. No debería haber venido en este estado. Te pido disculpas.

–No importa. ¿Qué te pasa? Déjame ayudarte. Nunca te había visto así.

–No es nada importante. No sé qué me pasa. Sólo es que...

Dudó, mirando a su anfitriona, y de repente le relató todo lo sucedido.

Anne la escuchó atentamente, mientras Priscilla hablaba de la forma en que el supuesto John Wolfe había aparecido en su casa y lo ocurrido desde entonces, así como las cosas que la irritaban de su comportamiento obstinado.

–Creo que será mejor que nos sentemos –dijo Anne cuando Priscilla dejó de hablar al fin y condujo al sofá a su visitante–. A ver si lo he entendido. John Wolfe no es tu primo, y tampoco se llama John Wolfe.

–Así es. Y es el hombre más irritante que he conocido en mi vida.

–Pero estás furiosa porque se ha ido sin ti.

–Sé que es una tontería.

–Desde luego que sí. Pero me parece que este joven, sea quien sea, es muy importante para ti.

–Es un completo desconocido.

–Eso lo hace aún más evidente. A pesar de que es un desconocido, estás preocupada por él y a la vez te molesta que no haya contado contigo. Priscilla, querida, creo que sientes algo por él.

–Eso es imposible.

–¿Tú crees?

–Claro que sí. Apenas lo conozco. Sólo hace una semana que se presentó en nuestra casa.

Anne sonrió, y Priscilla pensó que debía de haber sido muy bella. Seguía siéndolo, a pesar de las arrugas. La señora Smithson le había contado en una ocasión que todo el mundo se había quedado boquiabierto cuando lord Chalcomb se presentó en el pueblo con su preciosa mujer. Lo que más molestaba a la cocinera era que tanta belleza se hubiera desperdiciado con un hombre que no la merecía.

–¿Fue eso lo que te pasó a ti? –preguntó Priscilla lentamente–. ¿Puede surgir así el amor?

Anne asintió, y a Priscilla le pareció ver el brillo de las lágrimas en sus ojos.

–Sí. Lo vi a caballo. El sol le iluminaba el pelo, y llevaba subidas las mangas de la camisa. Estaba bronceado. Tenía un aspecto tan... poderoso que me impresionó.

Se apartó, cerrando los ojos. Priscilla tuvo la impresión de que había despertado en ella recuerdos dolorosos.

–Lo siento.

–No lo sientas –Anne parpadeó y volvió a mirarla, forzando una sonrisa–. No tienes nada que sentir. Sé que no tiene sentido que recuerde cosas que ocurrieron hace tanto tiempo. Ya no importa. El caso es que sé que el amor puede llegar tan deprisa que te deja sin aliento.

–John suele dejarme sin aliento porque me enfurece –contestó Priscilla con despreocupación, diciéndose una y otra vez que no podía estar enamorada de él.

Entonces pensó en cómo temblaba cuando él le ponía la mano en el brazo, y cómo parecía derretirse cuando la besaba. En realidad, no estaba tan segura.

–Sólo es deseo –protestó–. Eso no es lo mismo que el amor.

–A veces es difícil saber dónde está la diferencia.

–Entonces, ¿cómo se sabe?

Anne sonrió con tristeza.

–Supongo que lo único que se puede hacer es esperar hasta averiguarlo. Cuando no desaparece, es que se trata de amor.

Aquella respuesta dejó a Priscilla más insatisfecha aún.

–Eso no me sirve de nada en este momento.

–No sé qué decirte. Creo que si te da la impresión de que te va a estallar el corazón cada vez que lo ves, o si cuando entra en una habitación no puedes quedarte tranquila, sino que te apetece salir corriendo o lanzarte a sus brazos, o si no puedes pensar en nada ni en nadie más, o si te da igual lo que pase con tal de estar con él, entonces es amor.

–¿Aunque siempre discutáis por todo?

Anne rió.

–No estoy segura. Supongo que depende de que te guste o no discutir con él.

Priscilla se quedó mirándola. Nunca se le había ocurrido pensarlo, pero le gustaba discutir con John. A pesar de que se enfurecía, nunca haría nada para evitar una discusión.

La idea la sobresaltó. Se levantó, intranquila, y se dirigió a la ventana.

–Eso es una tontería –declaró obstinada–. No estoy enamorada de él. Es irritante. Sólo siento curiosidad por saber quién es y qué hace aquí. Eso es todo. Y ha hecho una estupidez al salir solo.

–Tú también has salido sola –comentó Anne con calma.

Priscilla la miró. No se le había ocurrido, pero ahora se daba cuenta de que había ido a casa de su amiga sin siquiera mirar a su alrededor para asegurarse de que no la seguían los secuestradores de John.

–He tenido cuidado –dijo a modo de excusa–. Y por lo menos yo estoy familiarizada con esta zona.

–Sí, pero él también tiene cuidado, y tú no eres tan alta y musculosa como él.

–De acuerdo, reconozco que no estoy siendo muy razonable.

Suspiró y volvió a sentarse en el sofá.

Después pasó un rato hablando con Anne sobre el bordado de los cojines. Más tarde, Anne la invitó a quedarse a merendar. Priscilla no volvió a pensar más de una o dos veces en John Wolfe y su viaje al pueblo de Elverton.

Salió de Chalcomb Manor a última hora de la tarde. No dejaba de pensar en la posibilidad de que hubiera alguien espiándola entre los arbustos, pero se recordó que lo más probable era que los hombres hubieran abandonado la zona, y si no era así estarían en el pueblo, y no en el campo. Aun así, aceleró el paso, nerviosa.

Acababa de pasar junto al gran roble que estaba a mitad de camino entre las dos casas cuando oyó un ruido. Se volvió para ver de dónde procedía, y un puño se descargó contra su espalda, lanzándola contra el suelo haciendo que se quedara sin aire. El cuaderno y los lápices salieron volando. Mientras se esforzaba por volver a respirar, dos hombres la levantaron.

Antes de que pudiera volverse para ver quiénes eran sus atacantes, uno de ellos la cubrió de la cabeza a los pies con una gran capa, y en unos segundos estaba tan inmóvil como si la hubieran atado. No podía ver nada. Empezó a gritar y debatirse, pero ya era demasiado tarde. Uno de los hombres se la echó al hombro y empezó a caminar con ella a cuestas, y sintió que estaba a punto de desmayarse. Estaba indefensa, y era consciente de que la aguardaba un destino terrible. La capa en que estaba envuelta la sofocaba. Le zumbaban los oídos, y tardó poco en quedarse sin sentido.

Cuando se despertó cierto tiempo después no tenía ni idea de dónde estaba ni de qué hora era. Durante un momento ni siquiera pudo recordar qué le había pasado. Todo estaba oscuro, y le costaba trabajo respirar. Entonces recordó lo ocurrido, y se dio cuenta de que seguía envuelta en la capa. Pero ya no la llevaban al hombro, sino que estaba tendida en una superficie dura.

Siguió inmóvil, intentando averiguar todo lo que pudiera. El silencio era total, y tardó poco en darse cuenta de que estaba sola. No se oía ni una respiración, ni una tos ni un suspiro.

Se sentó con precaución. No pasó nada. No hubo gritos, y nadie la tiró al suelo. La capa se abrió un poco, permitiendo que entrara el aire. Priscilla giró para abrir un poco la capa, y por fin consiguió sacar los brazos.

Se puso en pie y miró a su alrededor. Estaba dentro de un edificio. No se veía la luna ni las estrellas. Extendió los brazos y no sintió nada. Se agachó y palpó el suelo. Era de tierra. Empezaba a sospechar que estaba en el cobertizo en el que habían mantenido cautivo a John.

Mirando fijamente a su alrededor consiguió ver unas rayas, no de luz, sino de una especie de oscuridad más clara. Pensó que debían de ser las grietas de la madera. También podía distinguir un rectángulo en una pared. Avanzó lentamente hacia la puerta, y recorrió el perímetro de la cabaña palpando la pared de madera con las manos. En efecto, estaba en una habitación muy pequeña, sin ventanas.

Se dio cuenta de que estaba atrapada en la oscuridad. Ni siquiera podía abrir una ventana. El pánico empezó a apoderarse de ella. Se tapó la boca con las manos para no gritar, y cerró los puños decidida a tranquilizarse.

Era de noche, simplemente. No tenía nada que temer en la pequeña cabaña. Por la mañana la luz del día entraría por las grietas y podría ver. Simplemente, tendría que esperar. Su familia ya debía de haberse dado cuenta de que le había pasado algo. John lo sabría, si había vuelto del pueblo. Aunque también era posible que lo hubieran capturado.

Se negaba a pensar aquello. No podían haber capturado a John, ya que en tal caso no necesitarían capturarla a ella. Sin duda esperaban conseguir que volviera en su busca. Se habrían dado cuenta de que era demasiado peligroso intentar capturarlo a él si no podían sorprenderlo, y aquél era el motivo por el que la habían secuestrado.

John estaba en libertad, y adivinaría lo ocurrido. La buscaría. Probablemente supondría que estaba en la misma cabaña. Se preguntó si sería capaz de encontrarla.

No se le pasó por la cabeza preguntarse si haría el esfuerzo. Sabía que sí.

Iría en su busca. La certeza de que John la rescataría fue lo que le permitió conservar la calma en el pequeño y oscuro cobertizo, mientras lo esperaba.

11

John volvió de Elverton poco después de que Priscilla se fuera a casa de lady Chalcomb. No le hizo gracia que hubiera salido, pero no le extrañó. Estaba seguro de que se habría enfadado con él por haberse ido solo al pueblo por la mañana. Lo entendía, pero no podría haberse metido en las tabernas que había visitado del brazo de una dama. Además, podía haberse visto envuelto en una pelea, y no quería ponerla en peligro.

Había averiguado algunas cosas, aunque no le servían de mucho. Los dos hombres habían estado alojados en la pensión, donde recurrían con frecuencia a los servicios de las mujeres que trabajaban en las calles. Había encontrado a tres chicas que, una vez superada la decepción al ver que no era un posible cliente, habían hablado de los dos hombres de Londres que habían visitado. Uno de ellos le había puesto un ojo morado a una prostituta. John había averiguado más de lo que quería saber sobre las costumbres sexuales de sus secuestradores, y también había averiguado que se habían marchado de su habitación por la mañana, llevándose sus cosas.

Probablemente habían corrido de vuelta a Londres después de verlo en el pueblo, temerosos de que los denunciara. Ahora no averiguaría nunca por qué lo habían capturado, ni quién era. Había vuelto a la casa, sintiéndose derrotado. Estaba acostumbrado a conseguir lo que quería; estaba seguro de ello. No le gustaba fallar, y no le gustaba la idea de confesar a Priscilla que había fallado. No pensaba que fuera a despreciarlo por ello; sin duda, reservaría todo su desprecio para los reproches por no habérsela llevado. Simplemente, odiaba la idea de que Priscilla pensara que no era capaz de capturar a dos rufianes. Ya era bastante terrible no tener nombre ni dinero, depender por completo de la generosidad de los Hamilton, para encima demostrar que también era un incompetente.

Se sentó a esperar a Priscilla, seguro de que tardaría mucho en volver de su visita. Querría asegurarse de que él volvía antes que ella; de lo contrario no le serviría de nada haber salido. Leyó un rato, pero a medida que avanzaba la tarde le resultaba cada vez más difícil seguir concentrado en la narración. A la hora de la merienda ya había abandonado el libro, y cuando empezó a oscurecer ya estaba paseando incansable por el salón como un animal enjaulado.

–¿Qué le ocurre? –preguntó Florian, levantando la mirada del libro.

–¿No se ha dado cuenta de que su hija no ha vuelto a casa? ¿No se ha dado cuenta de que es muy tarde?

Florian parpadeó, sorprendido por la brusquedad de su huésped.

–Sí, son las siete menos cuarto, pero ¿qué tiene eso que ver con...?

–No ha vuelto aún.

–¿Quién?

–¿Quién? –repitió John sorprendido–. Su hija, ¿quién si no? ¡Priscilla! Ha salido después de comer, y aún no ha vuelto.

–Eso no tiene nada de raro. Ya sabe lo que ocurre. Se va

a un sitio un momento, y antes de darse cuenta han pasado varias horas.

–No, no sé lo que ocurre.

–Oh. Bueno, tal vez usted no sea así, pero yo sí, y Priscilla también. Es muy despistada, pero no creo que tarde en volver. ¿Es que necesita que haga algo por usted?

–No, pero una joven sola, de noche... No sé qué le podría pasar.

–No creo que le pase nada. Priscilla es bastante cuidadosa. Nunca se ha roto un hueso, ni nada parecido. El que siempre tenía accidentes era Gid. Siempre volvía a casa magullado.

–Hay otras cosas que le pueden pasar a una mujer sola –dijo John entre dientes.

Florian lo miró asombrado.

–¿Aquí? ¿En Elverton? No creo. Esto es distinto, ¿sabe?

–¿Distinto? ¿De qué? ¿Del resto del mundo? ¿Es que aquí no hay delincuencia? ¿No hay ataques? ¿No...?

–¡Por favor! –protestó Florian, palideciendo–. No insinuará que alguien podría... ¡No! Eso es impensable. Todo el mundo conoce a Priscilla. Es muy popular.

John gruñó ante la ingenuidad del otro hombre.

–Priscilla es una joven muy atractiva. Siempre existe la posibilidad de que haya alguien de paso. Esos hombres que me secuestraron... –se detuvo, con un nudo en el estómago–. Esos hombres...

Hasta aquel momento su miedo no era nada definido. Simplemente, temía que hubiera ocurrido algo que explicara el retraso de Priscilla. Pero el miedo se convirtió en algo muy definido al mencionar a los secuestradores. Se habían marchado de la pensión. Era posible que se hubieran ido al bosque, incluso que se alojaran ahora en la cabaña en la que lo habían mantenido prisionero. El día anterior lo habían visto en el bosque acompañado de Priscilla. Tal vez no fueran unos simples cobardes que habían huido al saberse descubiertos. Cabía la posibilidad de que hubieran decidido esconderse y secuestrar a Priscilla para cambiarla por él.

–¿De qué habla? –preguntó Florian, frunciendo el ceño preocupado–. ¿De verdad cree que Priscilla está en peligro?

–Sí. De verdad lo creo. Voy a buscarla.

–Voy con usted.

–No hace falta, pero le agradecería que me dejara una lámpara. Será mejor que usted se quede por si viene Priscilla. Si llega, asegúrese de que no vuelve a salir. Átela si es necesario.

–No creo que haga falta. Mi hija es una persona muy razonable.

–No tengo tiempo para discutir eso ahora. Si aparece alguien con un mensaje para mí, dígale que me he ido al pueblo y que aún no he vuelto. Que nadie se entere de que he salido a buscar a Priscilla.

–Pero no entiendo... Lo mejor sería conseguir toda la ayuda posible.

–No. Aún no. Si no la encuentro, organizaremos una partida de rescate y peinaremos el bosque. Pero creo que sé dónde la tienen, si la tienen ellos.

–Si la tienen ¿quiénes? Deje de hablar con adivinanzas. ¿Qué está pasando aquí?

–No estoy seguro. Se lo explicaré cuando vuelva. Por favor, haga lo que le pido, ¿de acuerdo?

–Si le parece tan importante...

–Lo es. Se lo aseguro. La seguridad de su hija está en juego.

–De acuerdo. Haré lo que me ha dicho. Si alguien pregunta por usted, aún no ha vuelto del pueblo. Si Priscilla vuelve, no debe salir.

–Exactamente.

–Voy a buscar una lámpara.

Se volvió y caminó hacia la puerta trasera, guardando un silencio muy poco habitual en él. Abrió un armario, sacó un viejo quinqué con asa y se lo entregó a John.

–Tenga cuidado.

–Lo tendré. Y espero volver con Priscilla.

Salió por la puerta y se dirigió al camino que habían tomado Priscilla y él cuando estuvieron explorando. Ella había comentado que conducía a la casa de lady Chalcomb. Mientras caminaba, John iba alumbrándose con la lámpara, mirando con precaución a ambos lados. Se obligó a no pensar en lo que podría estar pasando a Priscilla en aquel momento, si en efecto estaba en manos de los secuestradores. Tenía que pensar; tenía que concentrarse en lo que estaba haciendo. No podía distraerse.

No tardó mucho en llegar al lugar en que Priscilla había abandonado el camino para dirigirse al bosque. Aún no había visto más huellas que las de la mujer. La tierra estaba dura, pero de vez en cuando se veía la pisada de un zapato de tacón. Aún no había visto indicios de un zapato de hombre.

Dudó entre ir directamente al bosque o seguir por el camino, y al final se decidió por la segunda opción. Siempre existía la posibilidad de que Priscilla no hubiera sido secuestrada, sino que se hubiera caído y se hubiera hecho daño. Si se había torcido un tobillo no le serviría de nada que John fuera a la cabaña. Siguió andando, fijándose en todos los ruidos, en todas las desviaciones del camino. Empezaba a pensar que tendría que ir hasta Chalcomb Manor cuando algo llamó su atención.

La tierra de aquella parte del camino estaba removida, a diferencia del resto, y la hierba de los lados estaba muy pisoteada. Una marca larga y estrecha parecía la huella dejada por un tacón al arrastrarlo. Lo peor de todo era que había unos lápices de colores desperdigados por la hierba, junto con un cuaderno de dibujo. La señora Smithson le había dicho que Priscilla había ido a Chalcomb para copiar un estampado para los cojines.

El corazón de John empezó a latir a toda velocidad. Apenas podía respirar. Habían atrapado a Priscilla. Hasta entonces había albergado la esperanza de que sus miedos resultaran ridículos. Empezaba a creer que se encontraría a Priscilla absorta en la conversación con lady Chalcomb, o incluso que la vería furiosa y frustrada a un lado del camino, retorciéndose de dolor por un tobillo torcido o un hueso roto. Pero saltaba a la vista que allí había tenido lugar una pelea, y sabía que había ocurrido lo peor. Los hombres que lo habían secuestrado a él, fuera cual fuera el motivo, tenían ahora a Priscilla.

Tenía que rescatarla.

Salió del camino, en dirección a los árboles. Recordaba que Priscilla y él habían caminado hacia el noreste, de modo que era probable que si seguía recto diera con el camino que habían tomado. Así tardaría mucho menos que si volvía al sitio donde habían girado la otra vez. Sólo esperaba no despistarse.

Sabía que no le resultaría fácil encontrar la pequeña cabaña del bosque. Sólo había estado allí dos veces, una de ellas en condiciones deplorables, y no conocía bien la zona. No obstante, no estaba dispuesto a esperar al amanecer para buscar a la luz del día, ni iba a perder el tiempo organizando una partida de rescate. No soportaba pensar en lo que le podría ocurrir a Priscilla con ellos.

Unos minutos después, la llama de su lámpara iluminó un jirón de tejido enganchado en una zarza. No sabía si era del vestido de Priscilla; ni siquiera sabía qué se había puesto aquel día. Pero por lo menos significaba que alguien había pasado por allí, y a juzgar por el estado de la tela, hacía poco tiempo. Siguió andando, sin dejar de buscar otros indicios de su paso por allí.

Encontró varias cosas más mientras avanzaba en la oscuridad: la huella de una bota de hombre en el barro, una rama aún verde arrancada de un árbol y otro trozo de tela. Cuando no había nada a la vista seguía andando con la esperanza de ir en la dirección correcta. Al final llegó a un sitio que le resultaba conocido. Se dejó caer en el tronco caído del árbol. Estaba seguro de que Priscilla y él se habían sentado en el mismo sitio de camino a la cabaña.

Colocó la lámpara en el suelo, frente a sí, y miró a su alrededor intentando orientarse. Sólo veía un trozo de cielo, iluminado por unas pocas estrellas. Caminó lentamente por el claro, intentando recordar por dónde habían ido Priscilla y él. Tenía la impresión de que habían llegado desde el extremo opuesto a donde se encontraba el tronco, mientras que él había entrado en el claro mucho más cerca del árbol caído. Como Priscilla y él habían cruzado, debía torcer por detrás del árbol. Sin demasiada confianza, volvió a tomar la lámpara, pasó por encima del tronco y se internó en el bosque.

Tardó bastante tiempo en llegar al arroyo, y se dio cuenta de que estaba mucho más abajo que la otra vez. Subió por la orilla, iluminando el suelo en busca de pisadas. Su pulso se aceleró cuando vio unas huellas al otro lado del arroyo. Todas ellas eran de zapatos de hombre, entremezcladas, como si les hubiera costado trabajo guardar el equilibrio. No había ni rastro de zapatos de mujer.

Claro que era lógico. Priscilla se habría debatido demasiado si la hubieran obligado a andar por sí misma, de modo que la llevarían a cuestas. Cruzó el torrente con ímpetu renovado. Estaba seguro de que se encontraba muy cerca. Sin duda, habían llevado a Priscilla a la cabaña. La encontraría allí. Y también encontraría a los hombres.

Cerró el puño. Si los encontraba, se encargaría de hacer que se arrepintieran de haberse cruzado en su camino. Deseó haber llevado aunque fuera la antigua pistola de duelos de Florian, ya que por lo menos le podría servir para intimidar a los secuestradores y para dejarlos inconscientes de un culatazo.

Estaba seguro de que la cabaña no estaba lejos. Bajó la mecha de la lámpara para reducir el brillo al mínimo necesario para seguir caminando. Andaba muy despacio, para no hacer ruido, sin dejar de mirar a su alrededor. Si él escondiera a alguien en la cabaña dejaría dormir a un hombre, pero pondría al otro a montar guardia escondido, para que viera a cualquier persona que se aproximara.

Tenía la impresión de que aquella parte del bosque era menos densa que el resto. Aminoró la marcha más aún. Después apagó la lámpara y quedó sumido en la oscuridad. Esperó a que sus ojos se acostumbraran a la falta de luz, y cuando pudo distinguir las formas, avanzó un poco más y se detuvo junto a un árbol. Frente a él había un claro largo y estrecho, iluminado por la luna. No había demasiada luz, pero sí la suficiente para distinguir la cabaña.

No había ninguna lámpara encendida en el interior. Tenían a Priscilla a oscuras. Aquello lo enfureció, pero por lo menos significaba que le resultaría más fácil acercarse sin que lo vieran. Miró a su alrededor detenidamente. No veía ni rastro de una persona entre los árboles, pero sabía que aquello no significaba que no hubiera nadie.

Empezó a caminar hacia la derecha lentamente, de árbol en árbol, en busca de guardas, hasta que quedó justo delante de la puerta. En el suelo había un bulto informe, y John lo miró detenidamente hasta que se dio cuenta de que debía de ser uno de los hombres, probablemente dormido.

Por supuesto, era posible que se tratara de un truco y el acompañante estuviera despierto entre los árboles, esperando a que llegara alguien y mordiera el cebo del guarda dormido. Dudó un momento y volvió a mirar a su alrededor.

Le parecía difícil de creer que los secuestradores fueran suficientemente inteligentes para urdir una artimaña así. A fin de cuentas, cuando lo tenían cautivo a él los dos hombres se turnaban. Probablemente uno de ellos se quedaba en el bosque mientras el otro dormía en una cómoda cama. Dudaba que les pareciera que valía la pena doblar la guardia con una prisionera, aun en el caso de que se hubieran dado cuenta de que habían sido demasiado descuidados con él.

De repente se le ocurrió que era posible que el otro hombre estuviera dentro, con Priscilla.

Aunque sabía que no debía ser así, ya que el hombre llevaría una luz y Priscilla estaría gritando, se adelantó de forma impulsiva. Movido por la ansiedad y el miedo de toda la tarde, dejó caer la lámpara, agarró al hombre por la ropa y lo obligó a incorporarse.

Antes de darle tiempo a protestar, descargó el puño con todas sus fuerzas en su rostro. El hombre cayó hacia atrás, gritando de dolor. John volvió a cargar contra él, sin dejar de golpearlo, hasta que cayó inerte al suelo. John se detuvo, frustrado. Le habría gustado descargar la cólera y el miedo en él, pero no había tardado mucho en dejarlo inconsciente.

Se acercó a la puerta de la cabaña. Estaba cerrada de una forma rudimentaria pero eficaz, con un listón de madera. Sacó la tabla de las ranuras y abrió. Se asomó al interior y llamó en voz baja.

–¿Priscilla?

Algo se abalanzó contra él, pero aunque John dio un

paso atrás de forma instintiva, Priscilla lo rodeó con los brazos.

–¡John! ¡Sabía que vendrías!

–Priscilla.

Pronunció su nombre con un suspiro de alivio. La rodeó con los brazos y hundió la cara en su pelo. Se quedó un rato inmóvil, disfrutando la sensación de tenerla entre sus brazos.

Priscilla levantó la cabeza y le acarició la mejilla con los dedos.

–Estaba muerta de miedo. No dejaba de pensar que me encontrarías, que sabrías que me habían traído aquí, pero no sabía si podrías encontrar la cabaña de noche.

–Te encontraría en cualquier sitio –murmuró inclinándose para besarla.

En cuanto sus labios se encontraron, la energía contenida por el miedo se transformó en pasión. El calor fluía entre ellos, devorándolos.

La apretó contra sí, como si intentara hacer que sus cuerpos se transformaran en uno solo. Priscilla se aferró a él, compartiendo su deseo. Era como si las emociones de las últimas horas los hubieran despojado del fingimiento, de todas las trampas y enseñanzas de la sociedad. Ahora en ellos existía sólo la realidad elemental de la avidez que sentían.

John le acariciaba la espalda, frenético, pasándole las manos por las caderas, mientras se besaban una y otra vez. Eran incapaces de hablar, incluso de pensar. Priscilla apretó las piernas, deseando algo, aunque no sabía qué.

John abandonó sus labios y empezó a besarla en el cuello, excitando su suave piel. Priscilla dejó escapar un gemido y se apoyó en su brazo, echando la cabeza hacia atrás, brindándole toda la garganta. Él aceptó la invitación y la cubrió de besos, mientras le acariciaba los senos.

John empezó a subirle con impaciencia las faldas y las enaguas, hasta encontrar su pierna, cubierta sólo con la suave media de algodón. Dejó escapar la respiración cuando acarició su muslo hasta encontrar la piel por encima de las medias. Con un estremecimiento, volvió a besarla. Siguió moviendo la mano, pasándola por debajo de los pololos, hasta que encontró la fuente de su pasión.

Priscilla saltó, sorprendida. John le murmuró palabras sin significado, para tranquilizarla, y siguió besándola hasta que se volvió a relajar. Después volvió a subir la mano hasta el lugar en que se unían sus piernas.

Priscilla no se sobresaltó esta vez; sólo tembló ante el inesperado placer que recorrió su cuerpo. Resultaba sorprendente y sin embargo tremendamente excitante. Quería seguir hasta donde fuera.

John separó con cuidado, con los dedos, los pliegues de piel, estremeciéndola hasta que Priscilla tuvo la impresión de que sus piernas iban a ceder. Se sentía como si estuviera en otro mundo. Con la respiración entrecortada, se aferró fuertemente a la camisa de John.

Entonces se oyó un gruñido fuera de la cabaña.

12

Priscilla y John se quedaron paralizados. Se oyó otro gemido. Entonces recordaron al hombre que estaba montando guardia, al que John había dejado inconsciente antes de apresurarse a abrir el cobertizo.

John soltó a Priscilla y se echó hacia atrás, sorprendido por su falta de autodominio. Estaba tan inmerso en la pasión, tan ciego al mundo exterior, que el guarda podría haberse despertado y haberlos encerrado a ambos con gran facilidad. El hecho de que se hubiera puesto a gruñir había sido un golpe de suerte.

Corrió al exterior, donde estaba el hombre. Priscilla corrió tras él, ajustándose la ropa. Jamás había experimentado nada parecido a aquello, ni siquiera cuando John la había besado antes. Se había sentido llena de deseo, pero no era algo comparable a aquella necesidad de estar con él que había anulado sus pensamientos. Era como si no existiera nada más que ellos dos. Sus piernas seguían débiles y le hervía la sangre.

Siguió a John, algo temblorosa. Miró a su alrededor y lo encontró. Estaba arrodillado junto al más alto de los secuestradores, y lo obligaba a levantarse. La sangre que salía por la nariz del hombre le cubría la boca y la barbilla. Movió un poco las manos y los pies, como si no estuviera seguro de que respondían.

–Me alegra que esté volviendo en sí –dijo John en tono amigable–. Me apetecía charlar un poco con usted.

El otro hombre dejó escapar un gemido de sorpresa.

–¿Creía que no era así? Pues estoy deseando hablar con usted. O, mejor dicho, oír qué es lo que tiene que decirme.

–No voy a decir nada –murmuró el hombre.

–¿Cree que no? –su voz tenía un tono peligroso que heló la sangre a Priscilla–. No sé por qué, pero tengo la impresión de que va a cambiar de idea. Priscilla, querida, ¿tiene cinturón tu vestido?

–Sí.

–Muy bien. ¿Me lo prestas, por favor?

Priscilla empezó a quitarse el cinturón, atónita.

–¿Se puede saber qué piensas hacer?

–Sólo atar a nuestro amigo –dijo poniendo en pie al hombre y llevándole las manos a la espalda–. Gracias.

Tomó el cinturón de la mano de Priscilla y procedió a atar al hombre, rodeándole las muñecas con el lazo para luego bajarlo hasta sus tobillos. Lo dejó de lado, con los pies detrás de la espalda. El secuestrador protestó, indignado.

–¿Qué ocurre? –preguntó John–. ¿Está incómodo? Cuánto lo siento. Por supuesto, podría haberlo metido en la cabaña y dejarlo a oscuras unos días, como hicieron con Priscilla y conmigo. Después volvería con el alguacil. ¿Cuánto tiempo cree que pasará en la cárcel?

Priscilla se daba cuenta de que John hablaba así para asustar al hombre y hacerlo hablar, pero su voz y su cara eran tan frías, tan desconocidas para ella, que la asustaban.

–Creo que es una excelente idea ir a buscar al alguacil –intervino apresuradamente–. Mételo en la cabaña y vámonos.

–Los ingleses son muy legalistas, en mi opinión –comentó John–. Me parece algo admirable. Por supuesto, en Estados Unidos las cosas son distintas. No hay agentes de la ley en todas partes, por lo que tendemos a tomarnos la justicia por nuestra mano. En mi país ahorcan a hombres sólo por robar un caballo –bajó la voz–. Y les hacen cosas peores cuando hacen daño a una mujer –se arrodilló frente al hombre y lo miró a los ojos–. No me gustan los hombres que maltratan a las mujeres. Mucho menos cuando se meten con la mujer que me pertenece.

Normalmente, Priscilla se habría enfurecido con sus palabras, pero estaba demasiado preocupada para pensar en ello. Llevó una mano al hombro de John, insegura.

–No pasa nada, Priscilla –dijo él, acariciándole la mano sin volverse–. Creo que será mejor que entres en la cabaña, o que esperes al otro lado.

–¿Por qué?

–Porque así no tendrás que oír ni ver nada que te impresione. Una muerte lenta no es un espectáculo muy agradable.

Priscilla se quedó paralizada. Los ojos del cautivo se abrieron desmesuradamente.

–No, gracias –dijo Priscilla con firmeza, cuando se recompuso–. Prefiero quedarme. ¿Qué pretendes hacer?

–Quería preguntar a este hombre... Creo que su compinche lo llamó Will. Quería hacer unas cuantas preguntas a Will. Por ejemplo, quién es su amigo y por qué me atacaron. Por qué te secuestraron. De qué conocen a Benjamin Oliver. Esas cosas. El único problema es que ha dicho que no va a contestar.

Priscilla se sintió aliviada. En efecto, John sólo pretendía asustar al hombre para que contestara a sus preguntas. Se reprendió por haber pensado otra cosa, pero tuvo cuidado de no delatar sus pensamientos. Echaría a perder los planes de John si se comportaba como si no lo creyera.

–Bueno, tal vez haya cambiado de idea –se volvió hacia Will–. ¿Por qué no se lo piensa mejor?

–No soy ningún chivato –contestó, aunque con menos seguridad que la primera vez.

–¿Ves? Ya te lo dije. Por supuesto, intentaré hacerlo hablar. Aprendí unas cuantas cosas de los indios. No hay muchos hombres que las resistan.

Will palideció, pero John siguió hablando, sin prestarle atención.

–Claro que al final tendremos que matarlo. Habrá que darle su merecido por haberte hecho daño.

–No estoy segura de que valga la pena matar por eso –comentó Priscilla.

–En Estados Unidos las cosas son distintas. No se puede permitir que salga impune una persona que ha hecho daño a un ser querido. Es una tierra muy dura. Afortunadamente, yo también me endurecí durante los dos años que pasé viviendo con los indios.

–He leído las cosas que hacen a sus prisioneros. Es horrible, una salvajada –dijo Priscilla, con voz temblorosa.

Ahora estaba segura de que se trataba de una actuación y estaba desempeñando su papel, pero no pudo evitar contener la respiración cuando John se sacó un gran cuchillo del cinto.

–¿Qué haces?

–¿Crees que saldría a buscarte desarmado? Un cuchillo es mejor que una pistola en muchos aspectos, cuando se sabe usarlo. Es silencioso, y viene mejor para lo que pienso hacer.

–¿Qué vas a hacer? –preguntó, mirando de reojo al otro hombre.

Will estaba bañado en sudor. Le temblaban los labios, y

debía de tener la boca seca, porque intentaba tragar saliva continuamente.

–No estoy seguro. Había pensando en cortarle la lengua, pero entonces no podría hablar aunque cambiara de opinión. Tardaría demasiado tiempo en empalarlo, y además no tengo el material necesario. Una vez vi cómo desollaban vivo a un hombre. Creo que será lo mejor.

Will emitió un sonido ahogado, y John lo miró con indiferencia.

–Lo que sí que sé es lo que haré cuando haya acabado con él. Le cortaré la cabellera. Se empieza a cortar por aquí –se inclinó y señaló la parte superior de la frente– y después se tira de la piel hacia atrás.

–¡John!

Priscilla no tuvo que fingir demasiado para mostrarse horrorizada.

–No te preocupes, no es necesario que mires. Por eso te he dicho que te retires. No es una visión adecuada para una dama.

–¡No te permitiré que hagas algo así! –protestó Priscilla.

–No tienes elección.

–¡Por favor! –rogó Priscilla al hombre que había en el suelo–. Dígale lo que quiere saber. Lo que pretende hacer con usted es horrible.

Will tenía la camisa empapada de sudor. Se humedeció los labios, sin dejar de mirar el cuchillo de John.

–Bueno, será mejor que empiece –dijo John acercándose.

Will intentó zafarse desesperadamente, pero John le puso un pie en el pecho, inmovilizándolo. Se inclinó y colocó la hoja del cuchillo en el cuello de su camisa. Después empezó a bajar lentamente. El afilado cuchillo de cocina cortó la tela como mantequilla derretida, dejando un pequeño reguero de sangre por el pecho del hombre.

Priscilla saltó, con el estómago revuelto, y dejó escapar un grito. Will la acompañó.

–Creo que será mejor que lo amordace. No puedo permitir que haga demasiado ruido.

–¡No puedes hacer eso! –protestó Priscilla–. ¡Por favor!

–Apártate.

–¡Por favor! –insistió Priscilla, arrodillándose junto a Will–. Dígaselo. ¿Dónde está su compañero? ¿Cómo se llama? ¿Qué relación tienen con Benjamin Oliver?

John arrancó un jirón de la camisa de Will y empezó a llevárselo a la boca.

–¡De acuerdo! –dijo el hombre–. Le diré todo lo que sé, pero por favor, no permita que ese loco me torture.

–Excelente –dijo Priscilla, sentándose en el suelo–. Empecemos por Benjamin Oliver. ¿Quién es?

–No lo sé. Lo vi por primera vez cuando nos contrató a Mapes y a mí.

–¿Entonces no eran sus cómplices?

–No sé qué pretenden, pero no teníamos ninguna relación con él. Es un maldito caballero, lleno de ínfulas. Nos prometió que nos pagaría mucho dinero, y se enfadó porque lo habíamos perdido. Nos dijo que lo encontráramos, como si fuera tan fácil. A él me gustaría verlo enfrentado a este loco –añadió mirando a John de reojo.

–A mí también me gustaría verlo, se lo aseguro –dijo John con sequedad–. Pero ¿por qué está Oliver tan empeñado en que me quiten de la circulación?

–¿Cómo voy a saberlo? La gente como él no confía en la gente como yo. Tendrá que preguntárselo a él personalmente.

–Supongo que sí. ¿Les pidió que me mataran?

–No. Eso habría sido mucho más fácil. Dijo que sólo teníamos que encerrarlo en esa cabaña.

–¿Por qué?

Will intentó encogerse de hombros.

–Ya le he dicho que no nos dijo sus planes. Sólo nos dijo que lo siguiéramos y que lo encerráramos antes de que pudiera llegar a Elverton. Nos dijo que nos pagaría cuando el trabajo estuviera terminado.

–¿Cuándo se supone que terminaría el trabajo?

–No lo sé. Dijo que ya nos lo diría, que vendría a vernos al sitio donde nos encontró usted. Pero se presentó furioso, diciendo que lo había visto en el pueblo, y preguntando por qué no le habíamos dicho que se nos había escapado. A mí me gustaría saber cómo íbamos a decírselo, si ni siquiera había venido a vernos. ¿Qué íbamos a hacer? Nos dijo que sería mejor que volviéramos a capturarlo si queríamos el dinero. Le dije que estaba harto de jugar al gato y al ratón en el bosque. Sólo queríamos volver a Londres, ésa es la verdad. Pero dijo que nos denunciaría si nos íbamos, que iría a ver al alguacil y nos acusaría de haberle robado algo. Entonces aparecieron ustedes dos, y pensamos que podríamos recuperarlo si la teníamos a ella. Mapes la recordaba del día que fuimos a su casa, cuando ella nos dijo que no lo había visto –miró a Priscilla resentido–. Nos mintió.

–Sí, en efecto –dijo Priscilla tranquilamente.

John se incorporó ligeramente.

–Así que seguimos sin tener ni idea de por qué quería Oliver quitarme de la circulación. Tampoco sabemos por qué quería que me secuestraran y no que me mataran.

–A lo mejor le daba reparo matar a alguien.

–Dijo que lo convencería para que se marchara. Probablemente pensaba que si estaba bastante hambriento y asustado se iría.

–O tal vez esperaba que murieras de frío y hambre, y así no habría una investigación por asesinato –dijo Priscilla–. Eso me parece propio del señor Oliver.

–Lo único que me queda por hacer ahora es enfrentarme a él –miró a Will con los ojos entrecerrados–. ¿Qué puedo hacer con usted?

–Soltarme –propuso Will esperanzado, con algo que debía de intentar ser una sonrisa.

–¿Para que vuelva a intentar secuestrarnos a Priscilla o a mí? No me parece una buena idea.

–No lo haremos. Se lo juro. Nos largaremos de este maldito pueblo cuanto antes. Lo único que queremos es volver a Londres.

–¿Así que quiere que los deje ir a Londres a robar y secuestrar a la gente? Tampoco me parece una buena idea. No; me temo que Priscilla tiene razón. Debo llevarlos a su cómplice y a usted al alguacil. No obstante, le recomendaré que le cuenten la historia de Oliver. Supongo que preferirán atrapar al pez gordo.

–No aceptaría mi palabra contra la de un caballero.

–Pero nosotros podemos dar fe de que lo vimos hablando con ustedes. El alguacil nos creerá. Además, espero encontrar algo de información sobre el señor Oliver que dará más sentido a su afirmación. En cualquier caso, considere el aspecto positivo. Ya no le voy a arrancar la cabellera, porque ha hablado. Ahora, ¿dónde está Mapes?

–¿Mapes? –repitió Will, haciéndose el despistado.

–Sí, Mapes, su compinche.

–En el bosque. Nos hemos quedado por aquí estos días, desde que nos vieron en el pueblo. Esto es horrible, está lleno de ruidos.

–Sí, me lo imagino. Voy a desatarlo para que me lleve al campamento.

Se agachó y le quitó la cinta de los tobillos, pero de repente se detuvo.

–Un momento –añadió–. Tengo una idea mejor. ¿Cuándo va a venir Mapes a relevarlo?

–A mitad de la noche, si no me juega una mala pasada.

–Así que es de ésos, ¿eh?

Will lo miró con extrañeza.

–Como todo el mundo.

John sonrió.

–Tal vez como todo el mundo que usted conoce. Bueno, querido amigo, he decidido encerrarlo en la cabaña en la que tenía a la señorita Hamilton. Volveré a atarle las piernas, y me temo que esta vez tendré que amordazarlo. No podemos permitir que ponga sobre aviso a su cómplice, ¿verdad?

El hombre se levantó y entró en la cabaña, dócil. John le ató los tobillos y le tapó la boca con el trozo de camisa, y después cerró con el listón de madera. Se volvió y miró a su alrededor.

–Vamos –tomó a Priscilla de la mano y la llevó a unos arbustos, desde donde divisaban la cabaña perfectamente.

–¿Vamos a quedarnos aquí hasta que llegue Mapes a relevarlo? –preguntó Priscilla.

–Sí. No me parecía muy probable que Will nos llevara al sitio adecuado, o que no intentara jugarnos alguna jugarreta. Además, tendría los pies desatados y podría intentar escaparse. Así es más fácil, aunque me temo que tendré a tu padre preocupado un rato más.

Priscilla levantó una ceja.

–¿Se ha dado cuenta de que no estaba?

–Yo se lo he hecho notar –reconoció John–. Lo siento. De todas formas, estoy seguro de que él mismo se habría dado cuenta en poco tiempo.

–Puede ser. Cuando estuviera buscando algo, o cuando se lo comentara la señorita Pennybaker –se encogió de hombros–. No te preocupes, no importa. Conozco a mi padre mejor que nadie, y sé que me quiere, pero no me gustaría depender de él en un momento difícil.

No añadió que él era precisamente el hombre del que le gustaría depender en un momento difícil. Lo miró de reojo. Estaba inspeccionando continuamente los alrededores. Al darse cuenta de que lo miraba, se volvió hacia ella.

–¿Hablabas en serio cuando dijiste lo que ibas a hacer con Will? –preguntó.

–¿Qué? Ah, ¿lo de arrancarle la cabellera? No, no he visto un indio en toda mi vida, y tampoco he vivido entre ellos. Desde luego, nunca he torturado a nadie, o por lo menos creo que no. Es muy raro eso de no conocerse a uno mismo. Pero cuando decía esas cosas tenía la impresión de que me las estaba inventando. No creo que sean ciertas.

Priscilla dejó escapar un suspiro de alivio.

–Creía que te habías dado cuenta y me estabas siguiendo el juego.

–Sí, así era. Cuando empezaste a hablar de los indios y todo eso pensé que si recordaras cosas así me las habrías dicho. Pero al principio no estaba segura del todo. Hablabas con tanta frialdad que parecías capaz de cualquier cosa.

–Estaba furioso. A fin de cuentas, ese tipo te había secuestrado. Llevaba horas vagando por el bosque, con la esperanza de que estuvieras bien y de no haberme equivocado de camino. Después, cuando te encontré encerrada y pensé que estabas sola y asustada... –apretó la mandíbula y entrecerró los ojos– lo habría matado. Estaba decidido a hacerlo hablar, a averiguar qué estaba pasando. Quería detenerlos antes de que pudieran hacerte daño.

–Oh, John... –dijo conmovida.

Él sonrió y le pasó un brazo por los hombros, inclinándose para hablar con ella.

–No sé qué habría hecho si no te hubiera encontrado, o si te hubieran hecho algo. Cuando iba por el bosque no dejaba de pensar en ti. Pensaba que podías estar herida, incluso muerta. Casi me volví loco de miedo. Si te hubiera encontrado así, tal vez habría sido capaz de matarlo. No estoy seguro de haber sido capaz de detenerme, ni siquiera de pensar. Menos mal que estás bien.

–Menos mal que has venido a buscarme.

–Sabías que lo haría.

Priscilla asintió. Nunca había dudado de él, aunque no estaba segura de que fuera a ser capaz de encontrar el camino de noche. Se recostó sobre su pecho, empapándose de su calor. Nunca había sentido nada parecido con ningún hombre. La seguridad, la pasión, la satisfacción que sentía cuando estaba con él. El vacío que se apoderaba de ella cuando él no estaba. Desde su llegada había estado combatiendo lo que sentía. No sabía muy bien por qué se negaba a reconocerlo, ni por qué aquel hombre en concreto le provocaba tales sensaciones. No lo conocía tal y como conocía a todas las demás personas que había en su vida. Pero sabía quién era en el sentido más importante.

Era el hombre al que amaba.

Aquella idea la sobresaltó. Le parecía incorrecto, incluso absurdo. Hacía poco tiempo que lo conocía, y pasaban todo el rato discutiendo. No podía creer que la gente pudiera enamorarse con tanta rapidez. Era probable que sólo sintiera un intenso deseo.

Pero sin embargo, incluso mientras buscaba argumentos para negar su amor, sabía en el fondo que todo era mentira. Había estado ocultándoselo a él, a los que la rodeaban y sobre todo a sí misma, pero la verdad se obstinaba en salir a flote. Estaba enamorada de John Wolfe, y no le importaba que todo el mundo pudiera decir que era prácticamente un desconocido para ella. Ya le había entregado el corazón.

Lo sabía por la forma en que se le aceleraba el pulso

cuando lo veía, por la confianza con que había pensado que la rescataría, en el miedo que tenía por su seguridad, en la forma en que su sonrisa la calentaba por dentro. No podía convencerse de lo contrario, y ni siquiera quería.

Por supuesto, no iba a decírselo. Era demasiado pronto, y su relación era demasiado inestable. Una declaración de amor lo ahuyentaría, en vez de animarlo a ofrecerle su amor a cambio.

–¿En qué piensas?

–¿Qué? –se incorporó sobresaltada–. ¿Por qué?

–Estabas sonriendo –le explicó–. Con cierta picardía, como si tramaras una travesura.

–No es ninguna travesura, pero es un secreto. Ya te lo diré algún día.

–Ya me has despertado la curiosidad.

–¿Cuánto crees que tardará en llegar? –preguntó Priscilla, cambiando de tema.

John levantó una ceja para indicarle que se había percatado de la treta, pero no protestó.

–Nuestro amigo Will ha dicho que vendrá en mitad de la noche. No estoy muy seguro de lo que eso significa, y ni siquiera estoy seguro de que vaya a presentarse.

De repente, Priscilla apretó con fuerza el brazo de John.

–¡Mira! –susurró, señalando.

John miró en la dirección que indicaba, y se dio cuenta de que había una luz que aparecía de vez en cuando entre los árboles. Poco a poco se fue haciendo más intensa. John soltó a Priscilla y se agazapó, dispuesto a entrar en acción.

Por fin, la luz de la lámpara llegó al claro, y un momento después apareció el compañero de Will. Avanzaba sin precaución, a pasos rápidos, e incluso iba silbando alegremente.

–Me pregunto si está muy confiado o si es que le da miedo la oscuridad –comentó John.

A juzgar por la descripción que había hecho Will del bosque, Priscilla se inclinaba por la segunda opción.

–¿Will? –llamó mientras se acercaba a la puerta de la cabaña.

Levantó la lámpara para iluminar los alrededores, pero no vio a nadie.

–¿Will? –repitió–. ¿Dónde estás?

Se acercó a la puerta, dando la espalda a John y Priscilla. Como un relámpago, John saltó y rodeó el arbusto tras el que estaban escondidos, corriendo hacia el hombre. Mapes lo oyó acercarse y se volvió. Se quedó paralizado por la sorpresa durante un instante.

La pelea fue corta. Mapes era corpulento, y debía de estar acostumbrado a abatir rápidamente a sus contrincantes. No obstante, por desgracia para él, John parecía un luchador profesional. Se detuvo justo delante de él y le dio un puñetazo en la cara, impidiendo que Mapes lo alcanzara. A continuación se acercó más y descargó un puñetazo en su abdomen, seguido de otro en la barbilla. El malhechor vaciló y cayó al suelo, inconsciente.

–Estupendo –dijo John a Priscilla, que estaba junto a él–. La otra lámpara nos vendrá muy bien.

La tomó y se la entregó a Priscilla. Después abrió la puerta con precaución, por si Will había conseguido liberarse, pero se tranquilizó al ver que seguía atado y amordazado.

Se volvió y tomó a Mapes por los hombros para arrastrarlo al cobertizo. Priscilla dejó la lámpara y lo levantó por los pies. Lo dejaron en el suelo, junto a su amigo, y cerraron la puerta rápidamente.

–Ya está. Creo que no podrán moverse hasta que volvamos –le tendió el brazo–. ¿Nos vamos?

Priscilla miró la cabaña, insegura.

–¿Crees que deberíamos dejarlo atado? Se le puede cortar la circulación.

–¿Ahora te preocupas por la salud de tu secuestrador? –preguntó divertido–. Tendrás que hacerte más dura si estás empeñada en rodearte de gente como ellos.

–¿Puedo recordarte que no fui yo quien los trajo al pueblo?

–Bueno, me lo merecía. En fin, no te preocupes. Mapes está desatado. Cuando vuelva en sí podrá liberar a su amigo. Después pueden esperar y pensar en lo mucho que han perdido por mezclarse con un caballero como Benjamin Oliver. Cuando el alguacil llegue a buscarlos habrán recordado todo lo que sepan sobre él.

Tomó la lámpara que Priscilla había dejado en el suelo y encendió la que había llevado él. Atravesaron el bosque, hacia el camino. A medida que andaban sus pasos se iban haciendo más lentos. John rodeó con un brazo los hombros de Priscilla, y ella se apoyó en su costado, suspirando.

–¿Estás cansada?

–Sí. ¿Estás seguro de que éste es el camino de vuelta?

–Sí. Ahí delante está el claro en el que estuvimos descansando el otro día, ¿lo ves? –preguntó, levantando la lámpara para iluminarlo–. Podemos sentarnos un rato, si quieres.

Priscilla se sentó en el tronco caído y suspiró. Había sido un día muy largo.

–No debería haber ido a visitar a Anne –dijo lentamente–. No se me ocurrió que podían estar esos tipos merodeando. Simplemente estaba tan enfadada contigo...

–Ya lo sé. Cuando llegué y vi que no estabas no sabía si estrangularte o salir corriendo a buscarte. Al ver que no volvías... –frunció el ceño–. No vuelvas a hacerme eso nunca más.

–No lo haré si no vuelves a dejarme de lado cuando llega lo divertido.

–¿Divertido? Fue aburrido, agotador e inútil. Además –reconoció– sin ti no tenía gracia.

–¿Lo ves?

–Sólo intentaba protegerte, mantenerte a salvo. No quería que estuvieras si volvía a encontrarme con Will y Mapes.

–Pues ya ves que bien me protegiste –comentó Priscilla con sarcasmo.

–Sólo porque te empeñaste en salir sola, para molestarme.

–Quería ver a Anne.

–¿Por qué? ¿Qué era tan urgente como para que no pudieras esperar a que estuviera yo para escoltarte?

–¿Escoltarme? ¿Crees que no puedo ir a ningún sitio sin compañía? ¿Es que cuando quiera salir tendré que quedarme a esperarte hasta que puedas venir conmigo?

–Sólo hasta que esos tipos estén en la cárcel.

Priscilla lo miró indignada, y John rió.

–Toma –le dijo quitándose la chaqueta–. Túmbate y descansa. Estás agotada.

–Pero es muy tarde. Mi padre debe de estar preocupadísimo.

–No creo que le venga mal pasar unas cuantas horas en el mundo en que habitamos los demás. Estás tan cansada que no puedes volver andando a tu casa. Una siesta te ayudará a refrescarte. Te despertaré dentro de un rato.

–De acuerdo.

Priscilla sabía que tenía razón. No podía dar un paso más. Se tumbó en el suelo y se puso de lado. Después cerró los ojos y se quedó dormida inmediatamente.

John se quedó mirándola. Le acarició la mejilla para apartarle una mecha de pelo de la cara. Priscilla se acurrucó contra sus piernas.

John se dijo que era idiota por estar pensando en lo que

estaba pensando, sobre todo después del mal rato que había pasado Priscilla. Pero recordaba la pasión con que lo había besado en el cobertizo, y se dio cuenta de que después de pensar en aquello le resultaba imposible pensar en otra cosa.

Se movió, cambiando de postura intranquilo. Imaginó cómo sería tenerla dormida a su lado todas las noches, despertarse a su lado todas las mañanas. La deseaba, y estaba empezando a darse cuenta de que no quería separarse nunca de ella. No la quería sólo para satisfacer los impulsos. Cuanto más pensaba en ello más seguro estaba de que no podría tener bastante de ella. Sospechaba que seguiría sintiendo lo mismo durante el resto de su vida, que en cuanto saciara su sed volvería a desearla.

Se dio cuenta de que estaba pensando en el matrimonio. Ninguna otra cosa duraba toda la vida. La idea le resultaba sorprendente. Hacía muy poco tiempo que conocía a Priscilla. Sin embargo, no podía negar que la idea de estar casado con ella resultaba bastante agradable. Suponía que debería esperar cierto tiempo, para asegurarse de qué era lo que quería. Además, no podía estar seguro de que ella quisiera lo mismo. A fin de cuentas, era una chica de buena familia, que no estaba acostumbrada a...

Frunció el ceño. Ni siquiera sabía qué clase de vida podría ofrecerle. No sabía si era un mendigo o un millonario. No sabía si tenía una casa, ni dónde estaba. No tenía familia, ni ataduras ni pasado. Ni siquiera tenía un apellido que ofrecerle. No quería casarse con ella como John Wolfe. Lo peor, además, era que ni siquiera sabía si tenía una esposa o una prometida esperándolo en algún sitio, preocupada por su paradero.

No podía hacer nada. Ni siquiera podía pensar en tener un futuro con Priscilla si no resolvía antes el misterio de su identidad. No tenía nada que ofrecerle, y ningún caballero hablaría de matrimonio en tales condiciones.

Frunció el ceño, se cruzó de brazos y se apoyó en el tronco, pensando en Priscilla, en el futuro o en la ausencia de futuro. Se esforzó por inspeccionar su memoria, con la esperanza de recordar algo, de recuperar su pasado. Sus ojos se fueron cerrando lentamente, y su respiración se hizo más lenta. Estaba dormido.

13

Priscilla abrió los ojos y parpadeó en la oscuridad. Estaba de lado, y había algo pesado sobre su brazo y su pecho. Además, notaba una respiración a su espalda y se sentía deliciosamente rodeada de calor. Un largo sonido, idéntico al que la había despertado, sonó a lo lejos. Sólo era un búho, así que volvió a cerrar los ojos, más tranquila.

Pero sólo tardó unos segundos en abrirlos de nuevo. De inmediato se preguntó dónde se encontraba. Estaba tumbada en algo bastante duro. Intentó ponerse boca arriba, y en aquel preciso instante oyó el suave murmullo de una voz. Entonces recordó que estaba durmiendo en los bosques, con John. Miró hacia atrás y su acompañante abrió los ojos al mismo tiempo. Su mirada era tan vaga como la de ella, pero sonrió y puso una mano, posesivamente, sobre uno de sus senos. Priscilla notó que un nuevo calor la invadía y sintió un intenso deseo. Un montón de sensaciones dominaba su mente, aún no despierta del todo.

–Eres preciosa –murmuró él, sin dejar de acariciarla–. Priscilla...

Mientras hablaba intentaba desabrocharle el vestido, y ella se apresuró a ayudarlo. Una vez entreabierto, John introdujo la mano bajo la suave camisa de algodón y acarició sus senos y su estómago de tal forma que uno de los lazos que cerraban la camisa se soltó. Priscilla gimió al sentir el contacto en su piel y pensó que no debería estar haciendo aquello. Sin embargo, prefirió olvidarlo.

De no haber despertado sintiendo el calor de Priscilla entre sus brazos, John se habría detenido; había decidido antes de acostarse que ni siquiera se atrevería a pensar en la posibilidad de hacer el amor con ella, porque sabía que no podía ofrecerle nada hasta que recobrara la memoria. Pero medio dormido, y sintiendo su cuerpo, apenas podía pensar. Actuaba guiado por el deseo.

Entonces, bajó la camisa de Priscilla, revelando sus blancos senos. La pasión estalló en su interior mientras los acariciaba con suavidad, lentamente. Levantó la mirada y observó el rostro de la mujer. A pesar de la oscuridad notó su rubor. Tenía los ojos cerrados y la boca entreabierta. Era la viva imagen del deseo, y aquello lo excitó aún más. Se inclinó sobre ella y besó sus senos. Acto seguido empezó a lamerlos.

Priscilla gimió, dominada por las intensas sensaciones que provocaban sus manos. Apretó los puños mientras se incrementaba su tensión interior. La sorprendía que su cuerpo reaccionara de aquel modo, cada vez más sensible al contacto. Acarició el pelo de John y fue descendiendo hacia su cuello y sus hombros, explorándolo. Metió las manos bajo su camisa y al tocar su piel caliente supo lo que deseaba. Necesitaba sentirlo.

Gimió, frustrada, y John se sentó. Su rostro brillaba con el deseo, y tenía las pupilas dilatadas. Se quitó la camisa, sin desabrocharla, y la arrojó a un lado. Después permaneció unos segundos observándola, casi comiéndosela con los ojos, admirando sus senos.

Priscilla notó la fresca brisa de la noche en sus pezones aún húmedos, que se endurecieron más. Era perfectamente consciente de la humedad de su entrepierna, del deseo que exigía ser saciado. Necesitaba quitarse la ropa, separar las piernas y notar su contacto en lo más íntimo, pero la idea bastó para que se ruborizara. No obstante, ningún rubor evitó que tocara el pecho de aquel hombre. Lo acarició y notó que el calor de su piel se incrementaba.

John la tomó por los hombros y bajó las mangas de su vestido. Cuando Priscilla notó lo que estaba haciendo y decidió ayudarlo; se quitó el corpiño y lo dejó a un lado. Con manos temblorosas, se desabrochó la falda y miró a su acompañante. Después, se tumbó sobre el corpiño y tiró de la falda y de las enaguas para quitárselos.

En cuanto estuvo totalmente desnuda, John admiró su cuerpo.

–Eres tan bonita... Podría pasar toda la vida mirándote.

El deseó de sus ojos la excitaba. Su amante puso una mano sobre ella y acarició su pecho y su estómago. Después, empezó a juguetear con sus piernas y las separó. Priscilla quería que continuase; quería que la tocara en el centro de su calor. Pero estaba asustada. La tensión resultaba tan insoportable que se arqueó, rogando silenciosamente que la tomara.

En aquel instante, John empezó a acariciarla. Priscilla se estremeció, excitada por un deseo que hasta entonces no habría creído posible. Una y otra vez sintió sus dedos y de forma inconsciente separó aún más las piernas, para permitirle mejor acceso. John contuvo el aliento ante la silenciosa invitación. Se obligó a continuar explorándola y la besó en los labios. Priscilla volvió a estremecerse. Mientras se perdía en su boca, volvió a introducir un dedo, y luego dos, entre sus piernas. De inmediato abandonó sus labios y comenzó a lamer los senos de la mujer, sin dejar lo más íntimo de Priscilla, que se sentía poseída y llena, tan excitada que se creía a punto de estallar.

Entonces la penetró con suavidad, controlándose para no hacerle daño. Priscilla gimió al sentir el extraño contacto, desconocido hasta entonces. En cualquier caso, sólo sintió un ligero dolor que pasó inmediatamente, sustituido por un placer que no habría imaginado. John empezó a moverse en su interior y ella siguió el ritmo primario de sus acometidas, clavándole las uñas en los hombros.

En poco tiempo tuvo la impresión de que no existía nada en el mundo salvo el deseo que sentía y el hambre que crecía y se expandía en su interior hacia un objetivo que aún desconocía. Al sentir la explosión final gimió sorprendida y se estremeció. John también gimió, y se deshizo en ella, sudoroso, cansado. Pasados unos segundos la besó en el cuello y se puso de lado, abrazándola. Priscilla se apretó contra él, tan feliz que no podía hablar, ni pensar de forma coherente. Después, se quedaron dormidos.

Cuando despertaron estaba amaneciendo, y las primeras luces del alba se filtraban entre las ramas de los árboles. John abrió los ojos y al recordar lo que había sucedido la noche anterior, se sorprendió. Se incorporó y miró a Priscilla.

–¿Qué ocurre? –preguntó ella.

Medio dormida, una intensa sensación de felicidad dominaba el cuerpo de la mujer. Por alguna razón, el mundo le parecía más bello y más brillante aquella mañana.

–Dios mío...

–¿Qué ocurre? –repitió, apoyándose en los codos.

Alarmada por su expresión, notó que estaba desnuda y recordó por completo los acontecimientos de la noche.

John observó sus desnudos senos y el deseo volvió a dominarlo a pesar de su horror. Gimió, tomó las enaguas y la tapó para intentar dominarse. Priscilla agradeció el gesto. La sensación de estar desnuda con un hombre resultaba muy extraña, pero a pesar de todo sólo pensó que lo sucedido había sido maravilloso, algo que ni siquiera había imaginado y de lo que no se arrepentía. Ocurriera lo que ocurriese, no olvidaría nunca aquella experiencia.

–Lo siento mucho. No pretendía... –empezó a decir John–. Pensé que podría controlar mis instintos. De no haber estado medio dormido... pero cuando desperté te encontré a mi lado, tan deseable. No me detuve a pensar.

–¿Te arrepientes?

–No, no me arrepiento. Es lo más maravilloso que he experimentado en toda mi vida.

–¿De verdad? Para mí también lo ha sido, pero no pensé que lo fuera para ti.

–Fue maravilloso –insistió, mientras la abrazaba.

Priscilla suspiró, satisfecha, y se apretó contra él. Todas sus dudas se desvanecieron con rapidez. Lo amaba, y lo sucedido la noche anterior había sido una prueba de aquel amor. Cabía la posibilidad de que aquel amor no fuera, aún, recíproco, pero sus palabras indicaban que había sido igualmente maravilloso para él.

–Eres tan deseable, tan bonita... Dios mío, deseo hacer otra vez el amor contigo.

–Entonces, ¿por qué no lo hacemos? –preguntó, sonriendo.

Sus palabras dejaron sin aliento a John, que recordó su apasionada respuesta durante la noche anterior y se preguntó cómo se comportaría ahora que ya no era algo totalmente nuevo para ella.

–Sabes muy bien por qué. Sería una locura. Ni siquiera sabes quién soy. Podría estar casado y tener hijos. Podría ser un canalla, y en ninguno de los dos casos podría darte mi apellido.

–No es tu apellido lo que estoy pidiendo.

–No se trata sólo de eso. Me preocupa mi identidad. No dejo de pensar por qué me conocía Benjamin Oliver.

–Te preocupas sin necesidad.

Priscilla no quería pensar en la posibilidad de que estuviera casado. No llevaba anillo de bodas, y aunque Mapes y Will podían habérselo robado, tampoco se notaba la señal blanquecina que habría quedado en su bronceada piel. En cuanto a sus otras preocupaciones, poco le importaba que pudiera ser un canalla. Sobre todo, porque sabía que era una buena persona. El hecho de que fuera estadounidense podía disgustar a mucha gente, pero a ella no. No le importara de dónde procediera, ni que su familia no fuera importante.

–Tu padre y la señorita Pennybaker estarán preocupados.

Al oírlo, Priscilla abrió los ojos de golpe y exclamó:

–¡Oh, no! Tienes razón.

Rápidamente empezó a vestirse y se recriminó su actitud por haberse quedado dormida la noche anterior. Se había dejado llevar por la pasión, olvidando a su padre y al ama de llaves.

Se limpió la ropa lo mejor que pudo y se pasó los dedos por el pelo, a modo de cepillo. Suponía que no debía de tener un aspecto muy presentable. Por suerte no la vería nadie excepto su propia familia. Cualquiera habría sospechado algo extraño. Sin embargo, no quería que todo Elverton se diera cuenta.

–¿Qué aspecto tengo?

–Maravilloso.

–Sabes a qué me refiero.

–Sí, lo sé, y tu aspecto es maravilloso. El aspecto de alguien que ha pasado la noche en el bosque, pero no estás demasiado mal, teniendo en cuenta que te han secuestrado.

–Imagino que tendrá que bastar.

Dejaron el claro y volvieron por el camino que habían tomado la noche anterior. A la luz del día resultó bastante más sencillo, y al poco tiempo se dirigían directamente a la casa de Priscilla. No pasó mucho antes de que vieran Evermere Cottage en la distancia. Aceleraron el paso, y en el preciso instante en que estaban a punto de llegar se abrió la puerta de la cocina y apareció la señora Smithson.

–¡Priscilla! ¡Pequeña! –lloró–. ¡Señor Florian! ¡Es ella! ¡Ha vuelto sana y salva!

Priscilla abrazó a la cocinera. Florian apareció en seguida. Iba en camisa, sin chaqueta, y parecía bastante preocupado.

–¡Priscilla!

Se acercó a su hija y la apartó de la cocinera. Después, la miró e hizo ademán de decir algo. Pero en lugar de eso la abrazó y repitió su nombre.

En aquel instante aparecieron la señorita Pennybaker, el sacerdote, el doctor Hightower, el general y Alec. John los observó. Había demasiada gente.

–Oh, Dios mío –dijo la señorita Pennybaker–. Estaba muerta de miedo. Es maravilloso que hayas regresado sana y salva. Un verdadero milagro. ¿No le parece, reverendo?

–Sí, desde luego –dijo el sacerdote.

–Estuvimos esperándote toda la noche. Estábamos tan preocupados por ti... Pero por suerte estás bien. ¿Verdad? –preguntó el ama de llaves.

–Sí, estoy perfectamente bien –respondió, apartándose de su padre–. No me ha pasado nada malo. Bueno, pasó algo, pero no estoy herida. No debes preocuparte, Penny.

El ama de llaves empezó a llorar. Priscilla se acercó a ella, la abrazó e intentó consolarla.

–Estoy bien, te lo aseguro. He regresado y...

Hasta aquel momento, no se había dado cuenta de que no estaban solos.

–Alec –continuó–, ¿qué estás haciendo aquí? Reverendo, general, doctor Hightower... Me sorprende verlos.

–Estaba en la vicaría cuando llegó tu padre –contestó Alec–. Había ido en el carruaje con mi madre, así que ofrecí traer de vuelta a tu padre y al vicario.

–Pensaron que mis servicios serían necesarios –intervino el doctor–, pero ya veo que se encuentra bien.

–Sí, estoy perfectamente bien. Aunque perdí la consciencia durante unos minutos cuando me envolvieron con la capa. Apenas podía respirar –explicó, nerviosa–. Pero estoy bien. No me ha pasado nada malo.

–Oh, Dios mío –repitió el ama de llaves.

–Anímese, señorita Pennybaker –dijo el general–. No hay motivo para alarmarse.

–Pero el escándalo... Ha pasado toda la noche con un hombre –dijo la mujer–. Y lo sabrá todo el mundo. Su reputación está arruinada. Ahora no conseguirá casarse nunca.

John quiso decir algo. Quiso decir que Priscilla no tenía que preocuparse, que él se casaría con ella. Pero no lo hizo. No podía hacerlo. Ni siquiera sabía si Priscilla querría casarse con él. Y hasta que no recobrara la memoria, no tenía derecho a pedir su mano.

–Por favor –dio un paso adelante, irritado–. No creo que sea apropiado preocuparse por eso ahora. Podría haber sido violada, o asesinada. Y cuando descubren que no ha sido así, lo único que hacen es preocuparse por su reputación.

–No diga esas cosas –protestó la señorita Pennybaker–. Creo que voy a desmayarme...

El general miró a John con reprobación y dio una palmadita al ama de llaves.

–No se preocupe. Él no lo comprende. No es capaz de comprender a una mujer de su sensibilidad.

Alec, que no había dicho nada al respecto, respiró profundamente, dio un paso adelante y miró a Priscilla con la expresión que habría puesto un condenado a la guillotina.

–Yo me casaré contigo, Priscilla. No tendrás que preocuparte por tu reputación, ni por las habladurías de la gente. Serás una duquesa.

–Oh, Alec, es muy amable por tu parte, pero no es necesario. Penny, por favor, deja de preocuparte por mi reputación. No tengo intención de casarme con nadie. Y estoy segura de que podemos contar con la discreción de nuestros amigos, para que no se sepa lo que ha sucedido.

Todo el mundo se mostró de acuerdo. Aseguraron que no dirían nada, ni sobre el secuestro ni sobre el rescate. Priscilla, sin embargo, no las tenía todas consigo, sobre todo en lo relativo al vicario, siempre proclive a ceder ante las preguntas de su esposa. Era un buen hombre, pero dominado por ella.

En aquel momento, alguien se aclaró la garganta de forma ruidosa. Todos miraron hacia el origen del sonido. Un hombre de mediana edad, con bigote, se encontraba cruzado de brazos en la puerta. Parecía incómodo.

–Ya veo que tal vez no debería estar aquí –dijo, mientras miraba a John y a Priscilla–. Si ha sido un simple caso de extravío o de... algo.

–Alguacil Martin... –dijo Priscilla–. Lo siento. No me di cuenta de que había llegado.

–Señorita Hamilton –la saludó, con una ligera reverencia–. Me alegra ver que se encuentra bien. Su padre envió a buscarme. Estaba bastante preocupado.

John dio un paso adelante y dijo:

–Tenía razones para estarlo. La señorita Hamilton fue secuestrada por los dos rufianes que me atacaron.

–¿Lo atacaron? –preguntó, frunciendo el ceño–. ¿Y no lo ha denunciado?

–No. Debí hacerlo, pero pensé que habían abandonado la zona después de asaltarme.

–¿Y quién es usted, señor?

–Siento no poder contestar a esa pregunta. Una razón más para que no lo denunciara. No lo recuerdo. He perdido la memoria.

–¿Qué?

La sorpresa fue mayúscula tanto para el alguacil como para el médico y el general. Alec, en cambio, se limitó a mirarlo. En cuanto al vicario, que no oía muy bien, miró a sus amigos y preguntó:

–¿Qué ha dicho?

–Que he perdido la memoria, padre –respondió John–. Siento haberles mentido. No sé quién soy. Y no estaba seguro de quiénes eran mis amigos y quiénes no.

–Fui yo la que ideó la mentira –intervino Priscilla–. No debe cargar con toda la culpa.

–¿A qué se refieren? –preguntó el alguacil.

–Dije a todo el mundo que John era un primo de Estados Unidos –respondió Priscilla–. Es cierto que procede de ese país, pero no sabía quién era. No lo habíamos visto antes. Fue atacado por los dos hombres que me asaltaron.

–Ya.

–Pensé que sería mejor que nadie lo supiera.

–Comprendo.

–No sé si me estoy explicando correctamente, y espero que me disculpen –continuó ella–. He pasado una noche muy mala.

–Por supuesto, querida –la animó el sacerdote–. No es necesario que se disculpe. Comprendo que prefiriera mantener en secreto su identidad, al menos hasta que recobre la memoria. Sin embargo, tiene razón. Es un asunto bastante confuso.

–Pensamos hacer algunas averiguaciones para ver si alguien esperaba a un estadounidense en la zona. Queríamos descubrir quién era, pero preferíamos que no se supiera que había perdido la memoria.

–Hicieron bien –dijo el general–. Dejar que todo el mundo sepa lo que uno hace no es una buena estrategia. Pero habría preferido que confiaran en mí. Habríamos desarrollado un buen plan de acción.

–Estoy segura de ello, general, pero ni siquiera lo conocía a usted cuando apareció John.

–¿Y por qué lo llama John? –preguntó el alguacil–. Pensé que no sabía quién es.

–Y no lo sé. No sé cómo se llama. Pero tenía que llamarlo de algún modo. Así que me inventé el nombre de John Wolfe.

–¿Cuándo lo atacaron? –preguntó el alguacil a John.

El representante de la ley ardía en deseos de cambiar la conversación hacia un terreno en el que se sintiera más cómodo.

John describió todo lo que recordaba, y terminó diciendo:

–Sin embargo, no recuerdo el ataque. Lo único que sé es que no recordaba nada de lo que había sucedido cuando recobré la consciencia.

–Un asunto verdaderamente extraño –opinó el alguacil, para mirar después a Priscilla–. ¿Cuándo la atacaron esos hombres, señorita Hamilton?

–Ayer por la tarde, a última hora. Regresaba a pie después de haber estado en casa de lady Chalcomb cuando me asaltaron. Me resistí, pero me taparon con una capa y me atraparon. Apenas podía respirar. Lo que pasó después, no lo recuerdo. Perdí el conocimiento.

–Canallas –dijo Alec–. Me gustaría ponerles las manos encima.

–¿La llevaron a la misma cabaña que al señor...?

–Sí, creo que sí. Se encuentra a este lado de los bosques de lady Chalcomb.

–Conozco ese sitio –intervino Alec de nuevo–. Gid y yo jugábamos allí. Pero ¿cómo consiguieron encerrarte? La puerta no tiene cerradura.

–Ahora sí. Hay un listón de madera en el exterior, para impedir que alguien pueda escapar.

El alguacil se aclaró la garganta.

–¿Por qué la atacaron?

–No lo sé. No me hicieron ningún daño. Creo que sólo pretendían encerrarme allí. Tal vez para utilizarme de algún modo en contra del señor Wolfe. Uno de ellos comentó que así conseguirían atraparlo, y supongo que se referían a John.

–Sí. Uno de ellos me lo dijo personalmente –comentó John–. Hablé con él. Cuando lo descubrí en la cabaña, después de liberar a la señorita Hamilton... digamos que mantuve una discusión con Will antes de encerrarlos a Mapes y a él. Puedo llevarlo al lugar.

–¿Los encerró en la cabaña? –preguntó el alguacil, asombrado.

–Bueno, primero a uno y luego al otro –respondió con modestia–. ¿Quiere que le enseñe el camino?

–Puedo hacerlo yo –Alec se prestó voluntario.

–Gracias, porque estoy bastante cansado –confesó John–. Se lo agradecería mucho.

Alec se marchó con el alguacil, mientras los demás entraban en la casa para tomar un té y escuchar, al detalle, la historia de Priscilla. Se quedaron bastante asombrados con la aventura. Cuando llegaron al final, del que habían excluido la parte romántica, y supieron que Will había confesado que trabajaba para Benjamin Oliver, el médico golpeó la mesa y asintió, triunfante.

–Siempre supe que ese tipo era un canalla. Ahora tal vez podamos librarnos de él.

–Sí, pero eso no resolverá el problema del caballero –dijo el general, refiriéndose a John–. Aún no sabe quién es.

–Es cierto. Tendré que hablar con Oliver. Es la única pista que tengo. Si el alguacil lo encierra, no podré averiguarlo nunca.

–No actuará con tanta rapidez –observó el general–. Cuando sospechan de un caballero siempre actúan con cautela, especialmente tratándose de un amigo de la duquesa. Querrá asegurarse antes y buscar pruebas concluyentes. Creo que aún tiene varios días por delante antes de que lo arresten.

–En tal caso sugiero que nos atengamos al plan original –dijo Priscilla–. Es decir, hablar con el señor Oliver en la fiesta. Sólo faltan dos días, y será nuestra mejor oportunidad para aproximarnos a él. Estoy segura de que se negaría a recibirlo si intentara ponerse en contacto con él en Ranleigh Court.

–Una sugerencia excelente –opinó el general–. Nosotros también iremos a la fiesta. La señorita Pennybaker me ha concedido el honor de aceptar mi invitación, así que podrán venir con nosotros en mi coche.

Priscilla los miró asombrada. La señorita Pennybaker se ruborizó.

–Vaya, vaya –comentó Priscilla–. Me parece maravilloso. Pero no dudo que mi padre también nos acompañará. ¿Cabremos todos?

–Por supuesto –respondió el general Hazelton–. Aunque no sabía que el señor Hamilton pretendiera asistir.

–Obviamente hay muchas cosas que no sabe, general –dijo Florian–. Claro que asistiré.

Priscilla tuvo que esforzarse para no sonreír.

–Agradezco mucho su invitación, general. ¿Le parece bien, señor Wolfe?

–Desde luego que sí –asintió John.

John miró a Priscilla y se dijo que debía descubrir quién era antes de entablar una relación seria con la mujer. No faltaba mucho para el viernes, pero sabía que la espera se haría interminable.

14

–Deja de moverte, Penny, o no podré terminar a tiempo –protestó Priscilla, frunciendo el ceño.

La señorita Pennybaker asintió, se cruzó de brazos y se puso muy derecha, como una niña a la que hubieran recriminado una actitud.

–Lo haré. Lo prometo.

Priscilla sonrió.

–Vas a quedar preciosa.

El ama de llaves rió, encantada. Había estado muy nerviosa, en la espera. Y ahora apenas podía contenerse.

Priscilla pensó que tenía mucho mejor aspecto. Llevaba un bonito vestido de color rosa claro, y su rostro no parecía tan pálido como de costumbre. Priscilla había insistido en que aceptara ponerse uno de sus vestidos, mucho más alegres que los que llevaba habitualmente el ama de llaves. No obstante, la señorita Pennybaker no los había considerado adecuados, porque los encontraba demasiado juveniles. Entonces, Priscilla recordó que la ropa de su madre estaba guardada en el ático y buscó hasta dar con aquel vestido rosa. Se habían visto obligadas a arreglarlo; estaba algo anticuado, y por si fuera poco, Penny era mucho más delgada. Pero había merecido la pena. Como toque final, la estaba peinando.

Cuando terminó de arreglar su peinado, dio un paso atrás y dijo:

–Ya está.

La señorita Pennybaker se miró al espejo.

–Oh, Dios mío...

–Estás preciosa, Penny –sonrió.

El ama de llaves se miró en el espejo, fascinada. Los rizos que le había dejado Priscilla mejoraban sustancialmente su imagen, pero la magia de su aspecto descansaba en realidad en su alegre expresión.

Se levantó, miró el vestido y dijo:

–No había llevado nunca nada tan bonito.

–El general estará muy orgulloso de ser tu acompañante.

–Oh, Priscilla, mira que dices tonterías... –rió.

–Dime una cosa, ¿te gusta el general?

–Sí. Es un hombre excelente, y muy galante. Aunque no tan inteligente como tu padre. Pocos hombres lo son. Pero es encantador conmigo.

–Parece que lo atraes mucho.

La señorita Pennybaker se ruborizó y negó con la cabeza.

–Tonterías. Se limita a ser educado conmigo.

–Es algo más que educación. Hasta mi padre se ha dado cuenta.

–¿Sí? –preguntó, aún más ruborizada–. ¿Y qué ha dicho?

–Oh, unos cuantos cumplidos sobre el general. Creo que está celoso.

–¿El señor Hamilton, celoso? No lo creo.

–Puede que no. Pero será mejor que tengas cuidado, o esos dos acabarán peleándose por ti.

–Priscilla... ¡no digas eso!

A pesar de sus protestas, cuando el ama de llaves se marchó de la habitación caminaba con mucha más seguridad que de costumbre.

Su aparición, bajando las escaleras, fue todo lo que Priscilla podía esperar. Florian se levantó y miró boquiabierto al ama de llaves; en cuanto al general, no pudo ser más efusivo en sus cumplidos. En cuanto a ella misma, una simple mirada a John le bastó para comprobar hasta qué punto lo afectaba. El calor de su mirada fue evidente cuando admiró su figura, de los pies a la cabeza.

Priscilla esperaba que aquella noche tuviera problemas para conciliar el sueño. Aunque sólo fuera porque ella misma los había tenido durante las dos últimas noches, que había pasado en la espera de que apareciera en su habitación. Sin embargo, no lo había hecho. Y obviamente no se atrevía a entrar en la habitación de un hombre sin ser invitada. Se había repetido una y otra vez que John no intentaba evitarla, que simplemente sabía que podía despertar a la señora Pennybaker, una mujer de sueño ligero, o que la respetaba tanto que no quería colocarla en una situación comprometida en su propia casa.

A pesar de todo, no estaba muy convencida. Durante el día, su actitud resultaba mucho menos amistosa de lo normal. Tenía la impresión de que hacía verdaderos esfuerzos para no estar a solas con ella; de hecho, en las raras ocasiones en que tal cosa sucedía, buscaba cualquier excusa para marcharse. Empezaba a creer que la esposa del sacerdote tenía razón cuando decía que los hombres sólo querían una cosa de las mujeres, y que, cuando lo conseguían, perdían el interés en ellas.

Pero la mirada de John, aquella noche, no era la mirada de un hombre que hubiera perdido el interés. Era una mirada ardiente, apasionada y hasta cierto punto contenida, como si estuviera haciendo un esfuerzo para no tomarla en sus brazos. Priscilla sonrió con complicidad, y no precisamente para reducir su deseo.

–Señorita Pennybaker –dijo el general, mientras besaba su mano–. Está preciosa. Y usted también, señorita Hamilton. Ya veo que la pupila ha aprendido de la profesora.

Florian lo miró con seriedad.

–Bueno, ¿nos vamos, o vamos a quedarnos aquí toda la noche?

El general ofreció su brazo a la señorita Pennybaker y se dirigieron a la salida, seguidos por Florian, que parecía algo molesto.

–Priscilla... –dijo John.

–¿Sí? –preguntó, volviéndose hacia él.

–Yo...

–¿Sí?

–No, nada.

John le ofreció el brazo, y Priscilla lo aceptó. Al sentir que temblaba, aunque ligeramente, sintió cierta satisfacción.

Sabía que estaba muy atractiva con el vestido azul. El color del satén incrementaba la belleza de sus ojos y de su piel, y el pronunciado escote permitía ver la parte superior de sus senos, muy marcados por el corsé. Priscilla recordó cómo había besado aquel hombre sus senos, acariciándolos hasta que consiguió llevarla al punto más alto del deseo. El recuerdo bastó para que sintiera un intenso calor. Miró a su acompañante y se preguntó si también lo recordaba. Por su actitud, algo tensa, sospechó que lo recordaba perfectamente.

Durante el trayecto John no habló mucho, aunque Priscilla notó que la miraba de vez en cuando. Hacía como si no lo notara, y mantenía un silencio indiferente. Florian, que se encontraba en el extremo del asiento del carruaje, frente al general y a la señorita Pennybaker, se limitó a cruzarse de brazos. Así que Penny y su acompañante tuvieron que llevar el peso de la conversación, algo que no pareció disgustarles. El general no dejaba de lanzarle cumplidos, coquetear y murmurar cosas a su oído, y el ama de llaves reía. Hasta Priscilla, que estaba encantada con la situación, pensó que si el viaje no terminaba pronto acabaría hastiada de ellos.

Ranleigh Court era impresionante. Era una construcción de piedra gris, y con una planta en forma de «E», típica de las construcciones de la época de la reina Isabel. En el siglo XVIII habían talado todos los árboles del camino para que no taparan la vista de la mansión, así que pudieron contemplarla perfectamente mientras se aproximaban.

–¿Ésa es la mansión que heredará Alec? –preguntó John, asombrado.

–En efecto –asintió Priscilla–. La mansión y una extensión de tierra nada despreciable. Sin embargo, Alec dice que el mantenimiento de la mansión resulta demasiado caro.

–Lo supongo.

Al llegar a la puerta principal descendieron del carruaje y caminaron hacia la entrada, ante la que hacía guardia un par de criados. La duquesa esperaba para saludar a los invitados al pie de una maravillosa escalinata. Alec, que se encontraba a su lado, saludó amistosamente a Priscilla; en cambio, fue bastante más reservado con John.

La duquesa era una mujer muy atractiva. Se había casado con el duque a los diecisiete años, así que a pesar de tener un hijo bastante crecido le faltaba un año para cumplir los cuarenta. Y se cuidaba tanto que parecía más joven. De cabello rubio, sus ojos eran tan azules como hermosos; además, se había oscurecido las pestañas para resaltarlos. En cambio, su boca resultaba demasiado pequeña, y su nariz, algo aguileña. Por otra parte, la obsesión por cuidarse la piel la había llevado al extremo de no gesticular si podía evitarlo, y su expresión era bastante rígida.

Cuando se aproximó, Priscilla se sorprendió bastante de que la duquesa sonriera. Sabía desde hacía tiempo que no le caía muy bien. Pero enseguida se dio cuenta de que la sonrisa no iba dirigida a ella, sino a John. La duquesa lo admiró y dijo:

–Me alegro mucho de verla, Priscilla. Pero ¿quién es el caballero que la acompaña?

La duquesa miró con tal coquetería a John que Priscilla se irritó de inmediato. A pesar de ello, se apartó y sonrió.

–Le presento a John Wolfe. Señor Wolfe, permítame que le presente a la duquesa de Ranleigh.

–Espero que su estancia sea lo más agradable posible –dijo la duquesa, parpadeando con coquetería.

–Lo será sin duda, duquesa –sonrió John–. Sobre todo ahora que he tenido el honor de conocerla.

Priscilla esperaba que Bianca riera o que volviera a parpadear ante el cumplido. Pero debió de notar el acento de John, porque en lugar de eso preguntó:

–¿Es usted estadounidense?

–Sí, lo soy. Espero que no lo moleste.

–No, claro que no –se apresuró a decir–. Pero me sorprende. No estamos acostumbrados a recibir viajeros de países tan lejanos. ¿Verdad, señorita Hamilton?

–No, ciertamente. De hecho, el señor Wolfe no se habría quedado de no haber sido por ciertos problemas tan inesperados como desagradables.

–¿Problemas?

–Sí. Unos rufianes lo atacaron.

–¿Lo atacaron? ¿Aquí? –preguntó la duquesa–. Qué horror.

–Desde luego. Al parecer, los caminos ya no son muy seguros.

–Es cierto –dijo Bianca, distraída–. Terrible, sin duda. Pero... ¿qué querían de usted?

–Mis posesiones, por supuesto. Me robaron el dinero y todo lo demás –respondió John.

–¿Eso es todo lo que querían?

–Supongo que sí. ¿Qué otra cosa podrían haber querido? No conozco a nadie aquí, así que no podían tener nada en mi contra.

Bianca sonrió, y esta vez Priscilla notó que había alivio en su rostro.

–Por supuesto. Qué tonta he sido. Estoy segura de que tiene razón. Por desgracia, la delincuencia parece ser un mal de nuestros días –declaró, mirando a su alrededor–. Si me perdonan, debo atender a mis invitados. Encantada de conocerlo, señor Wolfe.

La duquesa sonrió a Priscilla y a John e inmediatamente se volvió hacia el general y la señorita Pennybaker.

–Vaya, general, me alegro mucho de verlo.

Priscilla y su acompañante se apartaron y observaron a Bianca desde cierta distancia, mientras conversaban.

–Tengo la impresión de que mi presencia ha inquietado a la duquesa –comentó John con ironía.

–Sí. Yo diría que Bianca sabía que Oliver planeaba raptarte.

–¿Crees que sólo lo sabía, o piensas que también ella quería librarse de mí?

–No lo sé. ¿No has notado que no pareció reconocerte de inmediato? No empezó a comportarse de forma extraña hasta que notó tu acento.

–Tienes razón. Y no creo que me hayan atacado por simple xenofobia.

–No, desde luego que no.

Caminaron hacia una de las paredes, para apartarse del paso, y se escondieron detrás de una enorme planta mientras observaban a los invitados que iban llegando. Al hacerlo notaron que la duquesa apenas hacía caso al general y a la señorita Pennybaker, y que miraba a su alrededor como buscando a alguien. Finalmente su mirada se clavó en la persona que estaba buscando y caminó hacia él. Priscilla y John la siguieron a cierta distancia. Bianca se detuvo junto a Benjamin Oliver, que se encontraba charlando con otra mujer. Al verla, se volvió hacia ella.

La pareja empezó a caminar hacia el lugar donde se encontraban John y su acompañante, así que se apartaron para que no se fijaran en ellos y se pusieron a admirar una estatua de alabastro.

–¿Qué diablos quieres? –oyeron que preguntaba Benjamin.

Por desgracia, las conversaciones de los invitados evitaron que pudieran entender la contestación de la duquesa.

Como vieron que se alejaban aún más, decidieron seguirlos sin demasiado cuidado, porque ni Benjamin ni Bianca parecían haberse dado cuenta. Estaban demasiado ocupados.

La duquesa y su acompañante desaparecieron en una habitación, y sus perseguidores se acercaron todo lo posible. Lamentablemente habían cerrado la puerta a sus espaldas y no pudieron oír gran cosa, salvo que Bianca no parecía estar muy contenta. Priscilla hizo un gesto a John para que lo siguiera y entraron en la habitación contigua. Después, caminaron hacia una puerta lateral.

–Da a la habitación donde se encuentran –murmuró ella.

Desde aquel lugar pudieron entender perfectamente la conversación.

–¿Cómo has podido ser tan estúpido? –preguntaba Bianca en aquel instante.

–¿Quieres dejar de gritar? Dime de una vez por qué estás tan furiosa. Chillas como una gaviota.

–No cambies de conversación, ni intentes insultarme. No servirá de nada. Lo has estropeado todo. Todo.

–¿Qué quieres decir?

–Hay cierto individuo con la repugnante Priscilla Hamilton. ¿No lo has visto?

–No. ¿Por qué? ¿Quién es?

–No sé quién es. No lo había visto en toda mi vida. Pero es estadounidense. Y me ha dicho que lo habían atacado hace unos días.

–¡No! Eso es imposible. ¡Malditos sean! Me juraron que esta vez acabarían con él

–¿Esta vez? ¿Qué quieres decir con eso? ¿Es que hubo otra vez?

–Sí, pero me prometieron que lo arreglarían todo. Les ofrecí dinero, los amenacé, y me lo prometieron.

–¿Por qué no me lo habías dicho? ¿Es que pensabas que no tenía que saberlo? ¿Por qué has permitido que me entere por casualidad?

–Cálmate. Arreglaré el desaguisado de algún modo.

–¿Cómo es posible que no esté muerto? Te dije que lo mataras. ¿Cómo es posible que no lo consiguieran? ¿Es que contrataste a unos idiotas? Por supuesto que lo hiciste. No en vano, tú mismo eres un idiota.

–No creí necesario asesinarlo. Pensé que tal vez pudiéramos razonar con él y hacerle ver que sería mejor que regresara a su país.

–Cobarde. Estabas demasiado asustado como para matarlo. Ni siquiera te atreviste a contratar a alguien para que lo hiciera por ti.

–Para ti es fácil decirlo, porque no es tu cuello el que está en juego. Esos tipos no te han visto nunca. Si confesaran a la policía, no te acusarían a ti. Así resulta muy fácil ser valiente.

–Una duquesa no puede mezclarse con rufianes. ¿De qué me sirves, si ni siquiera puedes hacer algo tan sencillo?

–Lo haré. Hoy mismo, esta noche. Lo atacaré cuando salga de la fiesta.

–Está con un grupo de amigos. ¿Qué piensas hacer? ¿Asaltar el carruaje? –preguntó con sarcasmo.

Bianca se alejó y no pudieron oír lo que decía durante unos segundos. Sólo entendieron sus últimas palabras:

–Además, no es él.

Priscilla y John se miraron, asombrados.

–¿Qué? –preguntó Oliver, incrédulo.

–Te has equivocado de hombre. Ése tipo no es Lynden. No puede serlo. Es demasiado joven. ¿Es que no te das cuenta? ¿Cómo podría ser el hijo de Ranleigh?

–Alec es el hijo de Ranleigh. Y es más joven aún. Te digo que el individuo que está con la señorita Hamilton es el que se encontraba en el despacho del albacea. Su ayudante me envió una nota y me dijo que era el hombre que salía en el preciso instante en que llegué.

–Entonces el ayudante del albacea es tan idiota como tú. O mintió y se quedó con tu dinero a cambio de nada. Lynden era todo un hombre cuando se marchó de Ranleigh Court, y eso fue hace treinta años. Ahora debe de rondar los cincuenta. Te conté toda la historia. Ocurrió mucho tiempo antes de que conociera a Ranleigh. Lynden tiene edad suficiente para ser el padre de Alec, aunque sea su hermano. Y has seguido a un joven pensando que era el nuevo duque. No puedo creerlo.

Priscilla y John volvieron a mirarse, cada vez más atónitos.

Hubo un momento de silencio, al cabo del cual oyeron algo parecido a una bofetada.

–Suéltame, cretino. Lynden está en algún lugar y no tengo idea de cuándo ni cómo aparecerá. Has arruinado mi vida, ¿y crees que puedes tranquilizarme comportándote como un amante cariñoso? ¡Lárgate de aquí!

En aquel momento oyeron que la duquesa salía de la habitación y cerraba la puerta, ruidosamente, a sus espaldas. Después, oyeron que Oliver arrojaba al suelo varias copas, irritado, antes de marcharse.

Priscilla se apoyó en la pared. Sus piernas apenas la sostenían.

–Dios mío –suspiró–. Pensaron que eras el heredero perdido, el nuevo duque. Por eso te atacaron.

John apenas la escuchó.

–Fue un error. Una simple casualidad. No pretendían atacarme a mí. ¡Y sigo sin saber quién soy!

–Oh, John, lo siento mucho –declaró, al notar su inquietud–. No me había dado cuenta de que... todo esto debe de ser terrible para ti.

John se arrojó en sus brazos.

–Quería descubrir mi identidad. Quería descansar de una vez, saber quién soy.

–Lo sé, lo sé –dijo, mientras acariciaba su espalda–. Y lo siento muchísimo. Pero recobrarás la memoria, estoy segura. No te preocupes. Un día, recordarás.

–Sí, pero ¿cuándo? –preguntó, mucho más calmado.

–No pienses en ello ahora. Ten fe. Ocurrirá. Tiene que ocurrir.

Permanecieron de pie un buen rato, abrazados. Al cabo de unos segundos, Priscilla notó algo muy distinto en la tensión de su cuerpo.

–Hueles muy bien –murmuró él.

–Gracias –sonrió ella.

–Estás muy bonita esta noche. Cuando te vi bajando las escaleras de tu casa casi me quedé sin aliento.

–¿De verdad?

–Sólo quería besarte. Besarte hasta que no pudiera más.

–Entonces, ¿por qué no lo haces?

–No puedo.

–Claro que puedes. Te lo enseñaré.

Entonces, Priscilla se puso de puntillas y lo besó con suavidad. Durante unos segundos John se dejó llevar, pero se apartó de repente.

–No –espetó–. No debo. No puedo hacerlo.

–John, ¿qué sucede? –preguntó, decepcionada–. Has estado evitándome durante dos días y no comprendo por qué. Pensé que la otra noche...

–No. Fui un estúpido. No debí permitir que sucediera. De hecho nunca habría sucedido de no haber sido porque estaba medio dormido y no tuve tiempo de pensar.

–Creo que yo también tuve algo que ver en ese asunto –protestó.

–Sí, pero no debí perder el control. Eres joven, y no tienes experiencia. No debí aprovecharme de ti.

–Hicimos el amor porque yo quise, y lo decidí libremente.

–De todas formas, no debí aceptar.

–¿Te arrepientes? –preguntó, con voz algo temblorosa.

–No, en absoluto. Ya te lo he dicho. Fue algo maravilloso –gimió, frustrado–. Pero no puedo permitir que vuelva a suceder. Sería un cobarde, un canalla. Sería algo terrible. No sé quién soy, ni si tengo o no una esposa. Priscilla, por favor, no me tientes.

Priscilla se apartó, irritada y encantada al tiempo. Sabía que no se resistía al deseo por simple caballerosidad. Lo hacía porque era importante para él.

–¿Por eso has estado evitándome, sin mirarme siquiera durante dos días?

–Sí. No sabía qué hacer, ni qué decir. Cuando estoy contigo me resulta casi imposible no abrazarte, no besarte. Y temo que si te miro todo el mundo sepa lo mucho que te deseo.

–Entonces... no estás cansado de mí, ¿verdad? –preguntó, ruborizada–. La señora Whiting me dijo en cierta ocasión que los hombres no respetan a las mujeres cuando dejan que las situaciones lleguen demasiado lejos. Creí que tal vez...

–No –la abrazó–. No, no es así. Te deseo con todo mi ser. Te respeto, te quiero, te...

Priscilla lo besó. John gimió y la besó a su vez. Cuando se separaron, la joven se arregló un poco el pelo y la ropa, intentando recuperarse de la emoción.

–Supongo que debemos regresar a la fiesta –dijo ella–. Es posible que Penny empiece a buscarme si no nos encuentra.

–No creo que lo haga esta noche –le ofreció el brazo para salir–. Tiene sus propios asuntos.

John y Priscilla salieron de la habitación, sonrientes y charlando sobre el ama de llaves. El baile ya había comenzado, así que se unieron a él.

Después de bailar dieron una vuelta por el enorme salón y charlaron con bastantes personas. En determinado momento se acercaron a lady Chalcomb, y mientras hablaban se les unió el señor Rutherford. Segundos más tarde todos notaron que ocurría algo extraño en las escaleras. Priscilla y John se volvieron y la gente se fue apartando ante el avance de un hombre de mediana edad, atractivo, de cabello castaño claro y muchas canas. Era alto, fuerte, y destilaba poder y confianza en sí mismo. Priscilla no lo había visto nunca, pero había algo muy familiar en él.

Antes de que pudiera pensar en ello, lady Chalcomb palideció y se quedó mirando, boquiabierta, al recién llegado. Casi al mismo tiempo, el señor Rutherford dijo:

–Dios mío... no puede ser.

–¿Quién es? –preguntó Priscilla.

Nadie contestó a la pregunta, porque en aquel instante el anciano mayordomo de Ranleigh Court, Oaksworth, se dirigió hacia el desconocido, deshaciéndose en sonrisas de amabilidad, aunque algo tenso. Mientras caminaba, llamó a la duquesa.

–Excelencia...

–¿Qué quiere, Oaksworth? –preguntó la duquesa.

Oaksworth se detuvo, respiró profundamente y anunció al recién llegado:

–Su excelencia el duque de Ranleigh.

Un murmullo generalizado se alzó entre la concurrencia. Pero Bianca no pudo hacer nada salvo mirar atónita a aquel hombre, que se dirigió a ella, hizo una leve reverencia y dijo:

–Espero que mi repentina aparición no le cause ningún problema.

Bianca se desmayó, y las personas que estaban junto a ella se apresuraron a llevarla al sofá más cercano. El nuevo duque miró a su alrededor y clavó la vista en John, que lo observaba con curiosidad.

–Ah, Bryan, estás aquí. Empezaba a preocuparme por ti –dijo Ranleigh.

John dio un paso hacia el recién llegado y dijo, con absoluta calma:

–Hola, padre.

15

Priscilla contempló la escena con asombro. John Wolfe cruzó el salón y abrazó al duque de Ranleigh. Los dos hombres rieron, alegres. De inmediato pensó que John sabía de sobra quién era: el hijo del duque de Ranleigh.

Una intensa furia la dominó. Creía evidente que había estado jugando con ella todo el tiempo. Creía que había mentido, que la había engañado. Sólo entonces recordó la ingeniosa manera que había tenido de conseguir que hablara sobre lo que se decía en la zona acerca del heredero perdido de Ranleigh. No entendía por qué había simulado una pérdida de memoria. Tal vez lo había hecho para comprobar el terreno antes de que llegara el duque en persona, o tal vez por miedo después de que lo atacaran. Pero al menos, podría habérselo dicho. Podría haber confiado en ella en lugar de tratarla como a una perfecta desconocida.

El señor Rutherford caminó hacia el duque, sin decir una sola palabra, como si estuviera en trance.

–¡Sebastian! –dijo Ranleigh, encantado–. ¿Es usted? Venga aquí y deje que lo vea.

Priscilla se volvió hacia Anne y dijo:

–Tengo que marcharme... ¿Te encuentras bien, Anne?

–Nunca pensé que... han pasado treinta años. Pensé que... estaba segura de que habría muerto.

–Como todo el mundo –observó con ironía–. Espero que me perdones, pero tengo que marcharme.

–¿Por qué? ¿Adónde?

–A casa –respondió–. No puedo quedarme aquí.

–Espera. Yo también me voy. Deja que te lleve en mi carruaje.

Priscilla asintió, aliviada. Como había llegado en el coche del general no podía marcharse sin obligar también a los otros.

–Muchas gracias. Permíteme que me despida de mi padre.

Priscilla tardó un buen rato en encontrar a Florian, que se encontraba al pie de la escalinata, con el doctor Hightower, charlando junto al bufé y escribiendo algo en el mantel.

–De acuerdo, Reginald –decía en aquel momento–. Pero no puede ser así. Cuando llegas a...

–Papá... has destrozado el mantel –dijo su hija.

–¿Qué? Ah, estás aquí. ¿Te diviertes?

Hightower miró el mantel con culpabilidad.

–Vaya, no me había dado cuenta.

–Es que no tenemos papel –explicó Florian–. Es terrible que tengamos que escribir en un mantel. ¿Crees que tendrán papel en alguna parte?

–En las fiestas no suelen tenerlo –respondió Priscilla.

–Estoy seguro de que se podrá lavar –observó Hightower.

–Me voy a casa, papá. Lady Chalcomb se ha ofrecido a llevarme.

–¿De verdad? Excelente. El doctor y yo te acompañaremos. Será más fácil que le explique en mi despacho la tesis de la que estábamos hablando.

Florian se levantó y el doctor lo siguió con lentitud. El padre de Priscilla no pareció notar la inquietud de su hija, pero su amigo frunció el ceño, preocupado.

–¿No es muy pronto para que te marches?

–Tonterías –dijo Florian–. Es un baile muy aburrido. No sé por qué hemos venido.

–A las jovencitas les gustan estas cosas. Les agrada bailar, y ponerse elegantes vestidos, ya sabes.

–Ah, sí. Y no sólo a las jovencitas. La señorita Pennybaker ha estado todo el tiempo haciendo el ridículo en la pista de baile.

–Eso no es cierto –protestó Priscilla–. Se limitaba a bailar. Yo diría que hace una buena pareja con el general.

–Nunca se es demasiado viejo para bailar. Deberías intentarlo alguna vez. Puede que a la señorita Pennybaker no le importe bailar contigo, en lugar de hacerlo con el general.

–¿Yo? Tonterías. Además, me da igual que baile con él.

Priscilla se encogió de hombros.

–Sin embargo, antes te quejabas.

–Bueno, ¿qué estamos haciendo aquí? –preguntó su padre, cambiando de conversación–. Vayamos a buscar a lady Chalcomb.

Cuando salieron de la mansión descubrieron que lady Chalcomb no había ido a la fiesta con el antiguo carruaje de su marido, sino con un simple coche tirado por dos caballos.

–Lo siento –se disculpó–. Me temo que ya no tengo caballos suficientes para tirar del carruaje de lord Harry.

La mujer se ruborizó. Todo el mundo sabía que tenía dificultades económicas, cosa que la avergonzaba. Tras la muerte de su marido se había visto obligada a vender la mayor parte de los caballos, los perros de caza y muchas obras de arte de Chalcomb Hall para pagar las deudas. Incluso

Priscilla comprendió que sólo disponía de aquellos caballos porque eran demasiado viejos para que nadie los quisiera.

–No se preocupe –dijo Florian.

En realidad casi habrían ido a la misma velocidad si hubieran decidido regresar andando, pero a ninguno le importó. Anne y Priscilla permanecieron en silencio mientras Florian y el doctor continuaban su discusión sobre ecuaciones.

Al final, y cuando se encontraban a mitad de camino de Evermere Cottage, los dos hombres decidieron posponer la conversación hasta que tuvieran papel y pluma. El médico miró a las mujeres y a Florian, y arqueó las cejas. Pero Florian se limitó a negar con la cabeza. Nunca había entendido ciertas cosas de su hija.

–La súbita aparición de Lynden ha resultado bastante interesante –dijo el médico, intentando entablar una conversación.

Anne detuvo el carruaje y Priscilla lo miró con cara de pocos amigos, como si hubiera dicho algo inadecuado.

–Vaya, lo siento.

–¿Lo sientes? –preguntó Florian–. ¿Por qué? ¿Sientes el regreso del duque?

–¿Cómo os habéis enterado? –preguntó su hija–. Estabais abajo.

–Lo vimos llegar, antes de que el viejo Oaksworth lo viera y se pusiera a llorar. Lo reconocí de inmediato. Ha engordado un poco y está más moreno que la última vez. Cosas del Nuevo Mundo, supongo. Me pregunto si mataría realmente a aquella chica. Nunca lo creí.

–Claro que no –dijo Anne, con un extraño tono de voz.

Todos la miraron, asombrados por su vehemencia. La mujer se ruborizó e insistió:

–No era de esa clase de hombres. No habría matado a una mujer. Ni siquiera habría ido detrás de ella.

–Es cierto –dijo Florian.

–John Wolfe es su hijo –intervino Priscilla.

–¿Qué? ¿Wolfe? Por supuesto –dijo su padre, frunciendo el ceño–. Ahora que lo mencionas, es verdad. Se parece mucho a él, aunque es más fuerte que el duque a su edad.

–¿John Wolfe? –preguntó el médico, confundido–. ¿Cómo es posible? ¿Os referís al mismo hombre que había perdido la memoria?

–Tal vez no fuera cierto –respondió Priscilla.

–¿Quieres decir que era una farsa?

–Sólo digo que esta noche ha recobrado la memoria con gran rapidez. En cuanto ha entrado el duque lo ha llamado «padre» sin vacilar.

–En tal caso, hizo bien en no decir nada –observó su padre–. Es posible que lo atacaran por ser quien es. Y no podía saber si podía confiar en nosotros.

–Es un canalla –dijo su hija con amargura.

–No seas tan dura con él –le aconsejó su padre–. Estoy seguro de que habrá tenido sus razones. No es un mal hombre.

Priscilla no podía estar de acuerdo con él. Sobre todo porque se había entregado al hijo del duque en cuerpo y alma, sin importarle nada. Y ahora resultaba que aquel estadounidense era un marqués por derecho de herencia; no un aventurero, sino un aristócrata. Ya no tenía la esperanza de que quisiera casarse con ella, siendo de una clase inferior. Era un marqués, y con el tiempo se convertiría en el duque de Ranleigh.

Estaba segura de que lo había sabido siempre. No le extrañaba que hubiera mostrado tanto interés por Alec y la duquesa, y por la historia de la repentina desaparición del marqués. Probablemente esperaba a revelar su identidad a que su padre apareciera aquella noche.

Mientras tanto, no sólo no había confiado en ella sino que se había aprovechado de la situación. De haber sabido que se trataba del heredero de Ranleigh, Priscilla no habría cedido a sus deseos. Habría hecho lo que tenía que hacer en la certeza de que un aristócrata no se casaría nunca con ella.

No obstante, recordó que durante los últimos días había mantenido las distancias, y que había sido ella, y no él, quien insistió en conseguir su afecto. Al principio había sido al revés, pero en algún punto la situación había cambiado. Ahora comprendía que su cambio de comportamiento tal vez se hubiera debido a que había recobrado la memoria y a que era consciente de que un futuro duque no podía comprometerse con nadie.

Cuando llegaron a la casa, Priscilla salió corriendo y desapareció en el interior. Subió las escaleras y entró en su dormitorio. Durante el camino había hecho un supremo esfuerzo para controlar la angustia que sentía, pero ahora estaba sola, así que se arrojó en la cama y empezó a llorar.

Bryan Aylesworth retrocedió y miró a su padre. Estaba sorprendido, como si alguien lo hubiera golpeado en el estómago. Había recobrado la memoria de repente, en cuanto lo vio. Se sentía enfermo, y por si fuera poco su padre parecía una persona completamente distinta.

–¿Dónde has estado? –preguntó el duque en aquel instante–. Cuando llegué a la posada de Elverton y no supieron decirme nada sobre ti no supe qué hacer. Empezaba a preocuparme. Sabía que habías llegado a Londres antes que yo. Ese abogaducho me dijo que habías ido a su despacho, tal y como te dije, y que te había dado la información sobre Elverton y sobre la posada y todo lo demás.

–Me retrasé –acertó a responder–. ¿Dónde está Priscilla? Estaba aquí hace un momento.

–¿Priscilla?

–Priscilla Hamilton. Tu futura nuera, creo.

El duque lo miró con asombro.

–Estás bromeando. ¿Hablas en serio? ¿Por fin han conseguido capturarte? ¿Fue eso lo que te retrasó?

–No exactamente. Te lo explicaré más adelante. De hecho, tenemos muchas cosas de las que hablar. Pero primero he de encontrar a Priscilla. Tengo que decirle quién soy.

–¿Qué?

Bryan no hizo caso a su padre. Se dio la vuelta y se alejó.

Tardó quince minutos en averiguar que tanto Priscilla como lady Chalcomb se habían marchado cuando llegó el duque. Bajó las escaleras, pero no pudo encontrarlas. Ya en el exterior de la mansión, uno de los criados la informó de que se habían marchado con su padre y con el doctor Hightower.

–¿Por qué? –se preguntó, confuso–. ¿Por qué se habrá marchado tan repentinamente? Sobre todo después de lo que ha sucedido...

Permaneció unos segundos en el exterior, contemplando el cielo nocturno. No entendía la actitud de la mujer que amaba, pero supuso que estaría bien con su padre y con sus amigos, así que regresó al interior en busca del duque.

No tardó demasiado en encontrar a su padre. Un grupo de personas lo rodeaban, incapaces aún de creer que el duque de Ranleigh había regresado. Bryan todavía no había asumido que su padre fuera el mismo joven que se había marchado del país años atrás, buscado por asesinato.

Bryan miró a su padre, que le hizo un gesto para que se marcharan. Entonces volvió a salir del salón y lo esperó, impaciente, en la entrada. Damon no conseguía librarse de los asombrados invitados, pero al final lo logró.

–Vamos, huyamos de aquí –dijo.

Llevó a su hijo a la misma habitación donde unos minutos antes habían estado Priscilla y Bryan. Pero no se detuvieron en ella. Abrieron otra puerta y llegaron a una sala bastante grande, una biblioteca llena de libros y con un enorme escritorio. Varios balcones, con las cortinas sin correr, permitían contemplar el exterior de la mansión.

Ranleigh se acercó al escritorio y encendió una lámpara. Damon miró a su alrededor y dijo, emocionado:

–Todo sigue igual. Mi padre siempre fue un enamorado de la tradición. Recuerdo que estuvo deprimido un mes cuando mi madre se empeñó en redecorar uno de los salones. En fin, supongo que querrás saber unas cuantas cosas.

–En efecto –dijo Bryan con ironía–. Sobre todo, una. ¿Cuándo te has convertido en duque?

–Cuando murió tu abuelo, hace un año –respondió con tranquilidad.

Damon se dirigió a un sofá que había junto a la chimenea y le indicó que se sentara a su lado.

–Entonces, ¿eres realmente el duque de Ranleigh?

–Por supuesto que lo soy. ¿Es que crees que sería capaz de engañar a todo el mundo?

–No sé qué pensar. ¿Por qué no nos lo dijiste? ¿Lo sabe Delia?

–Lo sabe. Se lo dije en cuanto supe que mi padre había muerto. Si haces memoria, recordarás que entonces estábamos en Malasia.

–Yo también estaba allí cuando recibí tu telegrama, indicándome que fuera a Londres. Pero el abogado se negó a decir nada, salvo que viniera a Elverton y te esperara.

–Pensé que había ciertas cosas que sería mejor que te explicara en persona.

–¿Por qué no lo hiciste hace años?

–No lo sé. Cuando me marché de Inglaterra estaba tan furioso con mi padre... no quería saber nada de él, ni de la familia, ni del título. Empecé una nueva vida en Estados Unidos, y desde luego no usé el título cuando llegué a Nueva York. Por primera vez estaba solo, sin ayuda, y no fue fácil para mí. No sabía hacer nada de nada. Estaba asustado, pero era libre.

El duque se detuvo un instante.

–Cuando me casé con tu madre y os tuvimos a Delia y a ti no vi razón para inquietaros con mi herencia familiar. Ni siquiera se lo conté a tu madre. Me aceptó tal y como era, sin pasado, y no tenía intención de regresar para reclamar el título. Pero hace unos años, después de que muriera tu madre, empecé a pensar en Ranleigh Court, en mi padre y en las personas que había dejado atrás. Finalmente me puse en contacto con un abogado de Londres, que hizo algunas averiguaciones para mí. Me escribió para decirme que mi padre seguía con vida, que se había casado y que había tenido descendencia. Sin embargo, no pude dejar de pensar en ello.

Damon suspiró y miró hacia los balcones.

–Fue bastante extraño. Echaba de menos Ranleigh Court. Sin tu madre, Nueva York ya no significaba nada para mí. Quería regresar y hacer las paces con mi padre. Pero cierto día supe que había muerto y comprendí que había cometido un tremendo error no regresando antes. De todas formas quería regresar, aunque sólo fuera para limpiar mi nombre. De repente pensé que me había equivocado al no deciros nada ni a ti ni a Delia. Tenías derecho a saberlo. Tienes derecho a ser el duque de Ranleigh cuando me haya marchado. Fui un egoísta y un irresponsable. Así que te escribí para que vinieras.

–No puedo creerlo. ¿Qué ha dicho Delia? ¿Ha venido contigo?

–No. Se limitó a reír y a decir que sus amigos se morirían de envidia cuando supieran que tenían que llamarla milady, pero está demasiado interesada en sus niños y en Robert como para venir. Su vida está en Estados Unidos.

–La mía también.

–¿De verdad? Tenía la impresión de que estaba en todo el mundo.

Bryan sonrió.

–Supongo que antes era cierto. Pero no soy un aristócrata inglés, padre.

–Lo sé. Ni yo tampoco a estas alturas. Sin embargo, uno no elige su nombre, ni su familia. Es algo que tendrás que aceptar.

Bryan permaneció en silencio unos segundos antes de decir, con calma:

–He oído que te marchaste de Inglaterra porque mataste a una joven. ¿Es cierto, padre? ¿Mataste a Rose Childs?

16

Su padre lo miró, atónito.

–¿Es posible que tengas que preguntármelo?

–No puedo creer que mataras a nadie, y mucho menos a una joven con la que habías... mantenido relaciones. Pero yo sólo conozco a Damon Aylesworth, el hombre. No al marqués de Lynden. Tal vez fueras distinto en aquella época.

–No lo era. Era el mismo que ahora. Huí por mi padre. Creyó que había cometido aquel asesinato, y no pude soportarlo. Pero no la maté. Ni mantuve relación alguna con Rose. Apenas la conocía.

–¿Dónde estuviste aquella noche? ¿Con Rutherford? ¿Jugando a las cartas, tal y como dijo?

–No. Rutherford mintió para salvarme. No tenía ninguna coartada.

–¿Por qué?

–Porque no estaba en la mansión. Uno de los criados me había visto salir a caballo y no podía hacer nada para defenderme de la acusación. No podía decir con quién había estado, ni por qué.

–¿Estabas solo? ¿No te vio nadie?

–No, no estaba solo. Ése era el problema.

–No lo comprendo. ¿Con quién estabas?

–No puedo decirlo. Es algo que concierne al honor de una persona.

–Has dicho que querías limpiar tu nombre. ¿Cómo vas a hacerlo si no lo dices?

–Tendré que conseguirlo de otro modo, aunque aún no sé qué voy a hacer. Pero no puedo revelarlo.

–¿Ni siquiera eres capaz de decírmelo a mí?

–Es algo que tiene que ver con una dama. No puedo comprometerla.

–¿Estabas con una mujer? ¿No con Rose?

–Ya te he dicho que apenas conocía a Rose. Sólo era una de las criadas. Y por si fuera poco me había enamorado de una mujer mucho más hermosa, mucho más... lamentablemente, estaba casada. De haber revelado que aquel día me encontraba con ella, habría arruinado su reputación. No podía hacerlo. Ella quería contárselo a las autoridades, pero no podía permitirlo.

–¿Mantuviste una relación con una mujer casada? ¿Con quién?

Ranleigh arqueó una ceja.

–¿Crees que voy a decírtelo? No es posible.

–Debiste de amarla mucho.

–Sí. La amé con toda mi alma.

Bryan intentó asumir todo lo que estaba escuchando.

–Empiezo a pensar que no te conozco en absoluto.

–Lo que había hecho en mi juventud no era materia apropiada para contársela a mis hijos. Había cambiado de vida, y no tenía nada que ver con vosotros.

–¿Aún la querías cuando te casaste con mi madre?

–Sí. No lo negaré. La amé durante mucho tiempo. Tu madre era una buena mujer, sin embargo, y la quería muchísimo. Pero no la quería del mismo modo.

–¿Lo sabía mi madre?

–No le dije nada. Aunque es posible que lo adivinara, no lo sé. Siempre fue una mujer inteligente. En todo caso, no preguntó nada sobre mi pasado, nunca. Decía que prefería no saberlo. Y no le fui infiel, ni una sola vez.

–Excepto en tu corazón.

–Supongo que sí, si quieres verlo de ese modo. Pero tu madre fue muy feliz. Sabía que tenía todo el amor que era capaz de dar. Hice lo posible por ser un buen esposo y un buen padre.

Bryan apartó la mirada, asombrado y estremecido ante la confesión de su padre.

–Bryan, fue elección de tu madre. Y ambos fuimos felices.

–¿Fuiste feliz sin la mujer que amabas?

–No podía tenerla. Estaba casada. ¿Crees que debía pasar el resto de mi vida echándola de menos?

–No, pero si la amabas... ¿cómo es posible que la dejaras? ¿Cómo es posible que pasaras sin ella toda tu vida?

Inconscientemente, Bryan pensó en Priscilla y en el terrible vacío que sentiría si no volviera a verla.

–No tenía elección. Espero que no te encuentres nunca en una situación semejante. Tener que alejarte de la mujer que amas, sabiendo que no podrá ser tuya, es algo terrible. A veces pasaba noches enteras sin dormir, recordándola. Hasta llegué a odiarla por haberse casado con aquel hombre. Me sentía como si hubiera pagado con sangre cada minuto que pasamos juntos.

–Lo siento mucho, padre –se disculpó Bryan, comprendiendo su dolor–. No tenía intención de criticarte. No tienes que explicarme nada, ni justificar tu actitud.

–No, no, tienes derecho a saberlo. Créeme. Me maldije por haberme marchado de Inglaterra, por haberla dejado, en infinidad de ocasiones. El primer año que pasé en Estados Unidos habría sido capaz de regresar, a pesar de todas las circunstancias, de no haber mediado una distancia de miles de kilómetros.

–Por fortuna para Delia y para mí, no lo hiciste.

–Y para mí también. Esa clase de amor es una muerte en vida. Ella era una mujer maravillosa, y estaba casada con un bruto que no la merecía, pero no podíamos hacer nada para cambiar la situación.

–¿Pretendes volver a verla?

–Sí –lo miró con intensidad–. Aunque ni siquiera sé si sigue aquí, ni si está viva. Cuando te marchaste a buscar a tu futura esposa intenté encontrarla, pero no la vi. Y no quise preguntar por ella nada más llegar. Pero lo haré. Si está viva, tengo que volver a verla aunque sólo sea para comprobar si se encuentra bien. Tengo que saberlo.

El duque se levantó y caminó hacia los balcones. Pasaron unos minutos de silencio. Después se volvió, miró a su hijo y dijo:

–Olvidemos ahora el pasado. Cuéntame qué has estado haciendo. ¿Y qué hay de esa mujer con la que quieres casarte?

Bryan sonrió.

–Es una mujer muy especial.

–¿Hermosa?

–Mucho. Bueno, tal vez no en un sentido clásico. Pero sus ojos son tan grises como el mar en una tormenta, y su mirada llega a lo más profundo de mi alma. Cuando la vi por primera vez pensé que era un ángel. Después, estuvo a punto de volarme la cabeza.

–¿Cómo?

–Bueno, debes tener en cuenta que la agarré por la garganta, así que tuvo que defenderse.

–No entiendo nada –dijo Damon, perplejo.

–Sé que suena muy extraño, pero debes recordar que ninguno de los dos sabíamos quién era.

–Comprendo que ella no lo supiera, pero ¿cómo pudiste olvidar tu identidad?

–Por culpa de los canallas que me asaltaron, me raptaron y me golpearon en la cabeza. Por eso conocí a Priscilla.

–¿También te atacó?

–No, claro que no, la conocí cuando conseguí escapar.

–Ya, claro.

–Es la persona más exasperante que he conocido. Obstinada, tozuda, y nunca se atiene a razones.

–Eso explica por qué has decidido casarte con ella –comentó con ironía.

–No. Decidí casarme con ella el otro día, cuando la raptaron y temí no volver a verla. Comprendí que mi vida, sin ella, no tendría sentido.

–¿La raptaron? Pensé que te habían raptado a ti.

–La primera vez, sí. Pero esta vez la raptaron a ella, pensando que de ese modo conseguirían llegar a mí.

–Parece que has llevado una vida muy activa estas últimas semanas.

–Desde luego. Y no comprendía lo que estaba pasando. Ahora lo comprendo mucho mejor.

–Me alegro de que alguien lo entienda. Yo no he entendido nada. Temo que el golpe que recibiste te haya afectado en extremo.

–Deja que empiece por el principio. Cuando recibí tu telegrama regresé a Inglaterra. Tuve suerte, porque encontré un barco al día siguiente. Como no era de pasajeros tuve que alistarme como tripulante, pero fue un viaje bastante rápido. En cuanto llegué a Londres fui a ver al abogado, que me dio instrucciones para que viniera a Elverton y me reuniera contigo en la casa de huéspedes. Por desgracia, dos hombres me asaltaron antes de llegar. Entonces pensé que se trataba de un robo, pero me equivoqué. Me dieron un buen golpe en la cabeza y cuando desperté estaba desnudo y había perdido la memoria.

–Dios mío...

–Una historia extraña, ¿verdad?

–Más que extraña.

–Al cabo de cierto tiempo conseguí escapar. Priscilla y su padre me recibieron en su casa y me escondieron en ella.

–En tal caso, debo dar las gracias a esa joven.

Bryan asintió y continuó con su narración:

–Cuando me recobré, aún no sabía quién era. De hecho he pasado dos semanas intentando recordarlo.

–Tenemos que encontrar a esos tipos –gruñó su padre, irritado.

–Ya me he cuidado de eso. Están en la cárcel. Y he descubierto a la persona que los contrató. La actual duquesa de Ranleigh.

–¿La mujer que se desmayó cuando entré?

–Exacto. Al parecer, no le agradó que regresaras.

Bryan explicó con rapidez lo que había escuchado con Priscilla, cuando se escondieron en la habitación.

–Vaya. Parece que nos hemos topado con un buen grupo de canallas, hijo.

–Sí. Sin embargo, no creo que el hijo de Bianca sepa nada. Es algo entre ella y su amante. ¿Piensas quedarte aquí?

Su padre se encogió de hombros.

–No estoy seguro. Tengo la impresión de que nada ha cambiado en la casa. Es como si no me hubiera marchado nunca, pero ha pasado tanto tiempo que no sé qué hacer. Me gustaría vivir aquí, al menos durante una temporada, y me gustaría que vivieras conmigo. Es importante que conozcas la tierra y las responsabilidades que heredarás algún día.

–No había pensado nunca en ser duque, o marqués, o lo que sea.

–Marqués, por ahora.

–Marqués, entonces. Pero si me lo pides, me quedaré contigo. Además...

–Está el asunto de esa joven –lo interrumpió.

–En efecto. Y por cierto, no sé por qué se ha marchado esta noche.

–Puede que estuviera cansada.

–¿Priscilla? No la conoces. Pensé que me asaltaría con un montón de preguntas, que querría saber cuándo recobré la memoria, quién soy y todo eso.

–Creo que me agradará conocerla.

–Desde luego. Créeme. Cuando la conozcas, sabrás por qué quiero casarme con ella. Es asombroso que me enamorara precisamente cuando había perdido la memoria. Es la única mujer con la que podría viajar alrededor del mundo.

–¿Es que piensas llevártela contigo?

–Por supuesto. No tengo intención de dejarla en casa todo el tiempo. Además, le gustará.

–Muchas mujeres prefieren un hogar, y tener hijos.

–Tal vez lo prefiera algún día. Pero deberías haber visto el brillo de sus ojos cuando hablamos de Singapur. Había leído muchos libros de viajes. Hasta es posible que tengamos hijos y los llevemos de viaje con nosotros.

–Debe de ser una mujer excepcional.

Bryan asintió.

–Lo es –sonrió.

Sin embargo, la sonrisa de Bryan no duró demasiado. De repente, miró a Damon con gravedad y añadió:

–Hay otra razón por la que quiero quedarme aquí.

–¿Cuál?

–Me gustaría ayudarte a limpiar tu nombre.

Su padre sonrió.

–Lo sospechaba.

–Pero si te niegas a revelar la identidad de esa mujer, ¿cómo pretendes conseguirlo?

–Encontrando a la persona que mató a Rose.

–¿Cómo? La policía no consiguió hacerlo.

–Porque dejaron de investigar cuando abandoné el país. Sebastian me había proporcionado una coartada, pero creían que era culpable de todos modos y cerraron el caso. No obstante, tengo una ventaja sobre ellos. Sé que no maté a aquella joven.

–¿Y?

–Sabemos tres cosas sobre el asesino. Sabemos que Rose lo había tomado por un aristócrata, aunque no lo fuera. Sabemos que vivía tan cerca como para poder verla con frecuencia. Y sabemos que tenía acceso a nuestra mansión. En esta zona sólo había cuatro aristócratas. Mi padre, yo mismo, lord Chalcomb y mi primo Evesham.

–¿Evesham? No lo conozco.

–No te has perdido nada. Es un canalla. Empecé a sospechar de él porque no puedo creer que una joven como Rose, por ingenua que fuera, creyera que Chalcomb iba a casarse con ella. Ya estaba casado. En cuanto a mi padre... no era tan buen actor como para asesinarla y después intentar acusar a su propio hijo. Además, ni él ni Chalcomb eran precisamente jóvenes. Así que sólo queda Evesham. Visitaba con frecuencia la mansión. Es el hijo del hermano de mi padre, y más o menos debe de tener mi edad. Mi padre siempre creyó que nos queríamos como hermanos.

Damon arqueó una ceja, se detuvo un instante y continuó:

–Sin embargo, sólo habríamos llegado a la categoría de hermandad que había entre Caín y Abel. Cuando éramos pequeños siempre estaba robándome las cosas o jugándome malas pasadas. Fuera como fuese, venía a menudo y bien pudo seducir a Rose. Por si fuera poco, su casa está cerca, y más cerca del bosque que Ranleigh Court. Siempre tuvo fama de mujeriego. Su madre tuvo que librarse de todas las criadas jóvenes, porque siempre andaba detrás de ellas. Hasta intentó seducir a la institutriz de su hermana en cierta ocasión. Desde luego era de la clase de hombres que habrían intentado aprovecharse de Rose.

–Un canalla, en suma.

–En efecto.

–Pero ¿qué hay de otra cuestión? ¿Tenía acceso a la caja fuerte?

–Sí. Estuvo aquí durante las vacaciones de verano. Pudo llevarse los rubíes entonces. Mi padre no abría la caja todos los días, y no recordaba nunca la combinación, así que la tenía apuntada en un papel. Todo el mundo lo sabía. Era una estupidez, pero mi padre siempre fue un hombre demasiado arrogante. Creía que sólo debía preocuparse por la posibilidad de que entrara algún ladrón, desconocido, al que no se le ocurriría buscar un papel en el escritorio.

–Así que sólo tenemos que encontrar una prueba.

–Sí, por difícil que pueda resultar.

–Mmmm...

–Tenemos tiempo, de todas formas.

–Yo no. Olvidas que pretendo casarme pronto, y no quiero hacerlo si mi padre arrastra reputación de asesino.

–Es verdad. En tal caso tendremos que darnos prisa.

–Ésa es mi intención.

Bryan caminó hacia la puerta.

–¿Qué vas a hacer? ¿Adónde vas?

–Creo que será mejor que te deje con tus viejos amigos, y con tu nueva familia. Voy a ver qué tal está Priscilla, y a averiguar lo que ha sucedido.

Anne dio las riendas de los caballos al anciano criado que la había esperado, medio dormido. Después, corrió hacia la entrada de la cocina. El interior estaba oscuro, sólo iluminado por el fuego de la chimenea.

Ningún criado la había esperado. Su dama de compañía se había marchado tiempo atrás, para conseguir un trabajo mejor pagado, y tenía que contar con las criadas normales para vestirse o conseguir alguna cosa que no pudiera encontrar. De todas formas, aquella noche se alegró de estar sola. Le había costado mucho mantener la compostura durante el camino de vuelta, con los Hamilton y el doctor.

Cuando llegó a su dormitorio cerró la puerta a sus espaldas y se estremeció, pero no precisamente a causa del frío. Estaba emocionalmente destrozada.

El duque había regresado. No sabía qué hacer, ni qué pensar. No comprendía por qué había vuelto después de tanto tiempo. En realidad, hasta entonces había creído que estaba muerto, que se había marchado para siempre y que no volvería a verlo. Y no obstante aquella noche lo había visto, tan encantador y atractivo como siempre, aunque muy distinto. Apenas pudo controlarse lo suficiente para no desmayarse, como Bianca.

Se quitó los guantes y los dejó sobre el tocador antes de empezar a desabrocharse el vestido. Se preguntó si la habría visto, y en tal caso, si la habría reconocido. Angustiada, contempló su imagen en el espejo. Tenía canas, y arrugas alrededor de los ojos y de la boca. Habían pasado treinta años, y temía que cada uno de esos años se notara en su rostro. Ya no era ninguna jovencita, ya no era la mujer a la que el entonces marqués había llamado la mujer más bella de Inglaterra.

Dejó caer el vestido, tocó sus senos y cerró los ojos mientras recordaba las caricias del que había sido su amante. Sus ojos se llenaron de lágrimas, pero de inmediato recobró el control, irritada. El duque ya no estaría interesado en ella. Había regresado para reclamar su título, no para volver a verla. Probablemente ni siquiera recordara su antiguo amor. Ahora ya no le extrañaba haberse sorprendido tanto cuando vio por primera vez a aquel joven en la cocina de Priscilla. Por un segundo le pareció idéntico a Damon, hasta que notó las evidentes diferencias y olvidó el parecido.

Dejó el vestido y los pololos en una silla. Generalmente era muy cuidadosa con la ropa, pero aquella noche no le importó en absoluto. Sólo quería meterse en la cama y dormirse, olvidar por completo lo sucedido. Pero ni siquiera consiguió tranquilizarse cuando por fin se acostó.

Recordó la ansiedad con la que esperaba al duque cuando iban a verse, cerca del estanque. Se sentaba en el extremo oeste del cenador porque siempre llegaba por el este y de ese modo podía verlo en la distancia, a caballo, atravesando los campos. Antes de llegar, se metía en el bosque para atar su caballo a algún árbol, donde nadie pudiera verlo, y luego se acercaba casi corriendo. Lady Chalcomb lo recordaba muy bien, como recordaba la combinación de deseo, sentimiento de culpa y amor, mezclados con el miedo a que Chalcomb pudiera regresar de la taberna cualquiera de aquellas noches.

Entonces pensó en la última noche. Chalcomb había salido aquella semana a cazar, así que habían aprovechado el tiempo viéndose todos los días. Deseaban dormir juntos, pasar juntos toda la noche, y aquel día bajó las escaleras para que entrara en la mansión a hurtadillas. Temía que algún criado pudiera verlos, pero el deseo era más fuerte que el miedo. Aún recordaba el contacto de sus manos, su respiración, su calor y su olor. De hecho, había pasado multitud de noches en vela recordando aquella noche en concreto. Eran jóvenes y su pasión los devoraba como un fuego. El simple contacto de sus dedos bastaba para excitarla. Su boca la volvía loca, y cuando hacía el amor tenía la impresión de que, por un segundo, estaba completa.

Aquella noche hicieron el amor varias veces, y cuando se cansaban permanecían tumbados, susurrando y riendo, haciendo locos planes de futuro que no se cumplirían nunca. Poco antes del alba, el duque se marchó.

La siguiente vez que lo vio lo habían acusado de asesinato, y por si fuera poco estaba muy enfadado porque su padre no creía en su inocencia. Damon quiso que abandonara a Chalcomb y que se marchara con él para iniciar una nueva vida, pero ella fue demasiado cobarde, así que al final se marchó solo, se casó y tuvo hijos. Y ella permaneció en Inglaterra, soportando los malos tratos y las infidelidades de su esposo, observando cómo malgastaba, poco a poco, su vida.

Se preguntó qué habría pasado si se hubiera marchado con él. Lo había pensado mil veces, y mil veces se había intentado convencer de que no habría salido bien. Pero aquella noche, al verlo de nuevo, había sabido de inmediato que habrían sido felices y que incluso habrían tenido un hijo. Por desgracia, no había sido así. Damon había pasado aquellos años con otra mujer y ella había sufrido una continua soledad.

De repente, empezó al llorar. Había tenido su oportunidad y no la había aprovechado. Era demasiado tarde. Damon estaba casado y en cualquier caso no querría saber nada de ella. Era un hombre atractivo y poderoso, un duque; en cambió, ella sólo era una mujer empobrecida, que había perdido su juventud y su belleza. Se dio la vuelta en la cama y sollozó, desesperada.

17

A la mañana siguiente Priscilla estaba sentada en el salón cuando alguien llamó a la puerta de Evermere Cottage. Supo inmediatamente que era Bryan, el marqués de Lynden y futuro duque. La noche anterior había pasado por la casa a altas horas, pero Priscilla se había negado a abrir la puerta a pesar de su insistencia. La señorita Pennybaker aún no había regresado del baile, y Florian estaba trabajando, demasiado concentrado como para oír nada. Así que nadie abrió la puerta. Pero Priscilla sabía que volvería. No era de la clase de hombres que renunciaban con facilidad.

Desde que se había levantado había temido que llegara aquel instante, aunque en el fondo deseaba verlo y echarle en cara todo lo que tenía que decir. Sin embargo, temía no ser capaz. Temía empezar a llorar y ser incapaz de decir algo coherente. De hecho, en aquel instante ni siquiera podía moverse.

Oyó que la señorita Pennybaker se dirigía a la entrada para abrir.

–Milord... Es muy amable al pasar por nuestra casa –dijo el ama de llaves–. La súbita aparición del duque fue un acontecimiento tan asombroso como el descubrimiento de que usted es su hijo. Casi no podía creerlo. Y pensar que tuvimos a un marqués bajo nuestro techo durante tanto tiempo, sin saberlo...

La señorita Pennybaker se había pasado toda la mañana hablando sobre aquel asunto, y estaba tan asombrada que ni siquiera notó la extraña actitud de Priscilla. La situación era tan incómoda para la joven que se alegró mucho cuando Florian pidió al ama de llaves que lo ayudara con su artículo.

–Pase, milord. Priscilla está en el salón. Permítame que lo acompañe.

Priscilla se levantó, con intención de huir, pero no había más salida que la puerta del pasillo. Consideró la posibilidad de escapar por una ventana, pero sabía que no lo conseguiría antes de que aparecieran, y que resultaría bastante ridícula si la descubrían haciendo algo tan extravagante.

–Priscilla, mira quién está aquí –dijo Penny al llegar–. Lord Lynden.

–Por favor, no me trate con tanto respeto. Ese tratamiento señorial me resulta extraño.

–Qué modesto.

El ama de llaves esperaba que Priscilla compartiera su entusiasmo, y como no fue así la miró con el ceño fruncido e hizo varias muecas, a espaldas del marqués, como si quisiera que reaccionara.

–¿Te ocurre algo, Penny? –preguntó la joven.

–Debes perdonarla, Bryan –dijo la señorita Pennybaker–. Las noticias sorprendieron mucho a Priscilla, y no es la misma desde ayer. Todos se sorprendieron mucho, de hecho.

–Incluyéndome a mí –dijo él, mirando a su amante–. Penny, ¿podrías dejarme unos minutos a solas con ella?

–Por supuesto.

–Pero Penny –protestó Priscilla–, ¿qué hay de mi reputación?

–Estoy segura de que unos minutos a solas con Bryan no harán ningún daño a tu reputación. A fin de cuentas es el marqués de Lynden.

Antes de marcharse, la mujer la miró con complicidad, como si fueran conspiradoras.

–Ya veo que ha conseguido ganarse a Penny –dijo Priscilla.

–Creo que se debe a mi nuevo título, no a mi encanto. Pero al parecer, te he ofendido.

–¿Ofendido? ¿Por qué dice eso, milord? –preguntó con frialdad.

–Tal vez porque de repente te diriges a mí utilizando el usted y el apelativo de «milord».

–No lo conozco tan bien como para tutearlo.

–¿Qué diablos sucede? ¿Crees que después de lo que ha pasado entre nosotros no me conoces tan bien como para tutearme? –preguntó, avanzando hacia ella, frustrado.

–No conozco a ningún Bryan.

–Me conocías muy bien cuando me llamaba John.

–Eso pensaba. Pero obviamente, me equivoqué.

–¿De qué estás hablando? ¿Por qué te has enfadado? ¿Qué he hecho?

–¿Te atreves a preguntarlo? –preguntó, irritada–. Me has mentido durante dos semanas. Me hiciste creer que habías perdido la memoria y que no recordabas nada.

–¿Es que crees que era mentira? ¿Crees que todo era una farsa?

–Por supuesto que sí. Cualquiera pensaría lo mismo en mi lugar. Reconociste a tu padre en cuanto entró en aquel salón. Comprendo que prefirieras guardar el secreto por razones de seguridad, pero ¿por qué no confiaste en mí? Me sentí completamente traicionada. ¿Por qué tuviste que inventar todas esas tonterías sobre recobrar la memoria e intentar descubrir la razón por la que querían secuestrarte?

–Priscilla, yo...

–Era evidente. No me extraña que Oliver te siguiera la pista. Eres el heredero del duque. Fui tan estúpida como la duquesa al pensar que no podías tener nada que ver en aquel asunto porque eres demasiado joven para ser el duque. No se me ocurrió pensar que podías ser su hijo. Estaba demasiado ciega, demasiado entregada a una relación que...

–Te equivocas, Priscilla...

–Debiste de reírte mucho cuando te dije que no me importaba que no supieras quién eras, que no me importaba que estuvieras casado, que me habría dado igual si hubieras sido un ladrón. Y todo el tiempo sabías que eras marqués. ¿Pensaste que cuando lo supiera me deslumbraría tanto el título como para que no me importara? ¿Pensaste que caería rendida a tus pies y que te daría las gracias por haberme hecho tu amante? Me siento utilizada.

Priscilla estaba completamente fuera de sí. Bryan esperó unos segundos, aunque apenas podía contener su irritación.

–Siéntate, Priscilla.

–¡No lo haré! Preferiría...

–¡He dicho que te sientes, maldita sea!

Priscilla obedeció.

–Ya has hablado bastante, y ahora escucharás lo que tengo que decir. No te mentí nunca, ni una sola vez. No sabía quién era. No recordé nada hasta que mi padre entró en el salón. Cuando lo vi, recobré la memoria. De repente la palabra «padre» salió de mis labios, sin que apenas me diera cuenta. Me sorprendí tanto como tú. Sólo entonces supe quién era, y que procedía de Nueva York, por cierto.

Recordé que represento a una naviera, y que por eso he estado en Singapur, en Cantón y en muchos otros sitios. Viajo alrededor del mundo, estableciendo tratos comerciales. Tengo una hermana pequeña que se llama Adelia, aunque todo el mundo la llama Delia, y mi madre murió hace años.

El marqués se detuvo un instante y añadió, con más énfasis:

–No recordé absolutamente nada hasta que apareció mi padre. Te lo aseguro. No te he mentido en ningún momento.

Priscilla lo miró, deseando creer lo que decía. Parecía hablar con sinceridad, y sin embargo se negaba a aceptarlo.

–¿Cómo es posible que lo recordaras de repente?

–No lo sé. Ten en cuenta que también perdí la memoria de repente. Puede que me hubiera curado antes si hubiera visto a alguien conocido. Pero estaba lejos de todas las personas que conozco. No había oído hablar de Elverton, ni del duque de Ranleigh, en toda mi vida.

–¿Qué?

–Aunque hubiera recobrado la memoria no habría sabido que mi padre es el duque. Me llamo Bryan Aylesworth, y mi padre no nos dijo nunca que era marqués.

–Estás bromeando.

–No, no bromeo. No habló nunca ni sobre Inglaterra ni sobre la vida que llevaba aquí. No se me ocurrió preguntarle por qué había emigrado. Supuse que quería una vida mejor, o algo así. Ni siquiera estoy seguro de que mi madre lo supiera. La verdad es que debió de reírse muchísimo de la familia de mi madre, que siempre lo miraba con desprecio porque creían que era un nuevo rico. Siempre decían que eran Van der Beeck, una de las primeras familias que había llegado a Estados Unidos, cuando Nueva York aún se llamaba Nueva Ámsterdam, y que mi padre sólo era un don nadie cuando lo conoció mi madre. Les gustaba decir que se había hecho rico gracias a ella. Y cuando mi madre salía en su defensa, mi padre se limitaba a sonreír y a decir que para él no significaban nada ni los apellidos ni los historiales familiares.

–Todo esto es tan... –dijo Priscilla, intentando poner en orden sus pensamientos.

–¿Extraño? Imagínate como me siento. No sólo he recobrado la memoria, sino que he descubierto que soy alguien muy distinto del que creía ser.

–Y por si fuera poco, te acuso de ser un mentiroso.

–Entonces, ¿me crees? ¿Crees por fin que no te mentí?

–Sí –suspiró–, te creo. Es tan absurdo que debe de ser verdad.

–Gracias a Dios –sonrió, avanzando hacia ella.

Priscilla se apartó.

–No, espera. Bryan... no podemos hacerlo.

–¿Hacer qué? ¿Besarnos? ¿Por qué? ¿Piensas que los marqueses no hacemos esas cosas? –preguntó, entre divertido y asombrado.

–Por supuesto que lo hacen. Pero tú y yo no. Hay demasiadas cosas entre nosotros.

–¿Qué quieres decir? Lo único que nos separa es la distancia que estás creando. Ahora ya no existe ningún problema. Sé quién soy, y el título parece que me hace un hombre respetable a ojos de los ingleses. Los dos canallas que te atacaron están en la cárcel, y creo que han hablado de Oliver. Además, mi padre sabe todo lo que hizo Bianca. Así que sólo queda por resolver aquel asesinato de hace treinta años, para limpiar el nombre de mi padre. Pero eso no significa que tú y yo no podamos estar juntos. ¿O me equivoco? ¿Es eso lo que te preocupa? ¿Que sea su hijo? ¿Es que piensas que es un asesino?

–No. Sinceramente, no sé si lo es o no. Siendo tu padre, me cuesta creer que hiciera algo así.

–Entonces, ¿es por tu reputación? ¿No quieres estar con un hombre cuyo padre tiene un pasado turbio?

–No, Bryan, no es eso. No tiene nada que ver con tu padre. Aunque hubiera matado a esa chica, no te echaría la culpa a ti.

–¿Entonces? ¿Por qué no quieres casarte conmigo?

–¿Casarme contigo? –preguntó, atónita.

–Claro. ¿De qué creías que estaba hablando?

–Bueno, no estoy segura, no lo pensé. Pero hasta ahora no habías dicho nada de casarnos.

–Es posible. No soy muy bueno declarándome. De hecho no lo había hecho nunca. Pero lo haré ahora –dijo, deteniéndose un momento para aclararse la garganta–. ¿Me harás el honor de casarte conmigo? ¿O primero tengo que pedir tu mano a tu padre?

–No, no es necesario. Pero todo es tan repentino... No estoy preparada.

–No se necesita preparación alguna. No te estoy pidiendo que sueltes un discurso. Bastará con que digas que sí.

–No puedo hacerlo. Es imposible. No podemos casarnos.

–¿Por qué? –preguntó, impaciente–. Maldita sea, Priscilla, no es propio de ti andar con jueguecitos.

–No estoy jugando. Sinceramente. Pero no puedo casarme contigo. Eres marqués. Y algún día te convertirás en el duque de Ranleigh.

–¿Y qué?

–Que debes casarte con alguien de tu clase social. No puedes desposarte con una mujer sin dinero.

–Me casaré con la persona que elija. No sé cómo puedes decir una cosa así. Siempre has dicho que no te importan los títulos, ni los apellidos.

–Sí, pero eso era antes de que supiera que eres marqués.

–¿Quieres dejar de hablar así? Haces que me sienta como si tuviera una enfermedad. No importa que tenga un título. Sigo siendo el mismo.

–No lo comprendes. El título que llevas supone una gran responsabilidad. Una responsabilidad hacia tu familia, hacia tu apellido y hacia tus tierras. Un compromiso con todas las generaciones de duques que te han antecedido.

–¿Y eso qué tiene que ver con nuestra boda?

–Debes casarte con alguien que merezca ser duquesa.

–Tú lo mereces de sobra. Eres inteligente, hermosa, generosa, valiente...

–No, no me refiero a esas virtudes. Me refiero a tener un nombre. Mi familia no es aristócrata. Es posible que tengamos algún barón o algún caballero entre nuestros antepasados, pero ningún conde, ni vizconde, ni duque.

–Eso me da igual –se encogió de hombros.

–Ya te he dicho que debes pensar en otras personas. Tienes una responsabilidad hacia tu título.

–Olvídate de mi nombre y de mi título. No es mi título el que se va a casar contigo. Soy yo.

–Bryan, sé razonable. Si fuéramos ricos, o al menos de una familia más o menos respetada, sería distinto, pero sabes que somos pobres.

–Casarse con una mujer sólo porque sea rica no me parece muy ético.

–Pero es práctico. Es una de esas cosas que hay que hacer en ocasiones para salvar... las tradiciones familiares.

–¿Qué?

–Me refiero a Ranleigh Court. Está en muy mal estado, y los Aylesworth no tienen dinero suficiente para arreglar la mansión. Todo el mundo sabe que tuvieron que cerrar el ala este hace años porque no podían permitirse mantenerla abierta. Se necesita mucho dinero para rehabilitarla, y hay que mejorar las tierras. El futuro duque debería pensar en esas cosas y anteponerlas a cualquier otro interés.

–Eso no viene al caso. Mi padre tiene dinero más que de sobra.

–¿Qué?

–No ha vuelto a Inglaterra para vivir de las rentas. Ya te he dicho que tenemos negocios en navieras. Damon tiene dinero suficiente para reparar Ranleigh Court o incluso reconstruirla entera si quisiese. No tengo que casarme por dinero. Y desde luego no tengo intención de desposarme con una mujer sólo porque tenga un título o porque así lo quieran mis vecinos o mi padre. Me casaré contigo.

Priscilla parpadeó, asombrada. Quiso arrojarse a sus brazos y aceptar su proposición. Había hecho todo lo posible para intentar convencerlo de lo contrario, y si quería casarse con ella, las connotaciones derivadas no eran asunto suyo. Pero Bryan no sabía que había escrito novelas de aventuras con un seudónimo. Y si llegaba a saberse sería un terrible escándalo en una sociedad tan conservadora. Los Aylesworth se sentirían humillados.

–No. Es que... bueno, si te casaras conmigo sería algo escandaloso.

–¿De qué diablos estás hablando?

–Si me casara con un futuro duque estaría sometida al escrutinio constante de la aristocracia. Y harían todo lo posible para encontrar algo dudoso en mi pasado.

–¿Es que has hecho algo malo? –preguntó, divertido–. ¿Qué? ¿Bailar demasiado tiempo con el mismo hombre en una fiesta?

–Estoy hablando en serio –protestó–. En el pasado hice ciertas cosas que podrían humillar a tu familia.

–¿Algo peor que ser el principal sospechoso de un asesinato? Ya tenemos escándalos en mi familia.

–Por supuesto que no. Eso es una cosa, y otra muy distinta

es que te casaras con una mujer sin título que por si fuera poco también podría tener algo escandaloso en su pasado.

–No estás bromeando, ¿verdad? ¿Has hecho algo realmente escandaloso? ¿Algo que pudiera molestar a la aristocracia?

–Sí.

–¿A qué te refieres? No puedo creer que hayas hecho nada malo.

Priscilla lo miró, angustiada. No se atrevía a confesarlo por miedo a que la considerara poco femenina. Sin embargo, Bryan era un hombre de mente abierta, que despreciaba muchas de las convenciones británicas. Aunque cabía la posibilidad de que sólo las criticara porque era estadounidense. Algunos de los amigos de su padre se quejaban de las mujeres que intentaban hacer trabajos que siempre habían sido de los hombres. Y hasta el sacerdote, un hombre que quería y respetaba, había comentado en cierta ocasión que muchas mujeres se habían desviado del camino de Dios al pretender ocupar el puesto de los hombres.

–Por favor, Bryan, no lo preguntes.

–¿Has matado a alguien? –preguntó, divertido.

–No. Bryan, por favor...

–No me digas que te casaste y que te divorciaste después –frunció el ceño.

–No.

–Tuviste una aventura, entonces.

–No. ¿Cómo puedes decir eso?

–Sólo intento averiguar qué puede ser.

–Pues deberías saber que yo no habría podido casarme, ni haber mantenido una relación de ese tipo.

–No, claro que no –sonrió, cada vez más divertido–. Serías incapaz.

–Deja de reírte de mí. No pienso contestar a tus preguntas. Por favor, márchate.

–No hasta que me hayas dado una buena razón para no casarte conmigo.

–No puedo hacerlo. Por favor, confía en mí, créeme. Sería imposible. Pregúntaselo a tu padre. Él te hablará sobre la clase de mujeres con las que debe casarse un futuro duque.

–No creo que mi padre estuviera de acuerdo. Recuerda que se casó con una estadounidense sin título nobiliario.

–¿Por qué me lo pones tan difícil?

–Debo hacerlo –respondió, agarrando sus manos con delicadeza–. ¿No lo comprendes? No aceptaré tu negativa a menos que me convenzas de que no me quieres.

–Ya te he dicho que no quiero casarme contigo. ¿No te basta?

Bryan sonrió, alzó las manos de la mujer y las besó antes de responder:

–Sabes que soy muy obstinado.

Al sentir sus besos en las manos, Priscilla recordó las escenas de amor que habían compartido. Estaba a punto de renunciar a un mundo de caricias, de besos y de atenciones, a toda una vida sin su sonrisa, sin su risa, sin su carácter. Tuvo que morderse el labio inferior para no aceptar casarse con él.

–Más tarde o más temprano aceptarás casarte conmigo –dijo–. Así que seguiré intentándolo.

–No.

–Ahora me marcho, pero te prometo que volveré. No pienso abandonar hasta que consiga la respuesta que quiero.

Entonces, se dio la vuelta y salió de la habitación. Priscilla permaneció de pie y en silencio, oyendo cómo se perdía el sonido de sus pasos en la distancia. Cuando la puerta principal se cerró, la joven se dejó caer en un sillón y empezó a llorar.

18

El duque de Ranleigh entró en el salón y saludó a la duquesa y a su hijo, Alec.

–Buenos días.

–Buenos días, excelencia –dijo Alec, levantándose para saludarlo.

Alec había quedado muy impresionado la noche anterior con sus modales y con su carisma; además, lo alegraba que gracias a él no tuviera que cargar con el peso del título. Sólo era un hermano menor de la familia, el tercero en la línea de herencia, y cuando Bryan se casara y tuviera un hijo podría marcharse lejos de allí. Alec estaba encantado con la situación. Su madre ya no podría recordarle todo el tiempo las obligaciones de ser duque y hasta podría alejarse de aquel lugar.

–Buenos días, Alec. Me alegra que hayan decidido unirse a mí.

–¿Es que teníamos otra opción? –preguntó la duquesa.

Bianca no estaba acostumbrada a despertar tan temprano. Y no se habría levantado de no haber sido porque una de las criadas anunció que el duque los invitaba a desayunar con él. Invitación que en el lenguaje de la educación equivalía a una orden.

–Yo diría que siempre se tienen otras opciones –comentó Damon mientras se sentaba.

El criado que llevaba la bandeja se acercó de inmediato para servirle un café.

–¿Qué deseará su excelencia? –preguntó el criado.

–Me serviré yo mismo. Puede regresar a las cocinas. Nos las arreglaremos solos.

Bianca arqueó una ceja. No le agradaba nada tener que arreglárselas sola. Pero no podía enfrentarse al duque, que se levantó, se sirvió la comida en el plato y regresó a la mesa.

–El café no es muy bueno. Tendremos que solventar ese problema –dijo, mirando a su alrededor–. Mmmm. Ya veo que falta un invitado esta mañana.

Benjamin se había marchado la noche anterior, poco tiempo después de que llegara el duque. Había hecho las maletas y se había ido, abandonando el barco como las ratas. Ahora tendría que depender económicamente del nuevo duque, y Benjamin lo sabía. Por suerte, nadie podría relacionarla con los individuos que habían atacado a Bryan y a Priscilla.

–Sí –sonrió Alec, alegre–. El canalla se marchó anoche, gracias a Dios.

–Espero que la duquesa no lo eche de menos.

–No significaba nada para mí –se encogió de hombros.

–Me alegro.

El duque no dijo nada durante varios minutos. Se limitó a desayunar. Al final, tomó un poco de café y dijo:

–Nada como un buen desayuno inglés.

Entonces, miró a Bianca y a su hijo. La tensión aumentaba poco a poco en la sala.

–Bueno, Alec –continuó–, ardo en deseos de que nos conozcamos mejor. Resulta bastante extraño que al cabo de treinta años uno descubra que tiene un hermano. Especialmente, un hermano de la edad de mi hijo. Supongo que debe de ser una experiencia igualmente peculiar para ti, si me permites que te tutee.

–Desde luego, Excelencia.

–Llámame Damon, por favor. Por cierto, mi hijo me ha dicho que quieres ingresar en el ejército.

–En efecto –dijo.

–Pues no veo razón para que no lo hagas.

–No –protestó Bianca–. No estoy de acuerdo. Me niego rotundamente.

–Creo que ahora soy el cabeza de familia, Bianca –espetó Damon, mirándola.

–Pero se trata de mi hijo. Y no permitiré que haga algo así.

–Cumplirá veintiún años en pocas semanas, y ya no podrás controlarlo. Aunque obviamente puede quedarse a tu lado si lo desea. Sin embargo, creo que un joven encontraría bastante aburrida la vida en Dower House. Yorkshire es un lugar bastante aislado. Adecuado para una viuda, sin duda, pero...

–¿Dower House? –preguntó, asombrada.

–Sí. Es la costumbre familiar. Las viudas del duque siempre se retiran a Dower House cuando éste muere. Ten en cuenta que es posible que vuelva a casarme. Y en cualquier caso, mi hijo tiene intención de hacerlo.

–¿Con Priscilla? –preguntó Alec–. ¿Van a casarse?

–Oh, Alec, cállate –intervino su madre–. ¿Qué importa que se case o no con esa estúpida Hamilton? Este hombre está intentando echarnos de nuestro hogar. ¿Por qué no dices algo?

–Bueno, madre, no sé qué podría hacer. Ésta es su casa.

–Alec tiene razón, Bianca. No hay nada que pueda hacer. Y no hay nada que tú puedas hacer. Además hay otras razones para que te mudes a Dower House. Es mucho más pequeña, y más acorde con tus ingresos.

–¿Esperas que viva de mi pequeña herencia?

–Exacto.

–Pero si apenas es nada... el dinero está ligado al título.

–Me temo que ya no queda demasiado, teniendo en cuenta los gastos que has realizado durante los últimos años. Comprobé las cuentas con los abogados. Con todo, tu herencia es suficiente para mantener la casa de Yorkshire e incluso para pasar varias semanas al año en Bath.

–¿Bath? ¿Con las damas ancianas? No pienso hacerlo.

–En tal caso, podrías alquilar una casa en Londres.

–No pienso marcharme.

–No te quedarás aquí –espetó el duque, con dureza.

Bianca y Alec miraron al duque con asombro. No había mentido al decir que marcharse a Dower House era una costumbre familiar, pero se trataba de una costumbre que no se había llevado a la práctica desde hacía tiempo. Las viudas de la familia habían permanecido en Ranleigh Court durante las últimas generaciones.

–Le diré a todo el mundo lo que has hecho –amenazó Bianca–. Puede que tengas poder para echarme de aquí, pero todo el mundo sabrá lo cruel que has sido.

Damon la miró con frialdad.

–Yo en tu lugar no lo haría. A veces es mejor guardar silencio.

–No sé qué quieres decir.

–¿Ah, no? Entonces permíteme que te lo diga con claridad, aunque esperaba que tu hijo no tuviera que enterarse de lo que has estado haciendo. Por el bien de la familia, he decidido no revelar lo que hiciste a mi hijo y lo que pretendías hacerme a mí. Por el bien de la familia y para evitar esa vergüenza a Alec, que según dice Bryan no tuvo nada que ver en el asunto.

–¿De qué estáis hablando? –preguntó Alec–. Madre, ¿de qué está hablando?

–¡Eso son mentiras! –exclamó Bianca.

–¿Creías que no lo sabía? Si alguna vez haces algo contra mí o contra mi familia, hablaré. Di a tus amigos que te he expulsado de Ranleigh Court y yo haré saber que contrataste a unos asesinos para que me mataran, y que hiciste que secuestraran y golpearan a mi hijo.

–¡Madre! –exclamó Alec, asombrado.

–No podrías demostrarlo –se defendió la ex duquesa, levantándose–. Nunca trataron directamente conmigo. Ni siquiera conocen mi nombre.

–Puede que no, pero tu amante lo sabe de sobra. ¿Crees que no puedo encontrarlo? ¿Piensas que no se alegrará, y mucho, de contarnos toda la verdad cuando tenga que enfrentarse a la cárcel? Piensa antes de hablar. Podrías acabar también en prisión. Y entonces no te recibirían en ninguna casa decente del país.

Bianca lo miró, boquiabierta, sin saber qué decir. Alec, que estaba pálido, se levantó y preguntó a su madre:

–¿Es cierto? ¿Intentaste hacer daño a Damon y a Bryan? ¡Contéstame!

–No podía quedarme cruzada de brazos sin actuar y permitir que te robaran tu herencia y tu título, cuando había trabajado tanto para conseguirlo. ¿Crees que fue fácil vivir con ese viejo durante veinte años? Pensé que moriría pronto, pero decidió aguantar dos décadas. Odiaba sus besos, sus caricias, sus... Y lo hice por ti, sólo por ti, Alec. Para que pudieras tener el título, las tierras y el dinero.

Alec estaba tan pálido que Damon intentó acercarse al joven para animarlo.

–Alec...

–No digas nada, Damon –dijo, para mirar después a su madre–. ¿Es que me preguntaste acaso, alguna vez, si era eso lo que yo deseaba? Ni siquiera había nacido cuando te casaste con ese «viejo». Lo hiciste para satisfacer tus propias ambiciones. Yo ni siquiera quería ser el duque de Ranleigh. Sólo quería ingresar en el ejército, y te has pasado todo este tiempo repitiendo que debía ser responsable, que debía enfrentarme a las obligaciones inherentes al título. Ese «viejo» al que tanto odiabas era mi padre. Y los hombres que intentaste matar son mi hermano y mi sobrino. ¿Cómo puedes decir que lo hiciste por mí? No quiero formar parte de esto. No quiero volver a tener que ver nada contigo.

Bianca salió de la sala, y Alec la siguió, pálido. Damon lo detuvo para que no hiciera ninguna barbaridad.

–Siento que lo hayas sabido de este modo.

–¿Cómo es posible que haya hecho algo así? Es mi madre.

–Lo sé, y lo será siempre. Puede que con el paso del tiempo consigáis reconciliaros.

–No. En este momento tal posibilidad me parece algo más que remota. Ya era bastante malo cuando vivía con ese canalla de Oliver. En ocasiones la odiaba tanto a ella como a él. Pero esto es mucho peor. No puedo aceptar que haya intentado asesinar a dos personas, y a dos personas de mi propia familia.

–Ten en cuenta que reaccionó de ese modo porque se sentía amenazada. Las leonas siempre protegen a sus hijos.

–No me estaba protegiendo a mí. De haber querido protegerme, no habría mantenido ninguna relación con Oliver. Sólo estaba interesada en su dinero, en su posición. Tienes razón. Pero resulta muy duro de aceptar para un hijo.

Damon le dio una palmada en la espalda. Le habría gustado poder decir algo que lo animara, y echó de menos a su hija Delia, mucho más elocuente en ciertas situaciones.

–Mira, estaba a punto de salir a dar un paseo a caballo. ¿Por qué no vienes conmigo?

Alec sonrió.

–Gracias, pero prefiero estar solo en este momento.

El joven forzó otra sonrisa y se marchó de la habitación.

Damon lo sintió mucho por Alec, pero lo alegró que no aceptara la invitación de salir a montar a caballo. Tenía intención de hablar con Anne Chalcomb. No había dejado de pensar en ello desde que apareció en el baile. De hecho, llevaba años esperando aquel momento.

Mientras avanzaba por el familiar camino se vio asaltado por gran cantidad de recuerdos. En treinta años no había cambiado casi nada, salvo algún árbol que habían derribado, unos cuantos arbustos que no estaban donde debían estar y alguna valla nueva. Se sentía como si tuviera dieciocho años otra vez y cabalgara al encuentro de su amada, alegre, lleno de deseo.

Al llegar a lo alto de una colina pudo contemplar Chalcomb Manor. Los campos estaban en peor estado que entonces. A la derecha estaba la carretera y el camino que llevaba a la casa. A la izquierda, el estanque y el cenador donde se encontraban. Damon cedió a un impulso y se dirigió al cenador. Mientras se acercaba pudo contemplar el pequeño armazón de madera, que no había sido pintada en muchos años. Varios listones se habían roto, y el estanque estaba sucio.

Apartó la vista, inquieto, y se preguntó si el amor que habían compartido habría envejecido tanto como aquellos lugares. Tal vez Anne ya no fuera la misma. Tal vez, décadas más tarde, estuviera a punto de descubrir que la pasión que creyeron sentir entonces sólo había sido un coqueteo juvenil.

Durante unos segundos pensó en la posibilidad de regresar, pero a pesar de todo continuó hacia la mansión. Cuando desmontó, se sintió muy extraño. No había llegado nunca a la casa por el camino principal, excepto un par de veces antes de enamorarse de lady Chalcomb.

Ningún criado salió a ocuparse del caballo, de modo que lo ató y se dirigió a la entrada. Llamó a la puerta y esperó. Damon esperaba que abriera el mayordomo, o alguna criada, y cuando vio a Anne se sorprendió muchísimo. Se quedó allí, de pie, en silencio; incapaz de decir nada.

Anne había envejecido, pero los años la habían tratado muy bien. Su cabello rojizo tenía ahora algunas canas, y su piel ya no era tan tersa. Tenía arrugas alrededor de los ojos y de la boca, pero su figura era tan hermosa como siempre y sus ojos brillaban con idéntica claridad.

Estaba tan emocionado que no podía decir nada.

–Damon. Me preguntaba si volvería a verte –dijo ella, con calma–. ¿Quieres entrar?

Damon asintió y la siguió a un salón que se encontraba a cierta distancia de la puerta delantera.

–Lo siento –se disculpó ella, con una sonrisa–. Cuando murió Henry cerré todas las estancias principales. Raramente recibo visitas formales.

–No pensé que fueras a tomarme como una visita formal.

Anne sonrió, se sentó e hizo un gesto para que se acomodara. Esperaba que no se diera cuenta de que había ensayado varias veces aquella escena desde la noche anterior, aunque no creía que tuviera intención de visitarla. Sin embargo, estaba allí. Y tan alto y atractivo como siempre.

Lo admiró de arriba abajo, aunque con disimulo. Ya no era un jovencito, sino todo un hombre que había vivido y trabajado duro. Pero en él se encontraba todo lo que había en aquel joven de diecinueve años, todo lo que prometía llegar a ser: el poder, la fuerza, la seguridad en sí mismo, la inteligencia y la madurez. Tal vez, incluso, la sensibilidad. Sólo esperaba no aparecer a sus ojos como un vejestorio decrépito.

–Han pasado treinta años. Las personas cambian con el tiempo.

–¿Crees que he cambiado? –preguntó él.

–Por supuesto. Aunque no sé en qué sentido. Ahora eres duque, por ejemplo.

–Te aseguro que soy menos aristócrata que cuando era marqués. Treinta años en un país sin aristocracia han bastado para hacerme menos estirado.

–Nunca fuiste estirado.

–¿No? Yo diría que era muy arrogante.

–Sólo eras consciente de la posición que ocupabas.

–Demasiado consciente. Pero he aprendido que esas cosas no sirven para nada cuando se tiene que luchar para sobrevivir.

–¿Fue muy duro tu comienzo en Estados Unidos?

–No tanto. Me acostumbré al trabajo físico enseguida. Descubrí que hasta un caballero puede hacerlo, si es joven y fuerte. Tardé más tiempo en asumir mi nueva condición, pero lo hice.

Permanecieron en silencio unos segundos, antes de que Anne cambiara de conversación:

–Según creo, tienes una familia. He tenido ocasión de conocer a tu hijo.

–Sí. Bryan es un buen chico. Bueno, ya no es un niño. Tiene veintiocho años.

–Cuando lo vi por primera vez me recordó a ti. Pero pensé que eran imaginaciones mías.

–También tengo una hija, Delia, que vive en Nueva York. Esta casada y tiene dos hijos.

–¿Así que eres abuelo?

–Sí –rió–. Y me encanta, aunque hace que me sienta viejo.

–Debiste de casarte muy joven.

–Siempre tuve prisa en todo –asintió.

–Lo recuerdo. ¿Y tu esposa? ¿Ha venido contigo?

–No. Murió hace dos años.

–Oh, lo siento...

–Era una buena mujer, pero... no era como tú.

Anne lo miró con rapidez y apartó la vista casi de inmediato, temiendo que pudiera notar el brillo de sus ojos.

–Estoy segura de que no esperabas que lo fuera.

–No. Por fortuna para mi matrimonio, no lo esperaba. Comprendía que la clase de amor que compartimos tú y yo sólo aparece una vez en la vida, con suerte.

–Oh, Damon, siento mucho lo que sucedió.

–¿Te refieres a lo que pasó, a que me marchara a Nueva York?

–Sí. Fue culpa mía. Todo aquello no hubiera sucedido si no hubieras pasado aquella noche conmigo. Te habrías encontrado en tu casa, y tu padre habría creído en tu inocencia. Debí confesar la verdad. Debí hablar con las autoridades.

–Mi padre debió confiar en mí, con o sin pruebas de mi inocencia. Pero no lo hizo –se levantó–. No eres responsable de lo que sucedió. Nunca nos llevamos muy bien. De hecho pensaba que era la relación normal entre padre e hijo, hasta que tuve a Bryan. Fuera como fuese, nadie fue responsable de que me acusaran de aquel asesinato.

–Pero soy responsable de lo que sucedió entre nosotros.

–No más que yo.

–Soy mayor que tú.

–Sólo un año –sonrió.

–Debí ser más responsable. Estaba casada. Debí...

–¿Crees de verdad que habrías podido? –preguntó, sonriendo–. ¿Crees que lo habría permitido? En cuanto te vi por primera vez supe que te amaba y que serías la mujer de mi vida.

–Damon... –dijo Anne, sin aliento–. A mí me ocurrió lo mismo.

Anne recordaba muy bien aquel primer encuentro, cuando apareció montado a caballo, sudoroso, lleno de juventud y de energía. Había estado cabalgando y se había encontrado con Lord Chalcomb, que lo había invitado a la mansión. Anne se encontraba en el jardín, recogiendo flores, y caminó hacia la entrada cuando los vio llegar. La luz del sol aumentaba la belleza de su cabello y su inusual color de ojos. Anne ni siquiera se dio cuenta de la imagen que debía de dar con aquel ramo de flores apretado contra el pecho y su ligero vestido que se mecía en el viento.

Damon se acercó a ella y tomó sus manos. Multitud de emociones lo asaltaban. Se sentía extraño, como si el pasado estuviera más lejos y más cerca al mismo tiempo, como si formara parte de otra vida.

–¿Por qué no quisiste venir conmigo? ¿Por qué te quedaste con él? Podríamos haber iniciado una nueva vida.

Las manos de Anne temblaron levemente, y sus ojos se llenaron de lágrimas.

–No lo sé. Fui una estúpida. Me maldije mil veces después de que te marcharas. Pero tenía tanto miedo... me sentía culpable por lo que habíamos hecho, culpable por traicionar a mi esposo. Aunque me tratara mal, y aunque hubiera cometido un error al permitir que mis padres me presionaran para que me casara con él, seguía siendo mi esposo. Cuando viniste y me dijiste que habías discutido con tu padre y que el duque pensaba que habías asesinado a aquella chica, estaba muy confundida. No tenía tu valor. No me atreví a dejarlo todo, a aceptar que los votos no tenían importancia alguna. No fui capaz de marcharme contigo e iniciar una nueva vida.

Anne empezó a llorar.

–Lo siento, Damon. Destrocé nuestras vidas. Y he vivido todos estos años arrepintiéndome.

–No lo sientas –dijo, mientras secaba sus lágrimas con sus manos–. No arruinaste mi vida. Y no fue el valor lo que me empujó a marcharme de Inglaterra. Me fui porque no podía soportar que estuvieras con otro hombre. No podía renunciar a ti y pensé que debía alejarme. La gente pensó que huí por el asesinato de Rose, pero no fue así. Ni siquiera lo hice por mi padre. Habíamos discutido muchísimas veces. Lo hice porque te amaba y porque no podíamos estar juntos –le acarició el rostro–. Hicimos lo que pudimos. No tiene sentido que nos arrepintamos, Nan.

–Nadie me había llamado así desde que te marchaste.

–¿Crees que es posible que empecemos de nuevo? ¿Crees que después de tanto tiempo aún hay una oportunidad para nosotros?

–No lo sé –respondió, estremecida–. Puede que seamos demasiado viejos.

Entonces, Damon se inclinó sobre ella y la besó. Anne puso las manos sobre sus hombros, y durante un instante el tiempo dejó de existir.

19

Priscilla descubrió que Bryan era un hombre de palabra. Pasó las dos semanas siguientes intentando convencerla para que se casara con él. Parecía pensar que su negativa no era muy convincente. Iba a visitarla y le regalaba flores, o dulces. Aparecía en casi todas las reuniones a las que asistía, así que cuando recibió la invitación del nuevo duque para que estuviera presente en la cena en honor del cumpleaños de Alec, consideró la posibilidad de no ir. Estaba segura de que Bryan se pasaría toda la velada presionándola. Pero la señorita Pennybaker pensaba que no podía asistir si ella no iba, y por otra parte le parecía injusto despreciar el vigésimo primer cumpleaños de Alec. Desde la llegada del duque, y a pesar de que por fin iba a ingresar en el ejército, parecía mucho menos feliz que de costumbre. Priscilla sospechaba que se debía a su madre, que se había marchado de Ranleigh Court sólo dos días después de que llegara Damon. En todo caso el joven no había comentado nada al respecto.

Así que al final asistió a la cena en la mansión. Fue una celebración pequeña, tal y como Alec había dicho. Sólo estaban lady Chalcomb, el señor Rutherford, los Hamilton, la nueva familia de Alec y unos cuantos invitados más.

Bryan saludó a Priscilla con una sonrisa y un beso en la mano, y se las arregló para sentarse a su lado durante la cena. Coqueteó con ella todo el tiempo, de forma abierta.

A pesar de la situación en que se encontraba, le sorprendió mucho observar que Anne y el duque parecían haber intimado bastante. Ni siquiera sabía que su amiga conociera al duque de Ranleigh. Hasta entonces no había hablado nunca de él. Y sólo llevaba un par de semanas en la región. Los observó de vez en cuando durante la cena, y siempre estaban charlando amigablemente, o sonriéndose el uno al otro. Aunque hablaran con otras personas intercambiaban miradas llenas de amor.

Después de la cena, Priscilla se las arregló para escapar del acoso de su amante. Encontró una sala vacía en el primer piso y se sentó junto a un balcón, casi escondida. Pero al cabo de veinte minutos apareció Bryan.

–Hola. Me preguntaba dónde estarías.

–¿Quieres dejar de perseguirme? Vas a donde voy yo y no dejas de hablar conmigo. La gente lo notará.

–¿Ah, sí? –preguntó, mientras se sentaba a su lado–. Bueno, ya sabes que les encanta cotillear.

–Bryan, por favor, te he dicho mil veces que no quiero casarme contigo.

–No tantas, no tantas. ¿No has notado que he dejado de pedírtelo? Decidí que no debía seguir molestándote.

–Me alegro.

–Sin embargo, ¿no podemos ser amigos? ¿No podemos disfrutar de nuestra amistad?

Priscilla lo miró con debilidad. No sabía si podía contentarse con ser sólo amiga de Bryan. Y además resultaba bastante sospechoso que hubiera renunciado de repente a su intención de casarse.

–Supongo que sí. Pero ¿qué incluye esa amistad?

–Lo mismo que cualquier otra, supongo. He intentado

convencerte de que te casaras conmigo, pero ya veo que no sirve de nada. Pareces inmune a todos mis encantos.

Priscilla sonrió sin querer.

–Soy una mujer fría.

–Puedo ofrecerte algo más que flores. Puedo ofrecerte un misterio.

–¿Un misterio? ¿El misterio de la muerte de Rose?

–Mi padre y yo intentamos descubrir si la mató su primo Evesham.

–¿Y?

–Y no hemos descubierto nada hasta el momento. Damon habló con el alguacil, y después de muchos esfuerzos permitió que viera los archivos del caso. Pero no encontró nada importante. Las escasas pruebas que tenían se referían a mi padre.

–¿Por qué estáis tan convencidos de que fue su primo?

Bryan le explicó la teoría del duque, y Priscilla escuchó la explicación con atención, asintiendo de vez en cuando.

–¿No lo crees? –preguntó él, al final.

–¿A qué te refieres?

–A que mi padre no la mató.

–No lo sé, Bryan. No sé mucho sobre lo que sucedió, y durante treinta años no he dejado de oír que había sido tu padre.

–No pudo hacer una cosa así. Lo sé.

–Desde luego, no parece capaz.

–Por supuesto que no. Es una idea absurda. Puede ser duro en ocasiones, pero posee una gran sensibilidad.

–Sin embargo, hasta un buen hombre podría cometer un asesinato.

–Eso es cierto. Pero mi padre no.

–Es tu padre, y es lógico que pienses de ese modo. Yo no creería nada similar si el acusado hubiera sido Florian.

Bryan rió ante la posibilidad de que un hombre que se

pasaba la vida haciendo ecuaciones pudiera matar a alguien.

–Bueno, ya sé que no es un buen ejemplo –continuó ella–. Sin embargo, pienso que crees en su inocencia porque se trata de tu padre. Y ciertamente parece difícil de creer que pudiera asesinar a Rose si se parece a ti. Tú no matarías a nadie, y mucho menos si llevara a un hijo tuyo en sus entrañas.

–Por supuesto que no.

–Además, tú no habrías permitido que la pobre joven se hiciera falsas esperanzas con una boda que no podía llegar.

–¿Eso es un simple comentario, o intentas decirme algo? –preguntó con desconfianza.

Priscilla se encogió de hombros.

–En nuestro caso es distinto –continuó él–. Pero tienes razón, no engañaría nunca a una mujer. No obstante, nosotros no tenemos ningún problema para casarnos. Cuando dije que quería hacerlo, hablaba en serio.

–No debimos empezar a hablar de estas cosas –espetó ella.

Priscilla hizo ademán de levantarse, pero Bryan la agarró por la muñeca y lo impidió.

–¿Qué te ocurre? Maldita sea, sólo tu obstinación se interpone entre nosotros. Si te preocupa tanto tu reputación deberías casarte conmigo. A fin de cuentas, pasamos la noche juntos en los bosques.

–¿Es que insistes en casarte conmigo por mi reputación, porque está arruinada?

–En absoluto –respondió–. Pero parece que es lo único que te importa. Sólo piensas en lo que dirán los demás.

–Eso no es cierto.

–¿No? ¿Entonces por qué te opones a la boda?

–No lo comprendes.

–No puedo comprenderlo. Y temo que me odies.

Priscilla lo miró. Deseaba decírselo, pero no podía. Además, había elegido justificar su comportamiento diciéndose que aún no había hablado de amor. La deseaba, pero no había dicho que la amara. El deseo era algo muy distinto al amor.

–Maldita sea –rugió él, frustrado–. ¿Qué puede ser tan horrible en tu pasado? ¿Es que tienes un abuelo loco, encerrado en alguna parte?

–No seas tonto.

–¿Entonces?

–Bryan...

–¿Te han arrestado alguna vez por sufragista?

–Eso es ridículo.

–Esta situación es ridícula –puntualizó él.

Priscilla no contestó. En aquel momento, oyeron un disparo.

Tanto Bryan como Priscilla se quedaron helados. Un segundo más tarde el marqués se dirigió a la salida mientras la joven lo seguía.

–No. Vamos por aquí –dijo ella, tomando el pasillo de la izquierda.

Tomaron una escalera de servicio que daba a la parte de atrás. En aquel instante oyeron la voz de un hombre, que parecía estar borracho. Fuera quien fuese estaba en el interior de la casa, así que avanzaron con mucho cuidado.

Las puertas del balcón estaban abiertas, y en la salita azul había un individuo con un revólver. El duque se encontraba con el señor Rutherford y con lady Chalcomb, junto a la chimenea, mientras el resto de los invitados observaba con asombro al recién llegado. Bryan miró a Priscilla, y la joven susurró:

–Es el hermano de Rose.

–Dios mío.

–¿Qué le importaba a usted? –preguntó en aquel instante el individuo–. Tenía poder y dinero, y se marchó. Pero ahora que ha regresado nada lo salvará del castigo por lo que hizo a Rosie. Ella no había hecho daño a nadie, a nadie. Sólo cometió el error de enamorarse de usted.

–Le aseguro, Childs, que Rose no se enamoró de mí. No tuve nada que ver con su muerte.

–Claro. Hay tantos aristócratas por aquí... ¿Pretende convencerme de que fue otro?

–Otro, o una persona que se hizo pasar por aristócrata.

–No. Fue usted, y voy a encargarme de que pague por lo que hizo. Mi Rosie lleva treinta años en una tumba, esperando que se haga justicia.

–Ése no es el mejor modo de hacer justicia –intervino Rutherford–. Sólo conseguirá crearse problemas. ¿Qué pasaría con su madre y con su granja si lo arrestaran? ¿Cree que serían benévolos con usted?

–No, en absoluto. A las personas del pueblo las encierran en una cárcel. Pero los aristócratas siempre consiguen librarse de la justicia.

–Tiene razón. Y cometería un error si asesinara a un duque.

Mientras los dos hombres hablaban, Bryan se dirigió a Priscilla en voz baja y dijo:

–Cuando te dé la señal, arroja una de esas figuras de porcelana al suelo y escóndete de inmediato.

Ella asintió. Bryan avanzó lentamente por el pasillo y pasó por detrás del intruso. El duque, que se había dado cuenta, miró a su hijo durante un instante.

–Al menos, no arriesgue la vida de estas personas, Childs –dijo el duque–. No creo que quiera matar a gente inocente. Permita que se marchen.

–¿Y permitir que pasen entre usted y yo para dirigirse a la salida? No soy tan estúpido, Excelencia.

–En tal caso, permita que el señor Rutherford y lady Chalcomb se alejen de mí.

–De acuerdo. Puede apartarse, milady. Y usted también, señor Rutherford. Ninguno de ustedes merece morir. El duque tiene razón en eso.

–No pienso apartarme –dijo el señor Rutherford–, pero milady...

–Señor Childs –intervino lady Chalcomb–, no puedo permitir que haga una cosa así. Cometería un terrible error.

–¡Anne! –protestó Ranleigh–. No digas nada más.

–No pienso permitir que te maten sólo para salvar mi reputación, Damon –comentó con frialdad–. Señor Childs, usted sabe que puede confiar en mí, ¿verdad?

–Desde luego, milady –respondió, confuso–. Todo el mundo la conoce y hay pocas personas mejores que usted.

–Muchas gracias. Pero en tal caso, ¿me creerá si le digo que Ranleigh no mató a su hermana?

–¿Cómo podría saberlo, milady? No estaba allí.

–No. No estaba en el lugar en el que asesinaron a su hermana. Pero estuve con Ranleigh. En mi casa. Pasamos la noche juntos.

Priscilla los miró con asombro y dejó caer, sin querer, la vasija que tenía que arrojar al suelo.

Todo el mundo se asustó. Hasta Childs. La pistola cayó al suelo y se disparó sola, y la bala estuvo a punto de dar a Priscilla. Bryan, que había quedado tan asombrado con la declaración de lady Chalcomb como todos los demás, agarró a Childs y lo inmovilizó.

–Maldita sea –dijo–. No te había dado la señal.

–Al parecer, no era necesario –espetó Priscilla, mientras recogía la pistola.

Los invitados se tranquilizaron después de la tensa experiencia. Damon dio un paso adelante y se fundió con Anne en un largo y cálido abrazo.

–Vaya mujer, Bryan –comentó su padre más tarde.

Casi todos los invitados se habían marchado. Alec se había ido con el general, para llevar al señor Childs al alguacil. Sólo quedaban el duque y su hijo, Anne, Rutherford y Priscilla, que habían decidido charlar en una habitación menos formal y más pequeña.

El duque alzó su copa de brandy, en honor a Priscilla y añadió:

–Apruebo completamente tu elección.

Priscilla no supo qué decir. Estaba demasiado afectada por los acontecimientos, y por el descubrimiento de que Bryan le hubiera confesado a su padre que pretendía casarse con ella.

Damon abrazó a Anne, que se encontraba a su lado.

–Ahora que estamos todos juntos –continuó–, quiero anunciar que lady Chalcomb ha consentido en ser mi esposa.

–Oh, Anne... –dijo Priscilla, acercándose para abrazar a su amiga–. Me alegro mucho por ti.

Priscilla se alegraba sinceramente por ella, aunque lo sentía por el señor Rutherford, que siempre había estado interesado en lady Chalcomb. Debía de ser un momento muy duro para él, aunque no lo demostrara.

–Muchas gracias. Es como un sueño que se hace realidad.

–Por eso es tan importante que demuestre que no maté a Rose hace treinta años –dijo el duque–. No quiero que Anne se vea obligada a reconocer la verdad. Y no deseo que mi hijo tenga que soportar una situación tan incómoda ahora que va a casarse.

–Perdóneme, pero Bryan no va a... –empezó a protestar Priscilla.

Bryan la interrumpió.

–Priscilla y yo hemos estado hablando sobre ello esta tarde, ¿verdad, Priscilla? Le he contado que tenemos que demostrar que lo hizo Evesham.

–¿Evesham? –preguntó Rutherford–. ¿Ese canalla? ¿Creéis que mató a Rose?

–¿Quién si no? –preguntó el duque–. No hay muchos candidatos. Y Evesham habría sido perfectamente capaz de hacer una cosa así.

–Ciertamente nunca fue trigo limpio. Pero asesinar...

–¿Conoces a Evesham? –preguntó Bryan.

–Sí, fuimos al colegio juntos –respondió Rutherford–. De hecho aquel año estaba pasando las vacaciones aquí.

–En efecto –asintió Damon–. Tuvo la oportunidad de matarla.

–Pero ¿por qué tienes que demostrar tu inocencia después de lo que ha confesado Anne?

–Espero que las personas que han escuchado su confesión no se dediquen a contarlo. Son buenas personas, amigos nuestros, y estoy seguro de que no pretenderán correr el rumor.

–Pero si les damos permiso para revelarlo... –intervino Anne.

–¿Quieres que hablen de ti en todo el país? Yo, no. No pienso limpiar mi buen nombre arruinando el tuyo. Además, siempre habría alguien que diría que habías mentido porque estás enamorada de mí. O que te amenacé con romper nuestro compromiso matrimonial si no lo hacías. La única forma de solucionar este asunto es encontrar al verdadero asesino. Por otra parte, el hermano de Rose merece que se haga justicia.

–Pero ha intentado matarte.

–Estaba desesperado, y borracho. Obviamente quería a su hermana, y para él estos años han debido de ser un infierno. Merece conocer la verdad. Y aunque no sea así, debemos encontrar al asesino, por la memoria de Rose.

Anne suspiró.

–Supongo que sí. Pero tengo miedo de que te pongas en peligro si intentas encontrarlo.

–¿Qué pasaría si descubriera que Evesham tiene los rubíes que desaparecieron? –preguntó Priscilla.

–¿Crees que aún los tendría? –preguntó Rutherford–. Se habría librado de ellos.

–No lo creo –dijo Ranleigh–. Venderlos no es fácil. Son muy conocidos. Siempre habría podido sacar las gemas y cortarlas en trozos más pequeños, pero habría perdido muchísimo dinero. Seguramente habrá preferido esperar a que se olvidara el asunto. Además, en aquella época aún temía que pudieran descubrirlo. Por otra parte, sabe que el duque de Ranleigh nunca habría vendido esas piezas. Nadie de la familia lo haría, y tal vez él tampoco. Tenía en alta estima la herencia familiar.

–Es cierto. A Evesham siempre le han gustado las cosas hermosas –dijo Anne.

–¿Hasta qué punto lo conoces? –preguntó Damon.

–No muy bien. No nos hemos visto mucho en los últimos años. Pero era un buen amigo de lord Chalcomb. Tenían intereses en común, y se veían bastante. Le gustaban mucho los viejos tapices de nuestra mansión, y ciertas piezas ornamentales que habían pertenecido a la madre de lord Chalcomb. De hecho, creo que compró un tablero de ajedrez, de mármol blanco y negro, que me vi obligada a subastar tras la muerte de Harry.

–Si aún tuviera los rubíes ¿se demostraría que es el asesino? –preguntó Priscilla.

–Digamos que sospecharían de él. Pero demostrar que los tiene en su poder no será tan sencillo.

–Podemos entrar en su casa.

–¿Pretendes que entremos en su casa en mitad de la noche, como ladrones? –preguntó Anne–. Eso es un delito, Priscilla.

–Por supuesto que lo es, pero no tan terrible como un asesinato. Además no entraremos en mitad de la noche. Propongo hacerlo por la tarde, cuando los criados se hayan retirado a sus habitaciones. Cuando lo hagamos Evesham no estará en su casa.

–¿Y cómo sabes eso? –preguntó Bryan.

–Porque lo habrá invitado a cenar aquí.

–Buena idea –dijo Damon.

–Evesham aceptará la invitación, aunque sólo sea para saber qué aspecto tiene y qué clase de vida llevó en Estados Unidos. Bryan y yo entraremos en la casa para buscar los rubíes. Pero usted tendrá que entretener a Evesham. Si es posible, ofrézcale que se quede a dormir en la mansión, si se hace tarde.

–Excelente idea, desde luego –dijo Bryan–. ¿Cuándo podrías invitarlo, padre?

–En cuanto escriba una nota y acepte –respondió–. Podría invitarlo el próximo sábado. De ese modo tendrá tiempo de contestar. De todos modos, espero que no aceptes que tu prometida entre en esa casa contigo.

Bryan no había pensado en el peligro, pero de todas formas dijo:

–Priscilla no es como la mayor parte de las jovencitas, que sólo servirían para molestar en una situación así. Y además, no estoy seguro de que pudiera impedírselo.

Priscilla asintió.

–Tiene razón. No podría. Por otra parte me necesitará para que lo lleve hasta la casa, y yo reconocería los rubíes si los viera. He visto las piezas en los cuadros. En cambio, Bryan no tiene ni idea de cómo son.

–Alec podría ir con él. También los conoce –dijo Damon, en una voz que generalmente indicaba el fin de una discusión.

–Alec es joven e impetuoso, y creo que nos crearía problemas. Además, mañana se enrola en el ejército.

–Es cierto –dijo Damon, frunciendo el ceño–. Pero lo más lógico es que vaya yo. No puedo poneros en peligro ni a ti ni a Bryan.

–Entonces, ¿quién invitará a su primo a cenar? Sería bastante extraño que lo hiciera Bryan.

–Olvidemos entonces la invitación –dijo el duque, irritado–. Me limitaré a entrar en su casa por la noche.

–No –dijo Anne–. No permitiré que hagas algo así. Sería mucho más peligroso. El plan de Priscilla es el mejor, y estoy segura de que harán un buen trabajo. Esta misma tarde me estabas hablando sobre las aventuras de tu hijo.

–Lo sé, pero poner en peligro a una joven no me parece bien.

–Ni a mí –dijo Rutherford–. Me parece demasiado peligroso.

–Yo cuidaré de Priscilla –dijo Bryan.

Damon suspiró.

–De acuerdo. A fin de cuentas es vuestro plan. Escribiré esta noche a Evesham y lo invitaré a cenar el sábado que viene. Sebastian, tú también puedes venir si quieres. Lo mantendremos ocupado con partidas de billar y recuerdos de los viejos tiempos. Así les daremos la oportunidad de encontrar esos rubíes.

–Muy bien –dijo Bryan, sonriente.

El hijo del duque estaba encantado ante la perspectiva de pasar varias horas, a solas, con Priscilla.

Ranleigh escribió la nota para invitar a su primo, y Evesham aceptó. A última hora de la tarde del sábado,

Bryan se marchó de la mansión antes de que llegara Evesham, y se dirigió a Evermere Cottage para recoger a Priscilla, con un caballo de más para ella. Habían decidido ir a caballo, en lugar de hacerlo en un carruaje del duque, para llegar antes. Además, si llegaban a cruzarse por el camino, no los reconocería; no había visto nunca a Bryan, y a Priscilla sólo un par de veces. Por desgracia, Priscilla no había heredado de su madre el gusto por la equitación, y esperaba que Bryan se presentara con algún animal tranquilo y fácil de llevar.

El trayecto resultó bastante largo, aunque sin incidentes. Dejaron atrás la mansión de Evesham y salieron del camino para desaparecer entre unos árboles que se encontraban a poca distancia. Después avanzaron a hurtadillas, ataron los caballos y se dirigieron a la parte trasera del edificio. Por suerte, los árboles casi llegaban al jardín.

Llegaron al borde del pequeño bosque a la hora del crepúsculo, así que tuvieron que esperar. Apenas podían contener la excitación de la aventura. Priscilla pensó que sólo había algo mejor que una aventura: llevarla a cabo con el hombre que se amaba.

Se preguntó cómo sería la vida de estar casada con él. Bryan había dicho que viajaba alrededor del mundo, ocupándose de los negocios de su padre, y la perspectiva de ver todos los lugares que había soñado conocer resultaba más que agradable.

De repente pensó que rechazar su proposición de matrimonio era un terrible error y un sacrificio innecesario. Hasta consideró la posibilidad de dejar de escribir. Si lo dejaba entonces tal vez nadie descubriera que Elliot Pruett, que sólo había escrito dos libros, era la futura duquesa de Ranleigh. Pero no era la solución ideal. No podía casarse con él y mantener en secreto algo así.

Bryan tocó su brazo y la sobresaltó. Hizo un gesto hacia

la casa, oculta bajo las primeras sombras de la noche, y dijo en voz baja:

–Vamos.

Priscilla asintió y siguió a Bryan. Cruzaron el jardín con rapidez. Casi todas las luces de la mansión estaba apagadas. Bryan empezó a probar suerte con las ventanas de la planta baja, intentando encontrar una que estuviera abierta. Por fin entraron por un balcón.

El interior de la habitación estaba aún más oscuro que el exterior del edificio, y tardaron unos segundos en acostumbrarse a la oscuridad. Se encontraban en lo que parecía ser una sala de música, sin más objetos que unas cuantas plantas. Caminaron hacia la puerta y la abrieron con cautela. Daba a un pasillo que parecía vacío. Al fondo había una escalera de servicio, y por el otro lado parecía dirigirse hacia la parte delantera de la mansión. Priscilla pensó que la parte posterior era más peligrosa, porque en ella debían de encontrarse las habitaciones de los criados. Como su amo estaba fuera seguramente se habrían reunido en la cocina o en alguna otra sala, y no pasarían por las estancias principales.

Se dirigieron hacia la parte delantera de la mansión. Priscilla estaba muy asustada, pero la tranquilizaba saber que Bryan la seguía a poca distancia.

Al cabo de unos segundos llegaron a la escalinata principal y subieron al primer piso, donde se encontraban los dormitorios. Habían discutido lo que iban a hacer y habían llegado a la conclusión de que sería apropiado investigar en primer lugar el dormitorio de Evesham.

Tuvieron que abrir varias habitaciones hasta que encontraron un dormitorio más grande que los demás, y que pensaron que debía de ser el lugar donde dormía el primo del duque. Entraron y cerraron la puerta a sus espaldas. Priscilla se sentía ahora más a salvo, pero curiosamente tuvo la impresión, por primera vez, de que sus piernas no podían sostenerla. Bryan tuvo que tomarla por la cintura para que no cayera al suelo.

–Ya ha pasado lo peor –susurró.

Priscilla sonrió, agradecida. Encendieron una vela y empezaron la búsqueda. La joven encontró dos cajas que parecían bastante prometedoras, pero los rubíes no estaban en ellas. Bryan abrió un pequeño joyero, con el que tampoco tuvo mucha suerte. Comprobó todos los cuadros por si escondían alguna caja fuerte, y después miró debajo de la cama y en el vestidor, mientras Priscilla se encargaba de los cajones. Al cabo de un rato, notó que Bryan estaba golpeando las paredes.

–¿Qué estás haciendo? Alguien puede oírte.

–Mi padre me dijo que recordaba vagamente que, de pequeño, Evesham tenía un escondite secreto en la casa. Si es así, puede que haya escondido los rubíes en él.

–Si eso es cierto, deberíamos buscar en el dormitorio de los niños.

–No lo sé. No recordaba dónde podía estar. Además, el dormitorio de los niños no parece un lugar muy apropiado para esconder unas joyas. Podría encontrarse en cualquier lugar de la casa.

Continuaron la búsqueda por el segundo piso y al final subieron al tercero, aunque era más peligroso porque varias criadas dormían allí. En cualquier caso, tampoco encontraron nada.

Rápidamente, bajaron por la escalera. El tiempo pasaba poco a poco. Habían decidido que, de entre todas las habitaciones de la planta baja, la más adecuada para esconder algo sería la biblioteca. Una vez dentro, encendieron un vela. Una de las paredes estaba completamente cubierta de estanterías, llenas de libros. En la pared opuesta había un gran mueble con objetos artísticos muy valiosos, pero los rubíes no se encontraban entre ellos. Entonces, Priscilla se dirigió al escritorio. La mayor parte de los cajones ni siquiera estaban cerrados, y tampoco obtuvo ningún éxito.

En aquel momento, Bryan dijo:

–Tiene que estar aquí. Fíjate en este panel de madera.

Bryan golpeó uno de los paneles que había junto a la chimenea. Parecía estar hueco.

–¿Crees que hemos encontrado el escondite del que hablaba tu padre?

–Puede ser –respondió, mientras pasaba las manos por la pared–. Pero no veo ningún resorte.

–Prueba en la chimenea. Tiene todo tipo de detalles escultóricos. Es posible que en uno de ellos se encuentre el mecanismo que abre el panel.

–¿Tienes experiencia con puertas ocultas?

–He leído mucho.

–Ya. Pero estamos hablando de la realidad, no de libros.

En aquel preciso instante, el saliente que estaba tocando Bryan se movió. Lo apretó, y el panel de madera se abrió.

20

Priscilla tuvo que ahogar un gemido cuando la trampilla se abrió sin hacer ningún ruido.

–Así que existía –dijo Bryan, asombrado.

La trampilla daba paso a una habitación no mucho mayor que un armario. El techo era tan alto como el de la biblioteca, y suficientemente grande como para que cupieran un par de personas. Bryan movió la vela en su interior para iluminar el lugar, pero estaba vacío.

–No parece que haya nada –dijo Priscilla.

–Puede ser. Y puede que tenga algún compartimento secreto.

Sin embargo, no encontraron nada. Salieron de la habitación y volvieron a apretar el saliente de la chimenea para cerrar la trampilla. Después continuaron la búsqueda, aunque bastante descorazonados. Llegaron a mirar hasta debajo de la alfombra, por si había una caja fuerte oculta. Derrotados por fin, Bryan se acercó a la puerta para comprobar que no había nadie en el exterior.

Pero en el preciso instante en que se disponían a salir, oyeron que alguien llamaba a la puerta principal de la mansión. Pudieron oír los pasos del mayordomo mientras avanzaba hacia el vestíbulo.

–Buenas noches, milord. No esperábamos que regresara tan pronto.

–He decidido volver temprano.

Era Evesham. Rápidamente, Bryan tomó su mano y la llevó hacia la chimenea. Una vez más pulsó el saliente, mientras oían las voces, que se acercaban.

Priscilla pensó que no conseguirían esconderse antes de que llegaran, pero la trampilla secreta se abrió sin ningún problema.

–Entremos –dijo Bryan.

–Es demasiado pequeño.

A pesar de su protesta, entraron. No obstante, la trampilla seguía abierta. Entonces Priscilla notó que había un botón en la pared y lo pulsó. El panel de madera se cerró de inmediato y los dos quedaron atrapados, pegados el uno al otro. Apenas se podía respirar, y la joven se preguntó si tendrían aire suficiente.

Justo entonces oyeron que se abría la puerta de la biblioteca.

–No puedo creer que guardes tus objetos artísticos aquí. Supuse que los tendrías en el salón principal.

Reconocieron la voz de inmediato. Era Ranleigh. Bryan se preguntó qué estaría haciendo su padre allí, con Evesham.

–¿Para que los vea todo el mundo? –preguntó su primo–. No, de eso nada. Prefiero tenerlos aquí.

–¿Y qué tiene de interesante esconderlos? –preguntó otra voz, la voz del señor Rutherford.

–¿Por qué hablas tan alto? –preguntó Evesham.

–¿Estoy hablando alto?

–Sí. De hecho, lo estáis haciendo los dos.

–Oh, lo siento –se disculpó el duque–. Supongo que me he acostumbrado a hablar alto en los barcos. En mar abierto resulta difícil hacerse oír.

Priscilla tuvo que hacer un esfuerzo para no reír. Resultaba evidente que hablaban en voz alta para alertarlos sobre la presencia de Evesham. No sospechaban que se encontraban en la misma habitación.

En el exterior, oyeron que el primo del duque abría las vitrinas para enseñarles su colección de objetos artísticos. Priscilla comprendió que probablemente se quedarían un buen rato en aquella habitación para darles tiempo a escapar, suponiendo de forma errónea que se encontraban en otro lugar. Se apoyó en la pared y contuvo un suspiro.

Empezó a pensar en lo cerca que estaban el uno del otro. Podía notar el calor del cuerpo de Bryan, y cuando lo miró a los ojos no pudo evitar ruborizarse. De inmediato, apartó la mirada. Pero fue demasiado tarde. La atracción sexual estaba allí, entre ellos, y crecía a cada segundo. En la biblioteca los tres hombres seguían charlando.

Bryan acarició su cabello, y Priscilla estuvo a punto de gemir. Sólo habían pasado unas cuantas semanas desde que hicieran el amor, pero tenía la impresión de que había pasado toda una eternidad. Lo miró con cierta dureza, para que dejara de tocarla, pero en el fondo estaba deseando que acariciara todo su cuerpo.

Bryan sonrió, con ojos brillantes. La habitación era tan pequeña que no podía apartarse de él. No podía hacer nada excepto mirarlo, pero él se limitaba a acariciar su cabello; al cabo de un rato, consiguió soltar las horquillas y dejarle el pelo suelto sobre los hombros. Priscilla apoyó la frente en la pared, débil, y se dejó llevar por el contacto de sus manos. Entonces, Bryan acarició sus mejillas y descendió hacia su cuello. La joven cerró los ojos y su respiración se aceleró. Pero el hijo del duque no se detuvo allí. Empezó a desabrochar su chaqueta e introdujo una mano por debajo de la camisa, hasta que consiguió capturar uno de sus senos. Priscilla se estremeció.

Bryan comenzó a acariciar sus senos sensualmente, mientras que la joven apenas podía sostenerse en pie, dominada por la excitación. Segundos más tarde, empezó a desabrocharle las faldas. Priscilla se dijo que aquello no podía estar sucediendo; lo miró y se sintió como si se estuviera derritiendo.

Entonces, levantó un lado de la falda y empezó a acariciar su entrepierna. No había lugar a donde pudiera huir. El deseo la dominaba de tal modo que tuvo que taparse la boca con una mano para no gemir, apenas sin aliento. Tenía la impresión de que todo su ser estaba centrado, en aquel instante, alrededor de su vientre. Bryan introdujo un dedo entre sus piernas mientras con la otra mano seguía acariciando sus senos, incrementando su placer.

Podía notar la dureza de su sexo. Bryan la agarró por la cadera, la atrajo hacia sí y empezó a frotarse contra ella. De forma involuntaria, Priscilla comenzó también a moverse contra él. El deseo era tan intenso que rozaba la desesperación. Quería que incrementara el ritmo de sus caricias, y de hecho Bryan debió de notarlo, porque empezó a mover los dedos con más rapidez y tensión entre sus piernas. Entonces, de repente, alcanzó la cima del placer. La joven se apoyó en la pared, intentando controlar la situación. Al cabo de unos segundos, notó que no se oía nada en la biblioteca.

–Creo que se han marchado –dijo Bryan.

Esperaron unos minutos, y cuando estuvieron seguros de que no había nadie apretaron el botón. El panel se abrió y Priscilla salió de la minúscula habitación. Sus piernas apenas la sostenían, y su acompañante tuvo que ayudarla. Pero en lugar de marcharse de inmediato, Bryan la besó de tal forma que consiguió excitarla de nuevo.

–¿Qué hay de Evesham? –preguntó en un murmullo.

–No regresará –respondió él–. Y si vuelve, me da igual.

Entonces levantó sus faldas, se quitó los pantalones y la penetró. Priscilla gimió, sobresaltada, y cerró las piernas alrededor de su cintura. Bryan caminó hacia la pared, para apoyarla parcialmente en ella mientras se dejaban llevar por la pasión que sentían. En aquel instante podría haber entrado cualquier persona y ninguno de los dos lo habría notado. Unos minutos más tarde, se deshizo en ella.

–¿Sigo vivo? –preguntó, bromeando.

–Sí –rió ella–. Pero dejaremos de estarlo si seguimos aquí.

–No creo que pueda moverme.

Sin embargo, Bryan se apartó y la contempló; su visión despertó en él, de nuevo, el deseo.

–Dios mío, Priscilla, tienes que casarte conmigo. No creo que pueda vivir un solo día más sin ti.

Priscilla, que se estaba vistiendo de nuevo, lo miró con asombro. Resultaba evidente que la deseaba con todo su ser. Quiso decir algo al respecto pero no pudo, así que Bryan apartó la mirada y se vistió a su vez. En unos segundos se habían arreglado de nuevo, aunque la joven no podía hacer gran cosa con su cabello. Las horquillas se habían quedado en la habitación secreta, y no tenían tiempo de recogerlas.

Miraron a su alrededor para asegurarse de que no habían dejado nada que pudiera incriminarlos y abrieron la puerta. No había nadie. La mansión estaba en silencio. En el piso superior se cerró una puerta, y ambos pensaron que debía ser la puerta del dormitorio de Evesham. Bryan miró hacia la puerta principal; no estaba lejos, pero se encontraba cerrada y probablemente haría mucho ruido si intentaba abrirla. Además, en el vestíbulo no había ningún lugar donde esconderse. Regresaron entonces a la biblioteca. El balcón no estaba demasiado alto, así que saltó al exterior y ayudó a Priscilla a bajar.

Una vez fuera, cerró de nuevo el balcón y cruzaron el jardín sin demasiado cuidado. Aunque alguien los hubiera visto, no los habría reconocido en plena noche. Empezaron a correr y no se detuvieron hasta que llegaron al pequeño bosque. Entonces se volvieron para mirar la mansión y comprobaron que todas las luces estaban apagadas, excepto en el dormitorio de Evesham.

Bryan abrazó a Priscilla. Su corazón latía a toda velocidad. Aunque no habían encontrado lo que buscaban, se sentía feliz. Creía que Priscilla le había dicho, sin palabras, lo que sentía por él.

–Cásate conmigo. Dejémonos de juegos. Cásate conmigo.

–¿Antes hablabas en serio?

–¿A qué te refieres? ¿A que no puedo vivir sin ti?

–Has dicho que quieres casarte conmigo. Te preocupa mi reputación y sé que me deseas. Pero aún no has dicho que me ames.

–¿Amarte? ¿Estás preguntando que si te amo?

–Sí. No me gustaría convertirme en una obligación para ti, en algo de lo que pudieras arrepentirte más tarde.

–No me arrepentiría nunca de casarme contigo. Nunca. Claro que te amo. Te amo desde hace muchísimo tiempo. De lo contrario, ¿por qué te pediría que te casaras conmigo? No me siento obligado a hacerlo. ¿Es que no lo entiendes? No me importa nada ser duque y no me importa que tu sangre no sea lo suficientemente azul. No me importa lo que hayas hecho en el pasado, sólo sé que te amo y que quiero casarme contigo. ¿Aceptas entonces?

–Sí –lo abrazó–. Sí, me casaré contigo. Oh, Bryan, te amo. Hace semanas que te amo. Creo que te amo desde la primera vez que te vi.

–Entonces, ¿por qué te negabas?

–No lo sé. Tenía tanto miedo...

–¿De qué?

–No estoy segura. De que no comprendieras que debías casarte con una aristócrata. De que te arrepintieras más tarde.

–Te aseguro que no me arrepentiré –la besó–. Y ahora, montemos en los caballos y marchémonos de aquí.

Priscilla asintió. Al cabo de unos minutos se encontraron en el camino y poco tiempo después se encontraron con dos hombres, igualmente a caballo, que los esperaban.

–¡Padre!

–Gracias a Dios –dijo el duque–. No sabíamos muy bien si debíamos esperaros o regresar.

–Estuvimos en la biblioteca todo el tiempo.

–¿Qué?

–¿Cómo es posible? –preguntó Rutherford.

–Hay una habitación secreta. O más bien, una especie de armario. Por fortuna acabábamos de descubrirlo. De lo contrario, nos habríais encontrado allí.

–No tenía ni idea –dijo Ranleigh–. Sebastian y yo hemos hecho el ridículo, hablando en alto todo el tiempo...

–Lo sé. Os hemos oído. ¿Qué diablos estabais haciendo allí? Se suponía que debíais mantener a Evesham lejos de la casa.

–La culpa la ha tenido él –dijo Rutherford–. Empezó a hablar sobre la colección de obras de arte de su primo.

–Bueno, no se me ocurrió otro tema de conversación. Cuando terminamos de cenar ya no sabía qué decir. Ni siquiera sabía jugar al billar. Así que recordé que Anne había dicho que era coleccionista. Además, fuiste tú el que cometió el error de decir que te agradaría ver sus cosas en algún momento.

–¿Cómo iba a pensar que querría enseñárnoslas esta noche?

Los dos hombres se miraron y empezaron a reír.

–Hicimos el ridículo por completo, mirando cada una de las piezas y haciendo todo tipo de comentarios de admiración.

Mientras cabalgaban, Bryan explicó que no habían encontrado los rubíes en la mansión.

–Se habrá librado de ellos –supuso Rutherford.

–¿Y ahora qué hacemos? –preguntó Bryan.

–Hablar con los Childs –respondió Priscilla.

–Ellos creen que yo la maté –le recordó el duque.

–Lo sé. Pero podría hablar con ellos para averiguar qué dijo, exactamente, su hermana. Puede que dijera algo que nos sirva de ayuda. Algo a lo que nadie diera importancia, pero que significara algo para usted o para el señor Rutherford.

–Sí, supongo que es una buena idea. Además, ahora recuerdo que Alec dijo que Childs había comentado algo sobre una prueba, sobre un objeto que encontró en la habitación de su hermana. Probablemente algún regalo de su amante.

–¿Cómo? –preguntó Rutherford–. No habías dicho nada.

–Porque no lo recordé. Sería bastante curioso que después de tanto tiempo descubriéramos que poseía un objeto que podía revelar la identidad de su asesino.

–¿Quieres decir que el hermano de Rose supuso que era suyo? Entonces, ¿por qué no dijo nada?

–No estoy seguro. Sólo sé lo que Alec dijo la otra mañana. Además, creo que lo descubrió después de que me marchara de Inglaterra. Imagino que pensó que para entonces no tenía sentido decir nada.

–En tal caso tendríamos que hablar con el señor Childs –dijo Bryan–. ¿Sigue encerrado?

–Eso creo. Pasará un par de semanas en una celda, por alterar el orden público. No tengo intención de presentar cargos contra él.

–¿Piensas permitir que lo suelten? –preguntó su hijo–. Intentó asesinarte.

–Ya ha sufrido bastante, ¿no te parece?

–Es usted un hombre muy generoso, excelencia –intervino Priscilla–. Y estoy segura de que el señor Childs querrá hablar con usted cuando lo sepa.

–Merece la pena que lo intente –dijo el duque–. Pero si no conseguimos nada, sólo nos serviría una confesión de Evesham.

–Después de pasar varias horas con él, no me importaría torturarlo –bromeó Rutherford.

Continuaron el camino, y los tres hombres dejaron a Priscilla en Chalcomb Manor, para que pasara la noche. Bryan no tenía más remedio que marcharse, puesto que su padre y el señor Rutherford se encontraban presentes, pero sus ojos brillaron con pasión cuando se inclinó para besar su mano.

–Nos casaremos muy pronto –murmuró.

Priscilla asintió y sonrió, aunque empezaba a preocuparse de nuevo y a dudar sobre lo acertado de su decisión. Sabía que tenía que haberle confesado su afición por la escritura, pero había sido demasiado cobarde. En cualquier caso, debía hacerlo antes de que empezara a contar a todo el mundo que iban a casarse.

Priscilla se levantó bastante tarde a la mañana siguiente, y desayunó con Anne, que estaba ansiosa por conocer todos los detalles de lo sucedido la noche anterior. La joven explicó que no habían encontrado nada en la mansión, pero añadió que pensaban hablar con Tom Childs para averiguar algo más sobre lo que había dicho Rose y sobre el objeto que le había regalado.

–Damon no me había dicho nada –protestó lady Chalcomb.

Después de desayunar, Priscilla se puso la ropa que había dejado allí la noche anterior y charló un rato con su amiga antes de regresar a casa. Cuando llegó a Evermere Cottage se sorprendió al ver el carruaje del vicario. Al entrar descubrió que estaba sentado en el salón con su padre y con Penny. La señorita Pennybaker estaba muy hermosa, más radiante y feliz incluso que durante la noche del baile. Su padre también parecía distinto, aunque al principio no supo por qué. Entonces se dio cuenta de que llevaba una venda en la frente.

–¿Qué ha pasado? ¿Otro experimento? Debes tener más cuidado.

–No, no ha sido un experimento. ¿Qué tal la noche con lady Chalcomb?

–Bien. Pero ante todo quiero saber qué te ha pasado.

–Bueno, yo... será mejor que te lo explique el señor Whitings. Ahora tengo trabajo que hacer. ¿Isabelle?

Su padre se volvió hacia Penny, tomó su mano y sonrió de un modo poco habitual en él. Priscilla no podía creer lo que acababa de escuchar. Había llamado Isabelle al ama de llaves, algo absolutamente inusual.

–Sí –la mujer se levantó, sonriente–. Pero... ¿no crees que deberíamos contárselo a Priscilla?

–¿Qué tenéis que contarme? –preguntó.

–Bueno, querida... –empezó a decir su padre–. Penny me ha hecho el honor de consentir en ser mi esposa.

–Vaya...

–Ya veo que te ha sorprendido. Aunque en realidad, tenía que suceder algún día.

–¿Pero cómo...?

–El vicario te lo explicará. Isabelle y yo tenemos cosas que hacer.

Entonces, Florian se marchó de la habitación con su prometida. Priscilla miró al sacerdote, asombrada.

–¿Qué está pasando aquí? ¿Qué ha ocurrido?

–Bueno, anoche tuvimos una reunión. Tu padre, el médico, el general y yo. La señorita Pennybaker también estaba presente. Estábamos hablando sobre los experimentos del señor Edison en Estados Unidos cuando el general hizo un comentario al ama de llaves y tu padre se lo tomó bastante mal.

–¿Por qué?

–No estoy seguro. Si no recuerdo mal fue un comentario bastante inocente. El general dijo que quería enseñar a Penny un experimento en el que había estado trabajando. De repente, Florian se enfadó y lo acusó de estar coqueteando con ella. Fuera como fuese, se enzarzaron en una pelea. La señorita Pennybaker intentó mediar sin demasiado éxito, y al final el general dijo que iba a proponer a Penny que se casara con él. Entonces, ella se desmayó. Florian se enfadó aún más y golpeó al general en la nariz. El general se levantó, sangrando, y persiguió a tu padre por toda la habitación hasta que tropezó y se golpeó la cabeza con una silla. Por eso tiene esa venda.

El sacerdote se detuvo un momento antes de continuar.

–La señorita Pennybaker volvió en sí y al ver que tu padre tenía sangre en la frente empezó a gritar todo tipo de cosas al general. Se agachó a ayudar a Florian, y en aquel momento todos supimos que estaba enamorada de él. Tu padre le pidió que se casara con él, ella aceptó y el general se marchó con cara de pocos amigos.

–Dios mío... No puedo creerlo. Siempre sospeché que Penny estaba enamorada de mi padre, pero tenía la impresión de que él no le hacía caso.

–Aparentemente, acaba de descubrirla. Pero cambiando de conversación... ¿Qué tal van las cosas con ese joven?

–Hemos estado intentando demostrar que su padre no mató a Rose Childs, pero es bastante difícil. Ranleigh quiere hablar con el señor Childs.

–No creo que Tom esté muy interesado en contestar a sus preguntas.

–No, aunque el duque cree que merece la pena intentarlo.

–He estado pensando mucho en aquella noche. Al principio, como todo el mundo, creí que había sido el duque, que entonces sólo era marqués. No lo ayudó mucho marcharse de ese modo. Pero ahora que ha regresado, y que pareces estar convencida de su inocencia...

–No es que crea ciegamente en su palabra. Es que sé que pasó aquella noche con otra persona. No pudo ir al bosque.

–Me estaba preguntando dónde estuvo el señor Rutherford.

–¿Qué? ¿Qué quieres decir?

–Rutherford dijo que Lynden había estado con él, aunque no fue así. De modo que tal vez estuviera con otra persona. Si Lynden no pasó la noche con él, ¿con quién estuvo Rutherford? ¿Y dónde?

–Sí, ya veo lo que quiere decir. La coartada de Lynden también le servía a él.

–Exacto.

–Pero no puedo creer que sospeche de él.

–Francamente, no sé de quién sospechar –se encogió de hombros–. Sólo el asesino sabe la verdad. Pero ahora que me han convencido de que el duque no tuvo nada que ver, empiezo a contemplar el asunto desde otro punto de vista. Puede que Rutherford sólo intentara proteger a un amigo, y puede que intentara protegerse a sí mismo. A fin de cuentas, él también pudo hacerse pasar por un joven aristócrata. En aquella época también vivía en Ranleigh Court y podía haber aparentado tener cierta riqueza. Tal vez sabía que Ranleigh iba a marcharse a ver a otra persona, a una persona de la que más tarde no podría hablar.

–Le aseguro que hasta ahora no me había dado cuenta de lo astuto que puede llegar a ser.

–Ni yo, sinceramente –dijo una voz desde la entrada de la casa.

Priscilla y el sacerdote miraron hacia el umbral, sobresaltados. Sebastian Rutherford los observaba, sombrero en mano.

21

Priscilla se ruborizó. Rutherford había oído toda su conversación.

–Oh, Dios mío –dijo el sacerdote.

–Lo siento muchísimo –se disculpó Priscilla.

–Sí, claro.

–Espero que no se haya enfadado con nosotros. Sólo estábamos pensando en todas las posibilidades, nada más.

–No estoy enfadado con usted. Simplemente, me arrepiento de no haber actuado antes.

En aquel instante, Rutherford sacó una pistola que llevaba oculta bajo el sombrero y apuntó a Priscilla.

–Oh, Dios mío –repitió el sacerdote.

–No puedo creerlo –dijo la joven–. A pesar de lo que estábamos hablando, estaba segura de que no tenía nada que ver en el asunto.

–Me alegra que me tenga en tan alta estima. Sin embargo, creo que Damon y Bryan estarían dispuestos a dudar. De todas formas, ya sabía que las cosas iban a ir mal. Sabía que cuando se comprobara la inocencia de Evesham y hablaran con la familia de Rose me descubrirían. Intenté evitarlo haciendo lo posible para que Evesham regresara pronto a su casa, pero no sirvió de nada. Cuando Damon hable con los Childs sospechará de mí. Y creo que es mejor que actúe antes de que ustedes tengan posibilidad de hablar.

–¿Qué piensa hacer? –preguntó Priscilla–. ¿Matarnos? Lo habrán visto en el camino, o tal vez llegando a casa.

–Lo sé. Pero no tengo intención de matarlos a menos que me vea obligado a hacerlo. No soy muy bueno matando a nadie. Ni siquiera lo hice bien la primera vez.

–No lo sé. Consiguió que sospecharan de otro.

–¿Y cree que pretendía hacerlo? No. No sabía dónde estaba Damon. Simplemente me alegré de que hubiera salido, y ni siquiera sospechaba que no podría decir dónde había estado. No pensé nada de nada. No quería matar a Rose. Pero sucedió.

–¿Y es eso lo que va a hacer ahora? ¿Dejar que las cosas empeoren hasta que no tenga más remedio que matarnos?

–No te enfrentes a él –dijo el vicario.

–El señor Whitings tiene razón. Si me presiona, es posible que olvide lo mucho que detesto la sangre.

–Es usted muy valiente, amenazando a una mujer con una pistola.

Rutherford apretó los dientes, irritado, y Priscilla supo que había conseguido sacarlo de quicio. Sin embargo, tardó poco en tranquilizarse.

–Ven aquí, Priscilla.

–No –dijo el sacerdote–. No permitiré que se la lleve.

–¿Piensa impedirlo?

–Lo intentaré. No permitiré que se lleve a una joven inocente. Tendrá que pasar por encima de mi cadáver.

–No me obligue a hacer eso. No pienso matarla, ni hacerle ningún daño. La necesito para llegar a un acuerdo con los Aylesworth a cambio de mi libertad.

–¿Qué? –preguntó Priscilla.

–No puedo quedarme aquí. Más tarde o más temprano

descubrirían la verdad. Por desgracia, no dispongo de medios para abandonar el país. Creo que Damon estará dispuesto a proporcionármelos a cambio de Priscilla.

–Está bromeando. Dejó que todo el mundo creyera durante treinta años que era un asesino, ¿y ahora espera que le facilite la huida?

–Sería un precio muy pequeño a cambio de demostrar su inocencia. Pero creo que no bastaría, así que será mejor que utilice a la futura esposa de su hijo.

El sacerdote levantó los puños, dispuesto a enfrentarse a él. Pero Priscilla lo impidió.

–No lo haga. No creo que quiera hacerme ningún daño.

–Cierto. Obviamente tienes la cabeza sobre los hombros –dijo Rutherford.

–Además, tiene que quedarse aquí para decirle a mi padre lo que ha pasado.

–Es verdad –asintió el vicario–. Soy testigo de lo ocurrido. Y le aseguro, Rutherford, que todo el mundo lo sabrá. Si le hace algún daño, no podrá huir.

El vicario se apartó, a regañadientes, y Priscilla caminó hacia Rutherford. El hombre la tomó del brazo y apretó la pistola contra su espalda.

–Muy bien. Ahora, vámonos.

Tomaron el carruaje del sacerdote, que estaba aparcado frente a la casa. Rutherford ató su caballo al pescante y se sentó junto a Priscilla, que se encargó de llevar las riendas.

Ya no estaba asustada. Sabía que Rutherford no pretendía hacerle ningún daño, pero en el fondo estaba dispuesta a impedir que se saliera con la suya. Había asesinado a Rose. La había seducido, la había dejado embarazada y después la había matado. Por si fuera poco había permitido que involucraran a un amigo en el asesinato, aunque no fuera su intención original. Durante años, los había engañado a todos. Se había reído de todos ellos en secreto; se había burlado de personas que creían y confiaban en él, mientras Damon se veía obligado a marcharse a otro país, lejos de la mujer que amaba.

Tuvo que hacer un esfuerzo para controlar su ira. Haría lo que fuera necesario para escapar.

En poco tiempo llegaron a Ranleigh Court. Un criado se encargó del carruaje mientras caminaban hacia la entrada. Rutherford la apuntaba con la pistola, que llevaba escondida. El mayordomo que abrió los llevó a la sala de costumbre, y poco tiempo después apareció el duque, que se alegró mucho de verlos.

–Sebastian, Priscilla...

De inmediato supo que algo marchaba mal. Entonces miró a Priscilla y vio la pistola. Pareció envejecer de repente.

–Así que fuiste tú –dijo–. Cuando Bryan me contó lo que sospechaba, no pude creerlo.

–¿Bryan lo sabía? –preguntó Priscilla, sorprendida.

–No. Pero sospechaba. No conoció a Sebastian hasta hace poco tiempo, y por tanto no tenía ninguna opinión sobre él. Pero al analizar la situación llegó a conclusiones que no pude negar. Además, tenía la impresión de que Sebastian había hecho lo posible para que Evesham regresara pronto a su casa. Por eso inventé la historia del objeto que supuestamente tenía Rose y que debía de haber pertenecido al asesino.

–¿Qué? –preguntó Rutherford–. ¿Quieres decir que no existe?

–No, que yo sepa. Quería ver cómo reaccionabas. Por desgracia, no pensé que fueras capaz de atacar a la señorita Hamilton. ¿Por qué lo haces, Sebastian? Siempre pensé que eras mi amigo.

–Y lo era, Damon. Créeme. No intenté hacerte ningún

daño. No sabía que las cosas saldrían así. Rose sabía muy bien lo que estaba haciendo. Me sedujo con su coquetería, y consiguió que todos la tomaran por una joven inocente, sin experiencia. Pero comprendí que sólo intentaba aprovecharse de mí. Cuando me dijo que estaba embarazada, perdí los estribos. Actuaba como si pretendiera que me casara con ella. Como sabes, yo no tenía mucho dinero; apenas lo suficiente para vivir en Oxford. Le ofrecí todo lo que tenía, pero no le pareció bastante. Así que decidí robar las joyas de tu padre, porque sabía dónde guardaba la combinación. En realidad, no sabía nada sobre joyas. Sólo sabía que eran valiosas. Me equivoqué, y espero que puedas perdonarme por ello.

–¿Cómo es posible que ahora te preocupes por haber robado las joyas?

–Porque no quería hacerlo. No quería hacer nada malo. Sólo quería darle algo valioso para que me dejara en paz. Pero no sirvió de nada. Rose empezó a gritar y dijo que tenía que casarme con ella o que de lo contrario se lo diría a todo el mundo. Discutimos, y el collar se rompió. Ella siguió gritando, y entonces... ni siquiera sé muy bien cómo pasó. Sólo quería que dejara de hablar. La agarré por el cuello y de repente cayó al suelo, muerta. No fue mi intención.

–Esas cosas pasan cuando se aprieta la garganta de una persona –comentó Priscilla con ironía.

–Cállate –la apuntó con la pistola, antes de volverse de nuevo hacia Ranleigh–. No sabía que te acusarían a ti. No sabía que Rose hubiera dicho que estaba saliendo con un aristócrata, ni que pudieran seguir la pista de esos rubíes. Sencillamente, ocurrió.

–Ya. Esas cosas ocurren contigo –dijo el duque.

–Es cierto. No tenía intención de hacer nada malo. Y cuando te acusaron del asesinato mentí para protegerte.

–Y para protegerte a ti mismo, de paso. Yo no podía negar la coartada, porque me habrían detenido –dijo el duque–. Creí que actuabas de buena fe, como un amigo. No pensé, siquiera por un instante, que estuvieras ocultando algo.

–Sólo pensaba en ti –insistió Rutherford–. Puedes creer lo que quieras, pero lo hice porque soy tu amigo. No podía permitir que te acusaran. Además, yo no necesitaba ninguna coartada. Nadie sospechaba de mí.

–¿Y qué habría pasado si la mujer con la que pasé la noche hubiera declarado que yo no había cometido el asesinato? Habrían empezado a buscar al verdadero culpable. ¿Y cuántos aristócratas había en esta zona? La lista es muy pequeña.

–Lo hice por ti, maldita sea. ¿Por qué insistes en pensar lo contrario?

–Porque ya me he equivocado una vez contigo –suspiró el duque–. Pero no importa. Te creo. No intentaste hacerme daño. Sin embargo... ¿Qué piensas hacer ahora? ¿Crees que matando a una mujer inocente te saldrás con la tuya?

–No tengo intención de matarla. A menos que no me dejes otra salida.

–¿Y qué pretendes que haga?

–Sabes que no tengo mucho dinero. Y obviamente no puedo quedarme aquí. Tendré que marcharme, a Estados Unidos, como tú mismo hiciste. O tal vez a Australia. Pero necesito dinero para el pasaje y para iniciar una nueva vida.

–Muy bien, Sebastian, te daré lo que pides. Guardo el dinero en la biblioteca. Ven conmigo.

El duque caminó hacia la puerta, y Priscilla y Rutherford los siguieron. De repente, Rutherford hizo una pregunta que ella misma se había hecho:

–¿Dónde está tu hijo?

Priscilla se había extrañado bastante de que no saliera a recibirlos. Pensó que tal vez había oído la conversación y se sintió muy aliviada. Cabía la posibilidad de que se hubiera marchado a avisar a las autoridades, pero no habría sido muy propio de él. Seguramente se habría escondido, esperando el momento propicio para saltar sobre Rutherford. Por desgracia, el duque acabó con todas sus esperanzas:

–Salió a pasear esta mañana. No sé dónde está.

Rutherford asintió, aliviado. El duque abrió la puerta de la biblioteca y entró. Era una sala elegante y muy grande, completamente llena de libros. Los balcones proporcionaban una magnífica vista de la pradera que se extendía ante la parte delantera de la mansión.

Ranleigh caminó hacia el escritorio y abrió un cajón.

–Veamos –dijo, mientras sacaba una caja de metal–. Aquí tengo unos cuantos billetes.

Entonces, el duque se puso a mirar por los balcones.

–¿Qué diablos estás haciendo? No pretenderás escapar.

–No, claro que no –lo miró–. ¿Piensas que huiría dejando a Priscilla en tus manos? Es que hace calor, y he pensado que será mejor abrir los balcones.

–Pues no lo hagas.

–Por favor, permita que abra un balcón –intervino Priscilla–. Tengo mucho calor.

No sabía qué pretendía hacer el duque, pero optó por decir algo para seguirle la corriente. Rutherford frunció el ceño, confuso.

–Hazlo por piedad, Sebastian –dijo el duque–. Te doy mi palabra de honor de que no intentaré escapar.

Rutherford acompañó al duque al balcón y lo observó con desconfianza mientras abría.

–Así está mejor –dijo Ranleigh–. ¿Se encuentra mejor, señorita Hamilton?

–Si, mucho mejor –respondió.

Ranleigh sonrió a la joven con cierta malicia y regresó al escritorio. Mientras lo seguían, Priscilla notó que en el exterior se había movido la rama de un arbusto. Miró con más atención y entonces pudo ver una mano. Estuvo a punto de detenerse, sorprendida, y tropezó.

–Lo siento. Me he mareado ligeramente.

Obviamente había alguien, esperando para asaltar a Rutherford y quitarle la pistola. Podía ser un criado, pero su corazón le decía que se trataba de Bryan. Ahora sabía que su padre había mentido al decir que había salido a pasear. Bryan debía de encontrarse en el interior de la casa, y con toda seguridad sólo esperaba el momento preciso para liberarla.

–Ten cuidado –dijo Rutherford–, o puede que apriete el gatillo sin querer.

–Lo sé, y lo siento.

Ranleigh contó el dinero de la caja y se lo dio a Sebastian.

–No es suficiente. No puedo marcharme a Estados Unidos con esto.

–Lo siento, pero no tengo la costumbre de dejar grandes sumas de dinero en la casa. Tendría que ir al banco.

–Maldita sea, Damon, ¿estás jugando conmigo?

–No, te lo aseguro. Es la verdad. No tengo ninguna razón para guardar sumas elevadas en Ranleigh Court.

–Abre la caja fuerte. Estoy seguro de que habrá algo en su interior.

–Como quieras –se encogió de hombros–. Pero sólo hay joyas y unos cuantos bonos.

–Ábrela de todas formas.

–De acuerdo.

Ranleigh dio la vuelta al escritorio y caminó hacia la pequeña caja fuerte que había en la pared.

Rutherford quiso seguirlo, pero Priscilla se apoyó en el escritorio. No quería que Rutherford se apartara del balcón, ni que se volviera de repente y descubriera a Bryan, así que lo agarró del brazo.

–Por favor... Me siento enferma. Esto es demasiado para mí.

Rutherford soltó una maldición e intentó que se incorporara de nuevo, mientras Priscilla apoyaba todo su peso en él.

–Maldita sea –protestó el hombre.

Intentó sujetarla por el hombro con la mano en la que llevaba el arma. En aquel instante se oyó un ruido, y antes de que Rutherford pudiera dar la vuelta, Bryan saltó sobre él. Cayó hacia delante, arrastrando a Priscilla, y chocaron con la mesa. En cuanto oyó el ruido, Priscilla agarró la pistola de Rutherford con las manos, y no la soltó. El golpe contra el escritorio fue muy fuerte, pero seguía asiendo el brazo del hombre.

No podía ver nada más que la oscuridad mientras luchaban. De repente se disparó la pistola, y un objeto cayó al otro lado de la habitación. Priscilla empezó a ver puntos brillantes, y estaba segura de que estaba a punto de desmayarse cuando de repente oyó un ruido mucho más cerca, cuando un palo golpeó la mesa, cerca de sus manos, justo en el brazo de Rutherford.

Su atacante dejó escapar un grito inhumano, y de repente los dos cuerpos se alejaron de ella. Levantó la mirada y vio que Bryan levantaba a Rutherford del suelo y lo lanzaba contra la estantería.

–Ten cuidado. Es posible que le haya roto el brazo –dijo el duque con calma.

Se acercó a Priscilla y la ayudó a incorporarse. La pistola de Rutherford estaba a sus pies.

Bryan, que acababa de dar un puñetazo a su atacante,

dejó escapar un gruñido que indicaba que no le importaba que tuviera el brazo roto o no. Rutherford cayó al suelo inconsciente, y Bryan se quedó mirándolo, abriendo y cerrando el puño.

–No –dijo su padre con tranquilidad–. No sería deportivo.

–Olvidas que no soy inglés.

–Es cierto, pero tampoco eres completamente salvaje.

Bryan suspiró.

–Supongo que tienes razón.

Se volvió para mirar a Priscilla, que estaba apoyada en la mesa, intentando recomponerse. Corrió hacia ella y la tomó entre sus brazos, hundiendo la cara en su cuello.

–Estaba muerto de miedo. Pensé que iba a cometer un error y se le iba a disparar la pistola, o que no lo golpearía bien y le daría tiempo a disparar.

Priscilla sonrió, sorprendida por las lágrimas que surcaban su rostro.

–Lo has hecho perfectamente.

–Ha funcionado gracias a ti –mientras hablaba la besaba una y otra vez, con avidez–. Has sido muy inteligente al hacer que abriera la ventana, y después, al sujetar la pistola. Eres una mujer excepcional.

Priscilla rió entre lágrimas, devolviéndole los besos.

–¡Un momento, señor! –oyeron decir al agitado mayordomo, en el vestíbulo.

Un momento después Florian Hamilton entró en la biblioteca, blandiendo la gran pistola de duelo que había pertenecido a su padre.

–¡Suelte a mi hija inmediatamente! –bramó.

Detrás de él estaba la señorita Pennybaker, blandiendo la sombrilla, amenazante, como si estuviera dispuesta a golpearlos. También estaba el vicario, desarmado y compungido.

–¡Le he dicho que la suelte! –repitió Florian, levantando la pistola para apuntar a Bryan.

–¡No! ¡Otra vez ese pistolón! –gimió Bryan.

–Un momento –protestó el vicario–. No ha sido él quien ha atacado a Priscilla. Ha sido el señor Rutherford. Por cierto, ¿dónde está? –miró a su alrededor hasta que lo vio en el suelo–. Creo que la situación ya está resuelta.

–Sí, papá. Estoy bien, ¿lo ves? –Priscilla se apartó de Bryan para besar a su padre en la mejilla–. Gracias por intentar rescatarme.

–Eres mi hija –explicó Florian, dejando la pistola en la mesa–. ¿Qué le ha pasado? –añadió, mirando a Rutherford.

–Bryan me ha salvado de él.

–Ya veo –se acercó a él para estrecharle la mano–. Buen trabajo. Estoy orgulloso de usted.

–Gracias. Me alegra oír eso, porque tengo intención de casarme con su hija.

–¿Sí? –preguntó Florian sorprendido, aunque no preocupado–. Últimamente se ha puesto de moda, por lo que veo.

–¿Cómo dice?

–Parece que hay epidemia de matrimonios.

–Mi padre y la señorita Pennybaker también han decidido casarse –le explicó Priscilla.

–Ah, ya veo.

–Y su padre también –añadió Florian–. Eso está bien. Priscilla se aburre bastante en casa, ahora que se han ido sus hermanos. Ahora será Isabelle la que me copie las notas, así que todo marchará bien.

–Un momento –Priscilla se volvió hacia Bryan–. No puedes ir diciendo por ahí que vamos a casarnos. No hasta que...

–¿Hasta qué?

–Hasta que te cuente mi... el secreto. El escándalo. No puedo casarme contigo si no lo sabes.

–De acuerdo. Entonces dímelo.

–Soy Elliot Pruett.

Bryan la miró desconcertado.

–¿Cómo dices?

–Soy Elliot Pruett. Quiero decir que ése es mi seudónimo. Soy escritora.

–Bueno, sigue –dijo Bryan al ver que se callaba.

–¿Que siga?

–Sí, ¿qué más? Creía que ibas a decirme cuál es el escándalo.

–¿Te parece poco? Soy escritora. Peor aún, escribo novelas de aventuras que están publicadas.

–¿De verdad? –Bryan la miró intrigado–. ¿Has oído, padre?

–Sí –confirmó el duque–. Es algo poco frecuente.

–Tú eras la autora del libro que leí –dijo Bryan maravillado–. Era muy bueno. No me extraña que no quisieras perderte nada de la aventura. Así tendrías material para tus libros.

–Nunca había vivido ninguna aventura hasta que te conocí.

–¿De verdad?

–De verdad. La aventura llegó contigo.

–Pues debo decir que la primera vez te comportaste de forma admirable.

–¿No te vas a enfadar?

–No, ¿debería?

–Si llegara a saberse que escribí libros de aventuras habría un escándalo terrible, y sería mucho peor si fuera la duquesa de Ranleigh.

–¿Por eso te negaste a casarte conmigo? ¿Sólo porque eres escritora?

Priscilla asintió. Bryan echó la cabeza hacia atrás y se

echó a reír, hasta que le salieron lágrimas de los ojos. Priscilla empezó a ofenderse.

–¿Quieres parar? Esto es un asunto muy serio. Todo el mundo se lo tomaría en serio. Hablarían. No sé si podré mantener el secreto para siempre si me caso contigo.

–Lo siento –intentó calmarse–, pero no me puedo tomar en serio algo así. ¿Crees que debería preocuparme porque un montón de gente a la que no conozco y cuya opinión no me importa se ponga a cotillear si averigua que mi esposa escribe novelas?

–Sí, en definitiva.

–¿Cuándo vas a creerme, Priscilla? Me da igual lo que diga la gente. Pueden hablar de mí todo lo que quieran. No me importa en absoluto. Casi nunca estaré aquí para oírlos, y cuando esté no les prestaré atención. Además te aseguro que no se atreverán a hablar mal de ti.

–No puedes ir por ahí amenazando a todo el mundo con el cuento de los indios.

–Usaré una táctica diferente –la apretó contra sí–. Eres tonta. ¿De verdad pensaste que me molestaría saber que eres escritora?

–A muchos hombres los molestaría.

–Pero yo no soy muchos hombres. Me gustan tus libros, y encaja perfectamente.

–¿Con qué?

–Con nuestra vida. Pasaremos mucho tiempo en alta mar, y así tendrás algo con que entretenerte a bordo. Además podrás ver todos los escenarios exóticos que quieras, y escribir novelas situadas en esos sitios.

Priscilla sintió que le daba un vuelco el estómago.

–Dime que no es un sueño.

–Nadie me había acusado nunca de aparecer en sus sueños. Tal vez en pesadillas. No, yo diría que esto es completamente real.

–Oh, Bryan –rodeó su cuello con los brazos–. Te amo, te amo.

Bryan hundió la cara en su pelo, besándolo.

–Yo también te amo.

Priscilla se echó hacia atrás y lo miró a la cara, sonriente.

–¿Sabes lo que he averiguado?

–¿Qué?

–Que nunca se sabe cuándo va a aparecer algo maravilloso en la puerta.

Bryan sonrió y se inclinó para besarla.